KB123426

역주
임진록

壬辰錄

한국한문서사번역총서 2

역주
임진록

壬辰錄

장경남·이민호·장우석

보고사
BOGOSA

서 문

　이 책은 국립중앙도서관 소장 한문필사본 〈임진록(壬辰錄)〉(청구기호
: 古2154-17)을 주석하고 번역한 것이다.

　고전소설 〈임진록〉은 임진왜란이라는 역사적 사실을 소재로 한 소
설이다. 일반적인 고전소설처럼 특정 인물의 생애를 중심으로 전개되
는 구성을 취하지 않고, 임진왜란이라는 역사적 사건을 기본 뼈대로
하면서 임진왜란 때 활약을 했던 많은 인물들의 활약상을 파노라마처
럼 전개하고 있다. 여러 인물이 등장하지만 인물과 인물 간의 관련성
은 적다. 게다가 인물의 활약상에 허구적인 내용이 많기도 해서 설화
적 측면이 돋보인다. 이로 인해 근원설화의 소설화 과정에 주안점을
두는 학자들은 〈임진록〉이 전설의 종합으로 되어 있다고 보아 설화라
고 했고, 짜임새를 중시하는 학자들은 전설이 일정한 질서하에 구성되
어 있다고 보아 소설이라고 했다. 설화냐 소설이냐의 논란은 1970년대
를 지나면서 소설이라는 쪽으로 판가름 났다.

　〈임진록〉은 임진왜란을 전후하여 이루어진 설화가 여러 담당층을
거쳐 전승되다가 후일 소설로 정착된 것으로 보인다. 전쟁 당사자인
일본에 대한 분노를 담고 있는 내용으로 인하여 일제 치하에서는 금
서로 지목받고 불태워지는 수난을 겪기도 했지만, 이런 연유로 그 가

치가 더욱 상승하고 은밀히 전파되어 현전하는 이본이 100여 종이 넘는다. 많은 이본은 표기문자에 따라 한문본과 한글본으로 존재하며, 전승방식에 따라 필사본, 방각본, 활자본 등으로 존재하는데, 주종을 이루는 것은 한글 필사본이다. 표기와 전승방식에 따른 이본 문제는 이렇게 비교적 단순함에 비해 내용에 따른 이본 문제는 상당히 복잡하다. 작품의 내용이 역사적 사실에 충실한 것과 허구적 성격이 강한 것, 그리고 역사적 사실과 허구적 내용을 결합한 것 등 다채로운 성격을 보여주고 있다.

　내용상 편차가 크기 때문에 〈임진록〉은 일반적인 소설의 이본과는 달리 유사한 내용의 이본을 묶어 '이본군'으로 분류하기도 한다. 내용이 전혀 다른 세 가지 핵심 이본군은 '역사계열', '최일영계열', '관운장계열'이다. 이들은 임진왜란을 공통의 제재로 삼아 몇몇 공통적인 화소를 가지고 있기는 하나 거의 별개의 작품이라 보는 시각이 가능할 만큼 차이가 크다.

　'역사계열'은 임진왜란의 역사적 사실을 중심으로 전개되는 이본군을 말한다. 국립중앙도서관에 소장되어 있는 한문본이 역사계열의 대표적인 이본이다. 이와 별도로 역사계열에서 변이된 이본이 있는데, 경판본이 그것이다. 이는 역사계열을 바탕으로 하면서 이순신 이야기와 임진왜란 관련 문헌 기록 등이 복합적으로 결합된 이본이다. '최일영계열'은 가공의 인물 최일영을 주인공으로 설정하여 그의 탄생과 성장 및 출세 과정을 골간으로 삼고 임진왜란과 관련된 다양한 화소를 엮되 실존인물의 행적이나 관련 설화의 주역을 모두 최일영으로 한 이본군이다. 최일영계열은 임진록 전체 이본 중 가장 많은 이본을 갖고 있다. 허구적 인물 최일영의 일대기를 바탕으로 임진왜란의 과정을 재구성하다 보니 허구화의 폭이 매우 크다. 국립중앙도서관 소장 한글본이 대표적인 이본이다. '관운장계열'은 관운장이 선조에게 현몽하여 왜승을 잡아 죽이라고 지시하는 이야기로 시작되는 이본군이다. 역사적 사건과 허구적 서사의 안배, 이본군 내에서 한문본의 비중이 크다는 점 등에서 최일영계열보다 역사계열과의 친연성이 크다.

  고전소설 〈임진록〉이 언제 어떻게 형성되었지, 작자는 누구인지는 확언하기가 어렵다. 많은 이본들이 내용상 큰 편차를 보이는데다 전승과정에서 서로 다른 삽화를 수용하기도 하고, 각종 설화가 끼어들기도 했기 때문이다. 다만, 이본군 가운데 역사계열의 이본인 한문본 〈임진록〉이 가장 이른 시기에 형성되었다는 데는 이론이 없다.

  〈임진록〉의 형성시기를 임란 직후인 17세기, 또는 18세기 중반에서 19세기 초 사이로 추정하는 견해가 지배적이다. 18세기 중반에서 19세기 초 사이로 추정하는 의견은 '임병 양난 이후'라는 막연한 시기에서 좀더 구체적으로 시기를 설정한 결과이다. 역사계열이 임란의 야사기록물들을 토대로 하여 문헌설화와 같은 성격의 허구적인 이야기들을 삽입하고 있는 점으로 미루어 보아, 역사계열과 비슷한 체제의 야사기록물인 단실거사 민순지(閔順之)의 『임진록』(6권 6책, 1738)이나 이긍익(李肯翊)의 『연려실기술』이 저술되고, 본격적으로 문헌설화집들이 출현되기 시작한 18세기 중엽 이후에 와서야 형성되었을 것으로 보는 견해가 18세기 중반에서 19세기 초 사이 형성되었다는 주장이다. 그런데 이 주장은 한문본의 성립에 영향을 준 것으로 추정되는 문헌 중 직접적인 영향 관계를 따질 만큼의 유사성을 가진 기록이 없다는 점이 문제점으로 제기되었다.

  이와 달리 역사계열 한문본이 임진왜란 직후인 17세기 초에 성립된 것으로 보는 의견도 있다. 일본인과 도요토미 히데요시에 대한 적개심이 강하지 않은 점, 중화사상이 두드러진 점, 김덕령에 대한 진혼의식이 두드러지지 않은 점, 천명론과 조선 문신에 대한 긍정적 평가 및 무장에 대한 부정적 평가 등을 들어 작품의 창작시기를 임진왜란 직후 명나라 멸망 이전 조·일 교섭이 이루어지던 때로 추정한 것이다. 이 주장은 추정의 근거가 충분한 설득력을 확보하지 못했다는 점이 약점으로 지적되었다.

이러한 논의에서 한걸음 더 나가 17세기 중후반에 형성되었을 것이라는 주장이 제기되었다. 역사계열 이본인 한문본에는 의주까지 피난 갔던 선조 일행이 평양에서 서울로 돌아오며 황해도 해주에 머물던 시절의 기록 가운데 인조의 탄생 이야기가 삽입되어 있는데, 이 점을 주목한 것이다. 물론 인조 탄생 이야기가 훗날 가필일 가능성을 완전히 배제할 수 없으나, 그렇지 않다면 효종 즉위년인 1649년 이후 창작된 것으로 추정할 수 있다는 것이다. 즉 작품 내용이 전반적으로 명나라의 '재조지은'을 강조하는 숭명의식이 강하고 선조에서 인조로 이어지는 정통성이 강조된 바, 재구성된 임진왜란사를 통해 인조의 병자호란의 치욕을 완화하거나 병자호란 전후의 대응에 대한 의문을 불식하며 인조반정 이후 국왕의 정통성을 옹호하고자 하는 의도가 개재되었을 가능성이 높기 때문이라는 주장이다. 전란 복구 작업 이후 '북벌론'이 제기되고 이른바 '조선중화주의'가 기세를 떨치기에 이르는 17세기 중후반으로 추정한다는 것이다. 역사계열의 형성 시기 문제가 쟁점으로 남더라도 최일영계열과 관운장계열은 역사계열보다 늦은 18세기 중후반에 형성되었다는 추정에는 대체적으로 동의하고 있다.

본 역주서의 저본은 국립중앙도서관에 소장되어 있는 〈임진록〉으로

1책 34장의 한문 필사본이다. 앞부분은 한 면에 12행, 1행 21자 내외로 필사되어 있으나 19면부터 한 행씩 늘어나 한 면에 17~20행 내외에 1행 28자 내외로 필사되어 있어 후반부로 갈수록 글씨가 작아지고 행수는 늘어나 있다. 필사연대는 알 수 없으나 지면의 상태로 보아 오래된 것 같지는 않다. 작품 끝에 '토정몽유풍악(土亭夢遊楓岳)'이라는 이야기가 첨가되어 있는 것도 특색이다. 그리고 처음 시작하는 부분에서는 소제목이 없으나 본문 3면부터는 해당 내용을 압축 설명하는 소제목을 붙이고 있다.

이 책은 기존의 문헌을 토대로 하면서도 임진왜란의 사건을 체계적으로 선정하고, 개별 이야기에 독자적인 의미를 부여하면서 전반적으로 다시 구성한 소설로 알려졌다. 이 책은 임진왜란의 역사적 사건들을 거의 대부분 수용하고 있어 전체적인 내용에서 볼 때 문헌기록과 유사한 면모를 보이고 있다. 그러나 역사 현장에서는 물론 문헌기록에서도 찾아볼 수 없는 허구적인 이야기들을 상당수 지니고 있으며, 개별 이야기들의 세부적인 묘사나 서술에 있어서는 소설적인 분위기와 흥미를 유발시키는 묘사나 서술을 많이 찾아볼 수 있다.

이 책의 독창성은 작품의 시작을 일본의 유래와 수길의 탄생과정으로 하고 있다는 점이다. 특히 수길이 일본인이 아닌 중국인 박수평의 아들로 설정해 놓은 점이 특이하다. 이에 대해서는 왜의 폄하현상이라는 평가가 있다. 왜왕을 서불의 후손으로 설정한 것은 진시황을 속이고 왜국에 들어가 나라를 세웠다는 의미가 내재해 있기 때문에 결국 왜인들은 진시황을 배반한 자들의 후손이 됨으로써 폄하가 된다는 것이다. 수길이 중국인 박세평의 아들로 설정된 것은 박세평의 부인이 수길을 임신한 상태에서 왜에 잡혀 평신의 아내가 되었고, 그 이후

에 수길을 낳았으니 왜의 야만성과 함께 자신의 핏줄도 알지 못한다
는 수길에 대한 멸시감이 나타나 있는 것이라 했다. 우리 민족의 민족
적 우월의식이 바탕이 된 것으로 보는 것이다. 이에 비해 평소 오랑캐
로 멸시하던 일본의 침략에 속수무책이었던 당시 조선으로서 상처받
은 자존심을 조금이나마 회복하고자 수길을 중국인으로 설정했을 것
으로 보기도 한다. 일견 수긍이 되는 부분이다. 왜장에게 제대로 한
번 대항해 보지도 못하고 전쟁 초기에 조선 조정이 피란을 가는 상황
에 이르렀으니, 이런 상황을 만든 인물은 다름 아닌 신이한 능력을 가
진 영웅에 의해서만 가능할 것이라 생각한 것이다. 그래야 그 치욕도
반감되는 것은 물론이다.

　전쟁 초기에 일본 장수의 능력이 부각되고 상대적으로 조선 장수는
무능력하게 그려진 것도 같은 맥락에서 볼 수 있다. 중화의 혈통을 가
진 영웅, 그의 부하 장수들의 활약으로 인해 조선이 맥을 못 춘 것으
로 설정하는 것이 조금은 덜 자존심 상하는 일이다.

　육지에서 왜적에 대항하는 조선의 장수는 한결같이 패배를 거듭한
다. 그 이면에는 무능력하게 대응하는 조선 위정자 및 장수들에 대한
비판이 담겨있음은 물론이다. 조선의 힘만으로 왜적을 감당할 수 없
는 상황을 만들고 있는 것이다. 결국 명나라 구원병을 요청할 수밖에
없는 상황에 이르렀고 우여곡절 끝에 이여송이 출전하여 전세를 바꾸
어 놓는다. 이여송으로 대표되는 명나라 군대는 조선의 위기를 극복
해 낼 영웅이었다. 이여송의 행위는 영웅적 면모를 보이지만 한편으
로는 조선의 왕을 상대로 오만방자한 행동까지 드러낸다. 기대와는
달리 이여송은 소극적인 태도로 일관하고, 왜적을 물리치는 데 결정
적인 활약을 보여주지 못하고 귀국한 인물로 그려내고 있다. 이여송

으로 대표되는 명군에 대한 부정적 인식의 소산이다. 분노의 대상을 침략자인 일본뿐만 아니라 명나라와 당대 지배층으로 확대한 것이다.

조정도 명도 우리를 지켜내지 못했다는 비판의식은 장수들의 활약 속에 삽입되어 있는 신적 존재들에 의한 도움을 통해서도 보여주고 있다. 이일과 이원익이 왜장 종일에게 패하여 위기에 처해 있을 때 공중에 한 도사가 나타나 도술로 도와준 이야기, 이순신이 자고 있을 때 꿈에 신인이 현몽하여 왜적의 내침을 알려주어 이순신이 대비하고 있다가 물리친 이야기, 조호익이 산상 이인의 지시로 왜적을 찾아 승리한 이야기, 관운장이 도성에 현신하여 왜적들을 엄살하여 도성을 찾은 이야기 등이 그것이다. 우리 민족이 신의 도움을 받을 수 있다는 민족적 선민의식의 발로로 보기도 한다.

이 책에서 특히 주목되는 내용은 이순신의 최후를 묘사한 부분으로, 이순신은 우리나라에 간신이 많아 공이 있는 자를 해하고 재능이 많은 자를 상하게 하니 시절이 평정되면 자신도 무사하지 못할 것이라고 하면서 고의로 유탄에 맞고는 아들을 불러 왜를 평정할 방략을 주고 죽는 것으로 서술했다. 이순신의 죽음에 대한 이러한 전개는 이순신의 자살 이야기를 통하여 당시의 조정에 대한 비판을 극대화시키기 위한 것으로 볼 수 있겠다.

이 책은 인명 표기의 오류가 많고 곳곳에 오자가 있어 선본(善本)이라 하기는 어렵지만, 역사계열의 유일본으로서 그 가치가 있다. 오자의 경우에는 주석에서 바로 잡고 번역에 반영하였지만 인명 및 지명은 저본에 표기된 그대로 두었다. 인명 및 지명의 오류는 필사자의 실수로 볼 수도 있으나 소설이라는 특성상 의도적인 변개도 이루어질 가능성도 배제할 수 없기 때문이다. 다만 주석 부분에서는 실제 인명과 지

명을 밝혀 두었고, 번역문에서는 저본의 표기 그대로 살려 두면서 각
주에서 실제 이름을 밝히는 방식으로 번역을 진행했음을 밝혀둔다.

이 책의 초벌 번역은 공역자인 필자가 20여 년 전에 박사논문을 준비
하면서 이루어졌다. 잘 가다듬은 후에 번역서로 출간을 해서 학계에
이바지하려는 욕심이 있었으나 여의치 않아 차일피일 미루던 중에 실력
있는 후학을 만나 완성할 수 있었다. 후생가외(後生可畏)를 새삼 느끼고
있다. 공동 역주서로 출간을 하지만 주석과 번역에 대한 오류의 책임은
전적으로 필자에게 있다. 주석 과정에서는 전남대 신해진 교수에게도
도움을 받았다. 이 자리를 빌려 고마움을 표한다. 이 책이 나올 수 있도
록 도움을 준 보고사 사장님과 편집진에게도 감사드린다.

본 역주서가 〈임진록〉 연구에 활력을 불어 넣기를 바라마지 않으
며, 아울러 학계의 질정을 기다린다.

2019년 3월
새 학기를 맞아 분주한 숭실대 연구실에서 공역자를 대표해
장경남 씀.

차 례

한문필사본 〈임진록 壬辰錄〉

번역문

원문과 주석

영인

일러두기

1. 이 역주서의 저본은 국립중앙도서관 소장 한문본 〈壬辰錄〉(청구
   기호 : 古2154-17)으로 하였다.

2. 번역은 직역을 원칙으로 하되, 가급적 원전의 뜻을 해치지 않는
   범위 내에서 더러는 의역을 했다. 우리말로 풀어쓰면 본의(本義)를
   잃게 되는 용어는 원문 그대로 사용하되 한자를 병기(倂記)하였다.
   아울러 인명(人名)·지명(地名)·관명(官名)·국명(國名) 등의 고유명
   사와 역사적 사실이나 제도의 명칭 등도 한자를 병기하였다.

3. 원문은 저본을 충실히 옮기는 것을 위주로 하였으나, 활자로 옮
   길 수 없는 고체자(古體字)는 금체자(今體字)로 바꾸었다.

4. 원문표기는 띄어쓰기를 하고 구두(句讀)를 달되, 그 구두에는 고
   리점(。), 쉼표(,), 마침표(.), 물음표(?), 느낌표(!), 가운뎃점(·),
   겹따옴표(" "), 홑따옴표(' ') 등을 사용하였다.

5. 주석은 원문에 번호를 붙이고 하단에 각주함을 원칙으로 하되 오
   기(誤記)나 해석상 추가한 글자는 원문에 번호를 달고 각주하였다.

6. 이 책에서 사용한 문장 부호는 다음과 같다.
　① ( ) : 번역문과 음이 같은 한자를 표기함.
　② [ ] : 번역문과 뜻은 같으나 음이 다른 한자, 교정 등을 표기함.
　③ " " : 직접적인 대화를 나타냄.
　④ ' ' : 간단한 인용이나 재인용, 또는 강조나 간접화법을 나타냄.
　⑤ 〈 〉 : 편명, 작품명, 논문 제목 등을 나타냄.
　⑥ 「 」 : 시, 제목, 서간, 관문, 논문명 등을 나타냄.
　⑦ 《 》 : 문집, 작품집 등을 나타냄.
　⑧ 『 』 : 단행본, 논문집 등을 나타냄.

한문필사본 〈임진록〉

조선의 동남쪽에 일본국이 있는데, 동서 6,000리, 남북 8,000리이며, 8개 도에 66개 주가 있고, 각 주에 35개 군이 있다. 경상도 동래(東萊), 부산(釜山) 지역에서 수로로 3,680리 거리이다. 혹자가 말하기를, 진시황(秦始皇) 시절에 서불(徐市) 등이 동남동녀(童男童女)를 데리고 바다로 나아가 삼신산(三神山)의 불사약(不死藥)을 구하다가 이 섬에 머물게 되었는데 자손이 번성하자 국호를 왜(倭)라 했다고 한다.

신라왕 때 왜국이 침입해 명나라 장수 석우(石尤)가 전사하였다. 고려왕 때에는 서로 화친하여 혼인을 맺었으나 고려 말에 해서(海西) 지방을 침략하니 태조(太祖)가 물리쳤다. 조선조에 이르러 국호를 일본(日本)으로 고쳤다. 세종(世宗)조에 왜구가 제포(濟浦)를 노략하자 도원수 이종무(李從茂)가 왜구를 격파해 쫓아냈는데, 40년 간 호남의 여러 고을 백성들이 고초를 겪었다.

명(明)나라 가정(嘉靖) 연간에 왜적이 강남을 거쳐 항주(杭州)에 침입하자 항주 사람 박세평(朴世平)이 난중에 죽었다. 그 아내 진씨(陳氏)는 천하의 뛰어난 절색이었으므로 포로가 되어 살마도(殺馬島)로 잡혀가 평신(平伸)의 아내가 되었다. 진씨는 박세평이 살아 있을 때 임신하였는데, 해산하는 날 진씨는 황룡이 품으로 달려드는 꿈을 꾸었다. 진씨가 놀라서 깨 주위를 둘러보니 방 안에는 기이한 향기가 가득했고, 노란 기운이 어려 있었다. 곧 사내아이를 낳았는데, 골격이 뛰어났으며 용의 얼굴에 호랑이의 입이요, 원숭이의 팔에 제비의 턱이니 천하 귀인의 상이었다. 이름을 수길(秀吉)이라 하였는데, 실은 박씨의 후예이다. 3년 만에 배우지 않고도 성과가 있어 병법과 지략을 겸비하였다. 스스로 천하에 뜻을 두고 산천을 두루 유람하다가 관백(關伯)을 알현했다. 관백이 기상을 보고 아이를 사랑해서 마침내 데리고 돌아와 함께 국사를 의논했다. 왜의 66개 주가 위엄에 항복하고, 섬의 여러 나라에도 소문이 퍼지자, 영웅들이 구름처럼 모여들었다. 이에 수길이 마침내 왜나라 황제 원씨(源氏)를 폐위시키고, 대황제로 칭하여 연호를 천정(天正)[1]이라 하고, 여러 섬들을 병탄하였다.

이때 우리나라는 선조(宣祖) 재위 초기였는데, 200년 동안 평화로웠던 나머지 백성들은 전쟁이란 것을 몰랐고, 조정은 단지 부귀만을 탐하여 만사가 혼란스러웠다. 지식인들은 이를 우려하며 10여 년 내에 재앙과 변고가 겹쳐 일어날 것이라 했다.

만력(萬曆) 무인년(戊寅年) 3월에 관상감(觀象監)이 아뢰기를,

"근래에 천문을 보니 장성(將星)이 동에서 서로 흘러간 지 수개월이 되었습니다."

라고 하자, 임금은 근심하였으나 군신들은 입을 닫고 덮어두기만 할 뿐이었다. 기묘년(己卯年) 이후에는 태백성(太白星)이 대낮에도 밝게 빛나고, 흰 무지개가 해를 꿰뚫었다. 경신년(庚申年)에는 큰 강의 물길이

---

1 저본에는 '天定'으로 되어 있으나 '天正'의 오기이므로 바로 잡음.

끊어지고, 동해의 물고기가 서해로 몰려갔으며, 연평도의 물고기들이
요동(遼東)에 모여들었다. 임오년(壬午年)에는 호랑이가 평양성(平壤城)
에 들어와 많은 사람을 죽였고, 대동강(大同江) 물이 붉은색과 흰색으로
뒤엉키기를 7일이나 하였다. 무자년(戊子年)에는 한강(漢江) 물이 피처
럼 붉게 변했고, 3일 동안 풍랑이 일었으며, 큰 물고기가 죽어 떠올랐
다. 죽산(竹山) 태평원(太平院) 뒤편에 있던 큰 바위가 저절로 일어섰으
며, 통진현(通津縣)에서는 쓰러졌던 버드나무가 다시 일어났다. 장수산
(長壽山) 아래에서는 신인(神人)이 10여 일 동안이나 난이 일어났다고 크
게 외치자, 백성들이 동요해 피난 가는 자가 많았다.

서애 유성룡이 임금 앞에서 양병설을 배척하다
西厓筵斥養兵

만력 계미년(癸未年)에 율곡(栗谷) 선생은 병조판서(兵曹判書)로 있었
는데, 10만의 병사를 미리 양성해 완급(緩急)에 대비하자고 건의하였
다. 그렇지 않으면 10년이 되지 못해 천지가 무너지는 변고가 있을 것
이라 했다. 서애(西厓) 유성룡(柳成龍)이 말하기를,
"이유 없이 병사를 양성하는 것은 화를 키우는 것입니다."
라고 하여 실행하지 못하게 하였다.
임진년(壬辰年)에 이르러서야 유성룡이 조정에서 말하기를,
"그 당시에 나는 소동이 있을까 염려해 율곡 선생을 그르다고 하였
는데, 이제 보니 율곡 선생은 진정한 성인입니다. 만약 그 말을 따랐
더라면 나라가 어찌 이 지경에 이르렀겠습니까? 율곡 선생이 살아계

셨더라면 오늘날 반드시 무슨 수가 있었을 것입니다."
라고 하였다.

만력 무자년(戊子年)에 중봉(重峯) 조헌(趙憲) 선생이 상소하여 말하
기를,

"천문을 관찰하고, 인심을 살펴보니 하늘의 재앙과 변고가 전에 없던
것들이었습니다. 인심과 세도가 극에 달해 손쓸 여지가 없습니다. 전쟁
의 조짐이 이미 현저하고, 동란(動亂)의 단서들이 무성합니다. 신이 원
하건대 미리 군병을 양성하시어 뜻밖의 일에 대비하시기를 바랍니다."
라 하였다.

상소가 조정에 도착하자 형조판서 유홍(兪弘)[2]이 아뢰기를,

"태평성대에 요망한 말을 주창하여 민심을 현혹시키고 어지럽게 하
니 변방에 유배시키십시오."
라고 하자 임금이 윤허하니, 마침내 중봉 조헌을 갑산부(甲山府)에 유
배 보냈다.

여덟 왜인이 팔도를 정탐하다
八倭偵擦八路

평수길(平秀吉)은 나라를 통일하자 더욱 방자해져 주변을 얕보며 내
심 생각하기를,

'이 섬에서 태어나 우울하게 오래 머문다면 단지 우물 안 개구리가

---

2 실제 이름은 兪泓(유홍).

될 뿐이다. 차라리 백만 정병을 일으켜 북으로 조선을 정벌하고, 길게는 중원(中原)으로 말을 몰아 천하를 다툰다면 어찌 즐거운 일이 아니랴?' 하고는, 모사(謀士)들을 모두 모아 각자의 생각을 말하게 하였다.

장막 아래에 있던 청백세(淸百世)란 자가 나서며 말하기를,

"조선은 예의의 나라이고, 본래부터 현인과 모사가 많아 가볍게 의논할 일이 아닙니다. 꼭 전쟁을 하시려거든 먼저 지혜로운 자들을 조선에 보내 그 강약을 살펴보고, 평탄함과 험준함을 자세히 보아 행군로와 주둔처를 세밀히 살핀 뒤에 일을 도모하셔도 늦지 않습니다." 라고 하자, 수길이 옳다고 여겨 곧 명령하기를,

"누가 조선에 잠입해 팔도의 형세를 살피겠는가?" 하였다.

말이 끝나기도 전에 평조익(平調益), 평조신(平調信), 안국사(安國史), 선강정(善江丁), 평의지(平義智), 경감로(景監老), 평수헌(平秀憲) 등이 한 목소리로 가기를 청하자 수길이 기뻐하며 그들을 보냈다. 여덟 왜인은 즉시 부산 지경에 숨어들어 조선인의 의복을 입고 조선말을 배워 각각 여덟 길로 흩어졌으니, 대개 무자년에 있었던 일들이다. 우리나라 창고의 허실과 군사의 다소, 인재의 유무, 지세의 험난함과 평탄함이 그들의 이목을 어찌 피할 수 있었겠는가? 오직 전쟁에 대한 대비는 허술하고 국가의 형세는 위태로웠음을 이로 미루어 알 수 있었다.

중봉 조헌이 왜국 사신을 배척하기를 청하다
重峯請斥倭使

평수길이 이미 조선을 염탐하고 사신을 파견해서 엿보니, 온 조정이 당황하여 감히 배척해야 한다고 말하는 자가 없었다. 중봉 조헌은 공주(公州) 제독이었는데 몹시 분해서 상소를 올려 바로 수길이 임금의 자리를 빼앗은 죄를 지적하고, 거절할 것을 통렬히 말했다. 상소의 말미에 이산해(李山海)가 나라를 잘못되게 한 죄를 논하였는데, 이 때문에 임금이 크게 화를 내어 요망하다 하고 직접 상소를 불살랐다. 시운(時運)이 이러한 것이니 말해 무엇하겠는가?

중봉이 재차 왜국을 물리칠 것을 상소하다
重峯再疏斥倭

만력 기축년(己丑年)에 수길이 다시 사신을 보내자 조정에서는 과거 왜구들이 침입한 정황에 대해 힐책하였다. 평수길은 즉시 현소(玄蘇) 등을 보내 조선인 중 포로로 잡혀 앞잡이가 된 자들과 이들과 함께 모의해 노략질한 몇몇 왜인을 바쳤다. 조정에서는 반기며 서로 치하하고 통신사(通信使)를 보내 사례하기로 하였다.

중봉은 상소로 인해 길주(吉州)의 유배지에 있던 중 상소를 올렸는데, 말이 극진하였고, 거듭 왜국과 단절하는 것이 옳다는 뜻을 펼쳤다. 방백(方伯)이 상소를 전해 올리자 임금이 말하기를,

"이 자는 다시 마천령(磨天嶺) 너머 먼 곳으로 귀양 가고 싶은가?"

라고 하였다.

일본 사신이 길을 빌려달라고 요청하다
倭使來請假道

만력 경인년(庚寅年)에 조선 8도를 정탐한 여덟 왜인은 3년 만에 귀국해 조선의 지도를 수길에게 바쳤다. 수길은 크게 기뻐하면서 현소, 평의지 등을 보내 조선을 협박하였다. 그 문서의 내용은 대략 다음과 같았다.

「양국이 국경을 맞대고 있으면서도 사신을 왕래하지 않으니 항상 서운함이 있었다. 이제 중국에 들어가고자 하니 몰래 길을 빌려주면 양국이 화친을 맺을 것이고, 그렇지 않으면 재앙을 반드시 먼저 받게 될 것이다. 그러니 어찌하겠는가? 천하와 사해(四海)가 이 손안에 있으니 너희 조그마한 나라 조선이 어찌 감히 거역하겠는가?」

임금이 보기를 마치고 백관(百官)을 불러 모아 의논하는데, 대신(大臣) 이산해, 유성룡 등이 아뢰기를,

"일본에 사신을 보내 화친하자는 뜻으로 회답하고 겸하여 기미를 살피는 것이 좋을 듯합니다."

라고 하여, 병조판서 황윤길(黃允吉)과 한성좌윤 김성일(金誠一), 승지 허잠(許箴)[3] 등을 일본에 사신으로 보냈다.

수길이 문서를 보고 크게 화를 내며 말하기를,

---

3 실제 이름은 許箴(허성).

"조선의 왕이 직접 찾아와 중국과의 왕래를 허용한다면 무사할 수 있을 것이다. 그렇지 않으면 내가 군사를 일으킬 것이다."

하고, 인하여 사신을 내쫓으니, 글은 극히 패악하고 거만하여 차마 똑바로 볼 수 없었다.

동당과 서당이 사사로운 뜻으로 다투다
東黨西黨私意相爭

왜의 사신이 처음 길을 빌리기를 청할 당시, 재상 윤두수(尹斗壽)는 조정에서 강론(講論)하던 중 명나라에 곧바로 알리지 않으면 훗날 반드시 큰 일이 날 것이라고 강하게 주장하였다. 재상 유성룡은 결과를 헤아리지 않고 섣불리 알린다면 후에 반드시 다툴 일이 있을 것이라 하였다. 이에 한 무리의 사람들은 윤두수의 말을 따르고, 한 무리의 사람들은 유성룡의 말을 따라 논쟁하며 결론을 내리지 못했다. 강론은 저녁이 되어서야 파하였는데, 이처럼 대의가 분명한 일을 오히려 사적인 의견으로 인해 서로 다투게 되었으니 다른 일은 말해 무엇하겠는가?

중봉이 일본 사신을 죽이라 청하다
重峯請斬倭使

통신사가 귀국하자 수길이 또 현소, 평의지를 보내 길을 빌려 서쪽으로 행군하여 중국을 침범할 뜻을 말하니, 상하 모두가 당황하여 어찌할 바를 몰랐다. 중봉 조헌이 옥천(沃川)을 떠나 대궐로 들어와 왜의 사신을 참수할 것을 청하였는데, 그 말은 다음과 같았다.

"신이 원하건대 절월(節鉞)을 빌어 말장의 직임에라도 충군하여 현소와 평의지의 목을 베 명나라에 바치고자 합니다."

상소의 격절(激切)함이 대강 이와 같았다.

승정원(承政院) 문 앞에서 임금의 명을 기다렸으나 삼일이 되도록 답이 없었다. 이에 주춧돌에 머리를 찧어 흐르는 피가 얼굴을 덮었다. 이를 본 많은 사람 중 혹자가 그 담담함을 나무라자 조헌이 말하기를,

"내년에 산골짜기에 숨어 있을 때 반드시 내 말을 떠올리게 될 것이다."

라고 하고는, 인하여 명나라에 주문(奏文)을 올릴 것을 진정하고 유구국(流球國), 대마도(對馬島), 일본의 유민 등에게 현소의 죄목을 들어 참수할 것을 논하였으며, 영남과 호남이 왜적을 방비할 대책을 썼다. 아울러 그 주문을 임금께 바쳤는데, 그 내용은 대략 다음과 같았다.

「대개 원씨가 쇠약하자 평수길이 조정에 칼을 쥐고 들어가 그 왕의 목을 베고 좌우를 죽인 것이 수백 명이나 됩니다. 그 찬역한 도적과 의심 없이 사신을 왕래하며 심지어 통신사까지 오가고 있으니 후회해도 이미 때가 늦음을 어찌하겠나이까? 그 답서가 극히 패악하고 군사를 무수히 훈련시켜 장차 길을 빌린다고 하나 결국 상국(上國)에 도적을 만들려는 것입니다. 처음에는 화친을 구할 것이나 종국에는 불측한 화를 요구해올 것입니다. 신이 신실치 못해 적에게 욕을 당할지라도 운운.」

김응남이 왜국의 동정을 보고하다
金應男陳奏倭情

만력 신묘년(辛卯年)에 왜국의 사신 평의지가 다시 우리나라에 와서 말로 중국을 침노하고 큰 소리로 공갈하였다. 우리나라가 응하지 않자 평의지는 크게 화를 내고 귀국했다.

조정이 비로소 주문의 논의를 시작하다
朝廷始決奏文之議

서애 유성룡의 무리가 여전히 다투었는데, 마침 성절사(聖節使) 김응남(金應男)[4]이 모든 것을 갖추어 펼쳐놓고 거취를 다투려 하였다. 이에 일본의 흉악한 모의와 정황을 예부(禮部)에 이첩하여 자문하려 하였다. 이보다 앞서 왜적이 상국을 범한다는 말이 유구국에 유포되고, 또 조선 역시 이미 굴복하였다는 모함이 전해졌다. 유구국이 이 말들을 명나라에 보고하자 모두 의논하기를, 벌레 같은 섬 오랑캐는 욕하는 것도 부족하거니와 예의를 아는 조선에 먼저 죄를 묻는 것이 마땅하다 하였다. 오직 병부(兵部) 허국(許國)은 그럴 리가 없다며 조선을 두둔하니 사죄를 논의하는 지경에 이르렀다. 황제가 허국에게 방도를 묻자 대답하기를, "성절사가 오면 반드시 왜국의 정세를 아뢸 것이니 이때 군령장(軍令杖)을 바치게 하십시오."

---

4 실제 이름은 金應南(김응남).

하였다.

김응남 일행이 마침 이때에 도착하자 명나라 조정에서는 조선의 자문(咨文)을 보고 비로소 왜국의 모함과 오만함과 흉패한 상황을 알게 되어 교유서(敎諭書)를 내리고, 인하여 백금과 채단을 하사하였으며 허국을 이부상서(吏部尙書)에 제수하였다. 조선은 다시 한응인(韓應寅) 등을 보내 일본의 문서들과 사정 등을 구비하고, 김응남이 이를 황제에게 보고하였다. 재조번방(再造藩邦)은 실제 이에 근본을 둔다.

왜적이 병사를 일으켜 바다를 건너다
倭賊擧兵越海

만력 임진년(壬辰年) 수길은 정병 80만을 조발하고 청정(淸正)을 불러, 너와 평행장(平行長)은 40만 군사를 거느리고 출병해서 부산으로부터 육로로 행군하여 삼남(三南)을 공격하되 승세를 몰아 북진하면 조선의 왕이 반드시 한양(漢陽)을 버리고 평양(平壤)으로 달아날 것이니 너희가 한양을 점거하고 한 무리의 군사를 보내 평양을 습격하라고 하였다. 또 심안둔(沈安屯)과 마다시(馬多時)를 불러 말하기를,

"너희는 40만 군사를 거느려 수로로 행군하되 장산곶(長山串)을 거쳐 압록강(鴨綠江)에 이르러 북쪽 길을 막으면 조선이 감히 중국에 원군을 청하지 못할 것이다. 한 무리의 군사를 보내 평양을 습격하고 너와 청정, 평행장이 협공하면 조선왕이 항복할 것이니 너희는 각별히 노력하라." 고 하였다. 이에 왜적 80만 군사가 부산으로 밀려들어오니, 이때는 임진년 4월 12일이었다.

정발과 윤홍신이 차례로 전사하다
鄭鈸尹弘臣次第死賊

이때 부산첨사(釜山僉使) 정발(鄭鈸)[5]은 포구 주변에서 사냥을 하고 있었는데, 오리며, 백로며 까치 등의 새들이 바다를 뒤덮은 채 날아오고 있었다. 정발이 놀라 바라보니 왜의 한 무리 군사가 이미 남해(南海)를 건넜는데, 깃발은 하늘을 덮고 창검은 햇볕을 가렸으며 포성이 바다를 흔들었고 배는 물에 뜬 오리 같아서 물빛을 구별할 수 없었다. 정발이 매우 급작스럽게 돌아오는데, 성에 들어서기도 전에 적병의 선봉이 뭍에 상륙해 약탈하고 살육하는 소리가 천지에 진동했다. 이에 마침내 정발을 참수하고 인하여 부산을 함락하고, 군사를 옮겨 다대포(多大浦)를 공격하자 첨사 윤홍신(尹弘臣)[6]이 황망히 갑주(甲冑)를 입고 장창을 들고 병사를 호령하며 좌충우돌(左衝右突)하였으나 기운이 다하여 마침내 적에게 죽으니 다대포 역시 함락되었다.

천곡 송상현이 동래에서 순절하다
泉谷殉節于東萊

적장 조익(調益)은 다대포를 함락시키고 급히 대군을 몰아 곧장 동래로 향했는데, 산과 들을 뒤덮어 기세가 마치 태산 같고, 화살과 탄환이 빗발쳐 다치거나 죽은 백성이 수천 명에 달했다. 좌병사(左兵使)

---

5 실제 이름은 鄭撥(정발).
6 실제 이름은 尹興臣(윤홍신).

이각(李珏)이 100여 기의 병사를 거느리고 동래로 출발했으나 적군에게 쫓겨 황산역(黃山驛)으로 퇴각하였다. 부사(府使) 송상현(宋象賢)은 병사를 통솔하기도 전에 급히 성문에 올라 흩어져 있던 군사들을 호령하며 죽기로 싸웠다. 적병이 사면에서 돌격하며 좌우를 도살하여 겹겹이 포위하니 형세가 마치 담장으로 둘러싸인 듯했다. 송상현이 고개를 돌려 성안을 바라보자 혹은 죽고 혹은 도망하여 사람이 없었다. 단지 군관 김상(金鐺)과 관노(官奴) 영남(英男)만 남아 있어 급히 조복을 갑옷 위에 입고 하늘을 우러러 통곡하며 말하기를,

"상현이 불충하여 방어사(防禦使)의 직책에 있으면서도 적을 막지 못하고 죽지도 못하였으니 황천후토(皇天后土)는 작은 정성을 굽어 살피십시오."

라고 말하고 나서 약손가락을 잘라 피로 부채에 썼다.

「군신의 의리가 무거우니 부자의 은혜가 가볍도다. 임진년 4월 15일 불초자 상현 올림.」

마침내 영남에게 맡겨 속히 집으로 돌아가게 하였다. 영남이 차마 떠나갈 수 없어 손을 잡고 통곡하는 사이에 적장 조익이 칼을 들고 앞으로 나와 상현에게 절하였다. 상현이 바라보니 그는 전에 병조의 서리를 하던 자였다. 상현이 크게 놀라 말하기를,

"네가 오랑캐로서 우리 조선을 속인 지가 오래구나. 이제 흉계로 나를 죽이려는 것이냐?"

하니, 조익이 말하기를,

"내가 비록 적이 되었으나 그대의 은혜를 오래 입었으니 항백(項伯)을 본받아 자방(子房)을 구하고자 하오. 원컨대 공께서는 내 옷을 입고 나가도록 하시오."

하니, 상현이 욕하며 말하였다.

"당당한 의사(義士)가 어찌 도적에게 의지해 살기를 도모하겠느냐?"

조익이 재삼 간청하였으나 상현은 듣지 않고 묻기를.

"가동을 부모님께 보내려 하는데, 혹여 네 진중을 벗어날 수 있겠는가?"

하니, 조익이 허락하여 마침내 영남을 내보냈다.

상현이 적에게 순절하니 김상이 손에 장창을 들고 좌충우돌하여 100여 명을 죽이고, 다시 객사 지붕에 올라가 기와를 어지럽게 던져 적병 100여 명을 또 죽였다. 기운과 힘이 다해 유탄에 맞아 죽으니 마침내 동래가 함락되었다. 상현은 당시 42세였다. 평의지 등이 크게 떠들며 탄복하여 상현을 해친 왜적을 죽였다. 상현의 종자(從者)인 신여로(申汝櫓)와 첩 김섬(金蟾)이 모두 뒤따라 죽자 적병이 시신을 거두어 동문 밖에 묻고 나무를 세워 표하고는 시를 지어 제를 지냈다. 이때부터 초루(譙樓) 위에 항상 붉은 기운이 하늘에 뻗쳐 수년 동안 사라지지 않으니 적병들이 모두 경외하였다. 임금이 듣고 관직과 정려(旌閭)를 내리고 제관을 보내 제사를 지냈다.

을미년(乙未年)에 집안사람이 고향으로 옮겨 장례를 치를 수 있게 해달라고 조정에 청하였다. 이때 적병이 여전히 동래를 점거하고 있어 모든 길이 막혀 있었는데, 관찰사(觀察使)가 적장을 설득하여 가인(家人)이 성중에 들어가 시신을 찾아 돌아왔다. 백성들이 서로 뒤를 따라 울부짖으며 차마 떠나보내지 못하였고, 적장 평의지 이하 모든 적이 말에서 내려 공경히 전송하였다. 첩 이(李) 역시 사로잡혔다가 절개를 지켜 돌아왔는데, 공의 비단 갓끈을 간직했다가 돌아와 부인에게 바치자 서로 붙잡고 통곡하니 듣는 자도 슬퍼하였다.

조정에서 장수를 내려보내다
朝廷命將南下

이때 동래와 부산은 이미 적의 수중에 있었다. 적이 승세를 타고 계속 몰아붙이자 밀양부사(密陽府使) 박정(朴禎)[7]이 100여 기마병을 이끌고 칠원(漆原)으로 갔다. 적병은 이미 양산(梁山)을 함락시키고 울산(蔚山)으로 옮겨가 공격하였다. 울산군수 이헌함(李彦咸)은 바로 칠원으로 향했고, 박진의 군대는 적의 세력을 보고 사면으로 흩어져 달아났으며, 박진 또한 필마(匹馬)로 피신해 산골짜기로 숨어들었다. 적병이 수영(水營)을 공격하자 수사(水師) 이각의 군사들이 일시에 흩어져 달아났고, 이각 또한 달아나 숨었다. 경상감사(慶尙監司) 김수(金睟)는 창황망조하여 군사들도 불러모으지 못하고 각 읍에 전령(傳令)하여 급히 피난하도록 하였는데, 통진(統鎭)의 병사들과 중간에 명령을 들은 이들이 모두 깊은 산속으로 달아났다. 김해부사(金海府使) 이영원(李營元), 초계군수(草溪郡守) 이유겸(李有謙) 또한 모두 도망쳤다.

경상도에서 적의 세력이 번성하여 인민을 도륙하니 시신이 산처럼 쌓였고, 피난민들이 또 서로 밟아 죽는 자가 억만이었다. 적병이 날뛰는데도 막는 사람이 없고, 조정에서는 전혀 듣지 못하고 있었다. 하루는 정탐군(偵探軍)이 보고하였다.

"왜적 백만이 바다를 건너서 말을 몰아 동래와 부산을 먼저 함락시키고 백성을 죽여 남은 사람이 없습니다. 선봉이 이미 경상도에 당도하였고 한 무리의 군병이 또 전라도를 습격하였습니다. 수령이 창황

---

7 실제 이름은 朴晉(박진).

중에 미처 병사들을 통솔하지 못하여 혹은 적에게 죽고 혹은 많은 사람이 도망쳤습니다."

이에 도성(都城)이 혼란스러우니, 백관(百官)이 입시해 훈련대장(訓鍊大將) 이일(李鎰)을 경상순변사(慶尙巡邊使)로 삼고 포도대장(捕盜大將) 신립(申砬)을 충청순변사(忠淸巡邊使)로, 김성일(金誠一)을 경상좌병사(慶尙左兵使)로 삼아 이들로 하여금 합세해서 왜적을 막게 하였다.

이일의 군대가 상주에서 패하다
李鎰軍敗尙州

이일이 장수의 임무를 받아 궐문에 배사(拜辭)하고, 황금갑주를 입고 천리마에 올라 곧바로 영남으로 향하며, 감사(監司)와 병사(兵使)에게 전령을 보내 급히 각 읍의 병마를 조발하여 대구(大丘)에 모이기로 기약하였다. 감사 김수는 전령을 보고 창황히 영을 내려 군병을 소집하게 하였으나 각 읍의 수령들이 이미 많이 도망쳤고, 진에 남아 있는 수령들은 흩어져 있던 군사들을 조발하고 독려하여 바야흐로 들어오고 있었다. 때가 또 불행하여 큰 비가 연일 내리니 도로가 막히고 군장이 모두 젖어 적세가 점차 가까워 옴에도 군사들이 모여들지 못했다. 먼저 도착한 자들은 밤을 틈타 도망쳤고, 뒤에 도착한 자들도 역시 숨고 달아났으며, 수령들은 법을 두려워하여 그 다음 순서로 도망쳐 숨었다.

이때 이일이 밤을 지새워 행군하여 충청도 지경에 이르니, 노인을 부축하고 아이의 손을 붙잡은 백성들이 들판에 가득하였는데, 통곡하는 소리가 차마 듣기 어려울 정도였다. 경상도에 도착해 보니 민가는 텅 비어 있고, 도로는 적막해 사람을 볼 수 없으니 식량을 구할 곳도 없었다. 말을 달려 문경현(聞慶縣)에 들어가 창고를 부수고 쌀을 꺼내 밥을 지어 허기를 달래고 곧바로 대구로 향하였지만 수령 중 단 한 사람도 명을 받들어 대령한 자가 없었다. 이일이 할 수 없이 판관 권길(權吉)을 참수하려 하자 권길이 울며 말하기를,

"군병을 모아 장령(將令)을 받들게 해주십시오."

라고 하니, 이일이 허락하였다.

권길은 산으로 들어가 피난민 300여 명을 모았는데, 혹은 사족(士族)이고 혹은 노약자였다. 이일은 또 창고를 열어 걸인 수백 명을 구휼하였다. 이일이 칼을 들고 호령하자 걸인들이 황겁하여 명을 따르니 마침내 수백여 명을 이끌고 권길의 군사 300명과 합세하였다. 상주성(尙州城) 10리 밖에 나아가 진을 치매 대오를 정렬하고 기치를 바로 세우며, 권길과 종사관(從事官) 윤섬(尹暹), 찰방(察訪) 김충(金揚)을 좌우익으로 삼았다. 비장 조광좌(趙光佐)를 보내 적세를 살펴보게 하였는데, 광좌는 곧바로 적진으로 향하다가 매복에 걸려 죽고 말았다. 잠시 후 적병이 가득하고 포성이 진동하매 이일의 군사 500명은 일시에 모두 격파당했다.

이일이 필마로 탈출해 곧장 북쪽길로 향하니 적장 서변(徐邊), 현소(玄蘇) 등이 좌우에서 짓쳐들어왔다. 이일이 갑옷을 벗고 말을 버린 채 달려 도망치자, 적장 소섭(蕭攝)이 말하였다.

"이는 날랜 장수로다. 쫓아가지 말라."

이일이 칼을 짚고 산 속에 들어가 작은 암자에서 잠시 쉬는데 큰 호랑이가 나타나 다리를 물었다. 이일이 주먹으로 호랑이를 치자 호랑이는 큰 소리를 지르고 날뛰다가 죽었다. 이튿날 충주(忠州)로 가서 신립의 진영으로 들어갔다.

신립의 군대가 충주에서 패하다

申砬軍敗忠州

신립(申砬)이 도임하여 충주에 들어가 흩어진 군사 8천여 명을 모아 조령(鳥嶺)을 지키려 하였다. 홀연 이일의 군대가 패하여 전멸하였다는 소식을 듣고 너무 두려워 군대를 충주성 아래 달천(達川) 변으로 옮겨 물을 끼고 진을 치라고 명하자 장수들이 모두 말하기를,

"좌우에 큰물이 있으니 우리 군사가 몰려들면 독 안에 든 쥐가 될 것이니 모두 다 살아남지 못할 것입니다."

하니, 신립이 말하기를,

"옛날 한신(韓信)은 배수진(背水陣)을 쳐 승리하였다. 나 역시 도망갈 땅을 없애고 죽기로 싸우고자 한다."

하니, 장수들이 말하기를,

"한신은 요행 승리하였으나 지금 우리가 똑같이 하다가는 모두가 물에 빠져 죽을 것입니다."

하니, 신립이 크게 화를 내며 칼을 응시하자 제장이 감히 다시 말하지 못하였다.

이때 이일이 칼을 끌고 돌아오자 신립이 크게 기뻐하며 문을 열고 맞이하였다. 서로 이야기를 나누는 사이에 북소리가 진동하고 깃발이 휘날리며 두 갈래 적병이 연원역(連源驛)에 이르렀는데, 승세를 타고 좌우로 협공해 오니 검극이 해를 가리고 함성이 천지를 뒤흔들었다. 신립의 군대는 단지 살 궁리만을 하다가 도리어 창을 거꾸로 잡고 안에서 서로 죽이게 되어 진중이 크게 어지러웠다. 신립은 장창을 들고 적병을 베며 적진으로 뛰어들었다가 유탄에 맞아 말에서 떨어져 죽고, 8천

여 명이 아울러 물에 빠져 죽으니 물속으로부터 곡성이 들렸다.

이에 이일은 필마로 도망하며 적병의 추격을 받았는데, 칼을 휘두르며 좌충우돌하여 적병 100여 명을 죽였다. 적병이 감히 다가오지 못하자 말을 돌려 주변을 둘러보는 사이에 포성이 크게 나서 이일의 말이 놀라 넘어졌다. 이일은 말에서 떨어져 맨발로 도망치니 적장이 창을 들고 말을 달려 추격하였다. 이일이 급히 돌아보며 창을 잡고 적장의 가슴을 찔러 죽인 뒤 말을 빼앗아 타고 부여현(扶餘縣)으로 내달리며 패전한 상황을 상달(上達)하고 원주(原州)로 향해 갔다.

임금이 서쪽 평양으로 피신하다
大駕西狩平壤

이때 조정에서는 적의 동태를 몰라 주야로 초조할 뿐이었다. 4월 28일 저녁에 한 사람이 전립을 등에 걸고 지팡이를 끌며 동대문으로 바로 들어오자 근처의 백성들이 앞을 다투어 물으니,

"어제 순변사가 충주성 밖에서 적군과 싸워 장졸이 모두 죽고 충주가 함락되었으며, 적병이 들판을 가득 메우고 곧장 서울로 향해 오고 있소. 나는 순변사의 마부로 집안사람들을 피난시키기 위해 온 것이오."
라 하였다. 이에 성안 사람들이 놀라 남녀노소가 일시에 거리로 나와 부르짖는 소리가 천지를 진동하였다.

이날 초경(初更)에 충주의 장계(狀啓)가 조정에 도달하자 대전(大殿)이 놀라 떨었고, 궁중에서는 통곡하는 소리가 나니 궁인들은 등불을 밝힐 수도 없었다. 체찰사(體察使) 유성룡, 병조참의(兵曹參議) 이항복(李恒

福), 판의금부사(判義禁府事) 이덕형(李德馨)이 대전 앞에서 등불을 밝히고 장계를 보았다. 장계는 다음과 같았다.

「패장 신 이일은 죽음을 무릅쓰고 장계를 올립니다. 신이 불충하고 재주가 없어 친왕병(親王兵)이 패하고 말았습니다. 그러나 당초 명을 받들던 날에 신이 도(道)에 공문을 보내어 군병 모집을 독려하고 대구에서 대기하도록 하였습니다. 신이 주야로 달려 대구에 가 보니 수령은 한 사람도 와 있지 않았습니다. 신은 계책을 쓸 수 없어 피난민을 호령해 상주성 아래에서 적에 맞서 싸웠으니, 비유하자면 한 덩이 고기로 사나운 범의 입을 막는 것 같아 적을 막을 수 없었습니다. 전군이 몰살당하고 신은 간신히 목숨을 부지하여 곧장 신립 장군에게 가보니 이 또한 오합지졸(烏合之卒)이라 화살 한 발 쏠 수도 없고 적 한 명도 죽일 수 없을 정도였습니다. 신립이 마침내 전사하고 충주가 또 함락되었습니다. 신이 가는 곳마다 패하였으니 부월(鈇鉞) 아래에서 죄를 청합니다.」

임금이 놀라 떨며 백관에게 의논하기를 명했는데, 백관이 입시(入侍)하기도 전에 정탐군이 보고하기를,

"적병이 또 광주성(廣州城)에 당도하였습니다."

라고 하였다.

이에 영중추부사(領中樞府事) 김귀영(金貴榮), 판중추부사(判中樞府事) 노식(盧植)[8], 체찰사 유성룡, 판의금부사 이덕형, 병조참의 이항복 등이 임금께 아뢰기를,

"적의 기세가 심히 급하니 평양으로 가시는 게 좋겠습니다."

하니, 임금이 김귀영을 불러 울면서 하교(下敎)하기를,

---

8 실제 이름은 盧稷(노직).

"내가 덕이 없어 이 같은 큰 환란을 당하니 종묘사직(宗廟社稷)이 위태롭고, 골육이 뿔뿔이 흩어지니 경은 나의 자녀와 조카들을 보호하여 함흥(咸興)으로 피난하라."

하니, 김귀영이 울며 절하고는 곧바로 네 왕자를 받들어 황망히 성을 나섰다.

임금이 이양원(李陽元)을 불러 수성장(守城將)으로 삼고 신각(申恪)을 부원수(副元帥)로 삼아 도성을 지키게 하였다. 이날 밤 대가(大駕)가 서문을 나섰는데 비가 내려 칠흑같이 어두웠다. 모든 신료들이 모이지 못해 중전이 홀로 시녀 10인으로 더불어 인화문(仁和門)을 나서자 이항복이 등불을 들고 앞길을 인도하여 벽제(碧蹄)에 이르러서야 백관과 호위군이 조금씩 모여들었다. 옷이 모두 젖어 한기가 뼈에 사무치자 울부짖는 소리와 고단한 상황은 차마 듣지도 보지도 못할 정도였다.

대가가 임진강을 건넌 뒤 짐꾼들이 모두 흩어지자 이항복이 진흙탕을 맨발로 걸어가 호종(扈從) 행렬을 불러 모았다. 3경에 동파역(東坡驛)에 도착하였는데 파주목사(坡州牧使) 허진(許瑨), 장단부사(長湍府使) 구유현(具有賢)이 약간의 술과 떡을 갖추어 대가를 기다렸다. 이때 호위 군사가 굶주려 앞을 다투어 음식을 뺏어 먹어 임금께 바칠 음식이 없어지자 허진, 구유현 두 사람은 부끄럽고 열없어 도망하였다. 임금이 이항복에게 입시하라 하고, 또 대신과 윤두수 등을 불러들여 대책을 물으니, 이항복이 먼저 말하기를,

"우리나라 병력이 적을 당해낼 수 없으니, 오직 서쪽으로 가 명나라에 원군을 청할 수밖에 없습니다."

라고 하니, 임금이 말하였다.

"내 뜻도 본디 이와 같다."

5월 2일에 서흥부사(瑞興府使) 남덕(南德)이 군사를 거느리고 찾아와 대가를 호종하였다. 2일에 조령(鳥嶺)에 도착하자 황해감사(黃海監司) 조득인(趙得仁)이 병사를 이끌고 대가를 맞이하여 정갈한 음식을 진어(進御)하여 군신 모두가 비로소 굶주림을 면하였다. 저녁에는 송도(松都)에 도착해서 남문에 전좌(殿坐)하여 군민을 크게 모으고 전교(傳敎)하기를,

"너희들은 마음 속에 하고픈 말이 있거든 숨기지 말고 다 말하여라." 하니, 한 사람이 아뢰기를,

"전 우의정(右議政) 정철(鄭澈)이 강계(江界)에 유배되어 있으니, 그를 불러 국사를 의논하십시오."

라고 하니, 임금이 크게 깨달아 평양으로 불러들여 특별히 체찰사로 임명하였다.

이에 마침내 이산해(李山海)를 재상에서 파직하고 유성룡, 윤두수, 유홍을 3공으로 삼았으며, 이항복을 이조참판(吏曹參判)에 임명하고 오성군(鰲城君)에 봉하였다. 3일에 금천(金川)에 도착하였고, 4일에는 평산(平山), 5일에는 봉산(鳳山), 6일에는 황주(黃州), 7일에는 중화(中和)를 거쳐 평양(平壤)에 도착하였다. 평양감사(平壤監司) 송언신(宋彦愼)이 병사를 거느리고 나와 대가를 맞이하였다.

왜적이 도성을 점거하다
倭賊入據都城

왜적이 충주를 함락시켜 승승장구하고, 평수정(平秀正)이 40만 군사로 동대문 밖에 진을 쳤다. 평행장이 40만 군사를 이끌고 이미 용인성

(龍仁城)을 지나자 부원수 신각이 수성장 이양원에게 말하기를,

"백만 왜병의 기세가 태산 같은데 우리는 성을 지키다가 이미 양식이 바닥났고, 동문(東門)이 한 번 열리면 모두가 죽어 남은 생명이 없을 것이다. 성을 버리고 서쪽으로 달아나 곧바로 함흥(咸興)에 들어가서 병사들을 거느려 적을 막고, 종국에는 전공을 거두어 도망친 죄를 속량(贖良)하는 것이 낫겠다."

라고 하니, 이양원이 그 말을 듣지 않자 신각은 문을 열고 몰래 도망쳐 곧장 함흥으로 향했다.

이때 행장이 마침내 용인을 함락시키고 한강을 건너니, 도원수 김명원(金命元)이 바라보고 아연실색하여 성을 버리고 깃발을 꺾은 채 평양을 향해 도망쳤다. 이에 평수정이 병사를 합쳐 짓쳐들어오자 이양원 등은 성에 올라 바라보고 황겁하여 간담이 떨어지는 듯해서 성을 버리고 도주하였다. 적병이 마침내 도성에 들어와 첩서를 본국에 보내 관백에게 요청하니 평수길이 다시 평수영(平秀寧), 안국사를 보내어 병사를 거느리고 기세를 돕게 하였다. 10리마다 목책을 늘어놓고 북소리가 서로 응하였으며, 도성에 불을 놓아 창고가 전소되었고, 선릉(宣陵), 정릉(靖陵)을 파헤쳐 임금의 관을 도굴하였으니 귀신과 사람의 통한이 더할 나위 없었다.

평수정이 종묘(宗廟)에 거하고 청정과 행장이 인경궁(仁慶宮)에 거하니, 종묘사직의 신령이 진노하여 밤마다 꾸짖자 지키는 군사가 황겁하여 갑자기 참혹하게 죽는 일이 끊이지 않았다. 평수영 등이 마침내 종묘사직을 불사르고 거처를 남별궁(南別宮)으로 옮겼다.

근왕병이 길목을 지키다

王師拒塞

도성이 이미 함락되자 청정이 행장에게 말하기를,

"조선의 왕이 지금 평양에 있으니 그대가 만약 군사를 이끌고 서쪽으로 가 급히 평양을 공격하면 반드시 달아날 것이다. 그대는 평양에 들어가 수로(水路)로 군사를 보내 마다시와 심안둔의 소식을 탐지하여 그들로 하여금 배를 몰아 압록강에 결진하여 북쪽 군사를 습격하게 하면 조선왕이 반드시 함경도(咸鏡道)로 달아날 것이다. 내가 정병(精兵)을 거느리고 곧바로 함경도로 들어가 험지에 군사를 주둔하고, 그 형세를 보며 기미를 살필 것이니 가볍게 움직이지 마라."

고 하고, 또 평수강·평의지에게 말하기를,

"군대를 이끌고 강원도로 가서 각기 험지를 지키고 나의 처치를 기다려 서로 응하라."

고 하니, 평의지 등이 장차 강원도로 향하려 할 때 제장에게 말하기를,

"삼가 병사를 삼척(三陟)에 풀어놓지 마라. 삼척에는 신인(神人)이 있다고 하니 토정(土亭) 이지함(李之菡)이라고 한다."

고 하였으니, 평의지가 조선에 잠입했을 때 토정에 의해 곤경에 처하여 거의 죽게 되었다가 목숨을 구걸해 돌아간 적이 있다고 한다.

청정, 행장이 조영(調寧), 조신(調信)에게 명하여 도성을 수비하고 궁궐을 불태우게 한 뒤 군사를 이끌고 북쪽으로 올라오자 윤두수, 이항복이 아뢰기를,

"임진강(臨津江)에 장수를 보내 서로(西路)를 막게 함이 좋을 듯합니다."

라고 하니, 이에 도원수 김명원과 부원수 신길(申吉)[9]이 경기도와 함경

도의 군사를 이끌고 임진강을 가로막고, 한응인(韓應寅)이 관서병(關西兵) 3천을 이끌고 그 뒤에 주둔하여 신할과 호응하였다.

신각이 첩서를 올리고도 원통하게 죽다

申恪獻捷冤死

근왕병이 임진강을 향하자 유홍이 장계하여 말하기를,

"전 부원수 신각이 성을 버리고 달아나 경기가 함락되게 만들었으니 청컨대 신각을 참하시어 제장(諸將)을 징계하십시오."

라고 하니, 임금이 전교하였다.

"허락하노라."

이때 신각은 안변(安邊)으로 도망쳐 들어가 군사를 조발하고 양주로 향하다가 적군을 만나 크게 이겼다. 적군 60여 명을 참수하고 적장 이유(李由)를 활로 쏘아 죽이고 첩서를 올린 뒤 군사를 이끌고 가산(嘉山)으로 돌아오다가 금군에게 참수되자 군사들은 통곡하며 일시에 달아났다. 첩서가 올라오자 임금이 진노하여 유홍을 크게 꾸짖고 급히 전령하여 신각을 사면하였으나 이미 때늦은 일이었다.

---

9 실제 이름은 申硈(신할).

신길이 임진강에서 대패하다
申吉敗績臨津

이때 김명원, 신길 등은 임진강에 진을 치고 강가에 배를 정박하고서 대오를 정렬하고 기치를 가지런히 세웠다. 적장 평의지가 천여 명의 병사를 이끌고 강변에 울타리를 세웠는데, 강을 건너고자 하여도 배가 없었고, 싸움을 걸어도 응하지 않았다. 적병은 마침내 병사들을 풀어 강변에서 욕설을 하게 하였는데, 신길의 편장(偏將) 유극남(兪克男)이 편전(片箭)을 쏘아 적군의 눈을 맞춰 죽였다. 적병이 즉시 군막(軍幕)을 옮기고 굳게 지키며 밖으로 나오지 않았다.

하루는 평의지가 명령하기를,

"오늘 우리가 군막을 헐고 퇴각하는 모양을 보여주면 저놈들이 우리가 도망가는 것을 보고 필시 병사를 풀어 뒤쫓을 것이니 우리가 힘을 합쳐 협공하는 것이 좋은 계책일 것이다."

라 하고, 군막을 뽑아 퇴각하며 10리쯤에 병사를 매복시키고 청정과 행장에게 통지하여 30리쯤에 병사를 매복하게 하였다. 이에 깃발을 눕히고 병사를 쉬게 하니 북소리조차 들리지 않자 신길이 명령을 내리기를,

"지금 적병이 퇴각하고 있으니 우리가 밤을 틈타 강을 건너 뒤를 습격하면 적을 대파할 수 있을 것이다."

라고 하니, 극남이 말하기를,

"적의 계책을 예측하기 어려우니 가볍게 행동해서는 안 됩니다. 굳게 지키며 적군의 형세를 보는 것이 좋겠습니다."

라고 하자, 신길이 칼을 뽑아들고 노하여 꾸짖었다.

"명령을 어기는 자는 목을 벨 것이다."

극남은 부득이하여 칼을 들고 따랐다. 신길이 한응인에게 본진을 지키게 하고 정병 3천을 이끌고 밤을 틈타 강을 건너보니 적진은 텅 비어 있었다. 신길이 이에 기뻐하며 30리를 추격하자 갑자기 함성이 크게 일어나며 청정과 행장이 군사를 몰아 공격해 오는데, 화광이 하늘까지 솟아올라 밤인데도 대낮 같았다. 신길이 크게 놀라 군사를 돌려 임진강을 건너려 하자 갑자기 북소리, 나팔소리가 일제히 울리며 평의지의 복병이 상류로부터 공격해 오며 배를 탈취하여 강을 건너 본진을 급습하였다. 신길은 강을 건너려 해도 배가 없고 날아가고자 해도 날개가 없어 어찌할 수 없어 하는 차에, 두 갈래 길의 복병이 좌우로 돌격하여 오자 기운과 힘을 다하였으나 유탄에 맞아 전사하였고 3천 정병이 초목 같이 베어졌다. 극남이 하늘을 우러러 통곡하며 말하기를,

"내 말을 들었더라면 어찌 이 지경에 이르렀겠는가?"

라 하고, 말을 버리고 달려 절벽에 올라 적군 백여 명을 쏘아 죽이다가 화살이 떨어지자 자결하였다. 김명원, 한응인이 본진에 머물러 있다가 평의지의 군대에 맞서 힘을 다해 죽기로 싸우다가 전군이 몰살당하자, 탈출하여 평양으로 들어갔다.

서애 유성룡이 활을 쏘아 적진을 물리치다
西崖射却敵陳

임진이 함락되자 적장 행장이 80만 군을 이끌고 승승장구하여 곧장 평양으로 들어와 강 어귀에 진을 치고 군사를 풀어 정탐하였다. 체찰

사 유성룡이 벽단만호(碧丹萬戶) 임욱경(任郁景)에게 배를 강변에 옮겨 정박시키고 군사를 성 주변에 보내 몸을 숨기고 활을 쏘게 하니 적병이 강에서 멀리 떨어진 곳으로 진을 물렸다.

한극함이 철령에서 대패하다
韓克咸敗績鐵嶺

이때 청정이 80만 대군을 이끌고 임진을 떠나 함경도로 향하던 중 동파역(東坡驛)에 이르렀다. 두 사람이 산골짜기에서 나오니, 청정이 말을 달려가 길을 묻자 그 중 한 사람이 말하기를,

"조선인이 도적에게 길을 가르쳐 주고 싶겠느냐?"

라고 하니, 청정이 그를 베어 죽이자 다른 한 사람이 그 죽이는 것을 보고 죽음이 두려워 마침내 길을 알려주었다. 곡산(谷山)에서 철령(鐵嶺)을 넘어 안변(安邊) 덕원(德源)을 향해 하루에 수백 리를 전진하였는데, 깃발이 하늘을 가리고 북과 나팔소리가 하늘을 울리니 가는 길마다 천지가 진동하였으며, 수령들은 도망쳤다.

북병사(北兵使) 한극함(韓克咸)[10]이 경원(慶源), 경흥(慶興), 회령(會寧), 종성(鍾城), 온성(穩城), 부령(富寧)의 군사를 조발하여 북쪽 병영을 출발하였는데, 중도에서 청정의 군사와 마주쳤다. 7~8리 정도 거리를 두고 진을 치고서 일군을 호령하여 기회를 틈타 일제히 달려나갔다. 북도의 군사가 본래 기마전에 익숙하고, 궁술과 검술에 뛰어난지라 말을 몰아

---

10 실제 이름은 韓克誠(한극함).

날뛰니 죽은 적병이 2만여 명이나 되었다. 청정이 대패하여 창평(昌平) 들로 퇴각하자 극함이 승세를 몰아 추격하였다. 청정이 감히 대적하지 못하고 진 안에서 굳게 지킬 뿐 나오지 않으니 극함도 군사를 물려 진을 쳤다. 이에 적장 경감로(景監老)가 병사 40만을 이끌고 명천(明川)을 함락시킨 뒤 안변을 향해 가다가 청정이 대패했다는 소식을 듣고는 급히 창평으로 가 군사를 합쳐 공격하였다. 극함은 불의에 공격을 받아 적을 막아내지 못하고 패주하여 철령(鐵嶺)에 주둔하였다. 이날 밤 초경에 군중에 전령하여 저녁을 짓게 하였는데, 적군이 어둠을 틈타 고개를 넘어와 일시에 불을 놓고 함성을 지르며 공격해 왔다. 극함이 크게 놀라 군사들을 재촉해 불길을 무릅쓰고 전투를 독려하였으나 기운이 다하자 군사를 이끌고 남쪽으로 도주하다가 큰 못에 빠졌다. 적군이 썩은 풀 베듯 아군을 죽이며 공격해 오자 잠깐 사이에 살아남은 병사가 없었다. 극함이 탈출하여 동쪽으로 달아나면서 추격하는 적군을 활로 쏘아 죽였다. 적병이 마침내 함흥에 입성하고, 청정은 또 남병영으로 향하자 병사 이은(李殷)이 감히 적을 대적하지 못하고 갑산(甲山)으로 달아났다.

피난민이 왜적에게 항복하다
亂民納降倭賊

한극함이 패하자 청정은 함경도 일대를 다스리매 수령을 차출하고 창고의 곡식을 실어내 근간을 삼으니 기세가 태산과 같았다. 경성장교(鏡城將校) 국경인(鞠敬仁)[11]이 무리에게 말하였다.

"국운이 이미 다하였으니 살기를 도모하는 게 낫다. 만약 네 왕자를 잡아다가 청정에게 항복하면 청정이 필시 기뻐하여 상을 내릴 것이니 난세를 기회 삼아 출세하는 것이 또한 마땅하지 않은가?"

이에 큰 못에 병사를 매복시키고 왕자에게 가 고하기를,

"지금 적병이 성 앞에 가득하니 산 속으로 들어가 적군의 예봉을 피하십시오."

라고 하니, 네 왕자와 영부사(領府事) 김귀영(金貴榮), 참판(參判) 황정욱(黃廷彧), 감사(監司) 유영립(柳永立), 병사 한극함이 모두 놀라 성을 나섰다. 이때 날이 저물었는데, 경인이 큰 못의 언덕으로 길을 인도하니 좌우의 복병이 일시에 일행을 결박해 청정에게 항복하였다. 청정이 크게 기뻐 경인으로 경성부사(鏡城府使)를 삼으니 갑산좌수(甲山座首) 주기남(朱起男)이 이 소식을 듣고 부러워하였다. 이때 남병사 이은이 갑산에 있었는데, 기남은 이은이 취해서 잠든 틈을 타 비수로 찔러 죽이고 청정에게 바쳤다. 청정이 기남을 길주목사(吉州牧使)로 삼고 묻기를,

"저들이 결박해 온 자들 중 아는 자가 있느냐?"

라고 하니, 기남이 유영립을 지목하며 말하기를,

"이 사람은 내 은인인데 살려 보내도 되겠습니까?"

라고 하니, 청정이 이에 묶은 것을 풀고 놓아주자 유영립은 평양으로 갔다.

---

11 실제 이름은 鞠景仁(국경인).

이일이 활로 적진을 물리치다

李鎰射却賊陣

이에 앞서 이일이 원주에 들어가 보니 성이 비어 있었다. 원주를 지나쳐 함경도 지경을 향해 가니 왜적이 삼수(三水)와 갑산(甲山)에 가득하였다. 양덕(陽德), 맹산(孟山)을 통해 평양으로 들어가니 옷이 남루하고 행장이 처량하여 다만 병부(兵符)와 장검만 남아 있으니 백관이 이일을 보고 한심해 하였다. 좌의정 윤두수가 이일에게 2백 명의 군사를 주고 영구루(永久樓)를 지키게 하였다. 이일이 길을 떠나 만경대(萬頃坮)에 도착하였는데, 적장 수맹(秀孟)이 병사 천여 명을 이끌고 개울을 건너고 있었다. 이일이 강 서쪽에 진을 치고 병사들을 독려하여 화살을 쏘라 하였으나 병사들은 겁을 먹고 감히 쏘지 못하였다. 이일이 이에 방패를 끼고 화살을 쏘자 수맹이 놀라 퇴각하였다.

어가는 다시 영변으로 가다

大駕又幸寧邊

임진이 함락되자 여러 신하들이 함흥으로 가기를 청하니, 윤두수와 이항복이 말하였다.

"이 성은 지킬 수 없으니 영변(寧邊)으로 가는 것이 마땅합니다. 만약 한 번 북쪽 령(嶺)을 넘으면 명나라와 단절될 것이니 다시는 희망이 없을 것입니다."

적병이 대동강(大同江)에 다다르자 이덕형이 배를 타고 가서 현소와

조신을 만나 진군을 늦추는 일을 도모하고, 만약 뜻대로 되지 않으면 몰래 용맹한 병사를 거느리고 두 사람의 목을 베어 돌아오겠다고 청하였다. 이항복이 이를 저지하며 말하기를,

"당당한 국가가 어떻게 도적놈의 계책을 쓴단 말인가?"

라고 하니, 결국 그만두었다.

유성룡이 장계를 올려 아뢰었다.

"왜장 행장이 장림(長林) 어귀에 진을 치고 정방산성(正方山城)의 곡식을 운반하고 있습니다. 한편으로 도성을 점거한 병사를 청해 온다고 하니 평양의 위급이 조석에 놓여 있습니다. 폐하께서는 의주(義州)로 행하시고 사신을 보내 명나라에 구원병을 요청하십시오."

이에 임금이 김명원, 윤두수, 이원익(李元翼)에게 평양을 지키게 하고, 어가는 보통문(普通門)을 나섰다. 판부사 노식이 중전과 궁인을 호위해 어가를 뒤따르니, 성안이 소란한 중에 백성들이 몰려들어 노식의 앞을 가로막고 욕하며 말하기를,

"너는 힘을 다해 성을 지키지도 않고 임금을 모시고 어디로 가느냐?"

라 하고, 인하여 막대기를 들어 치니 노식이 끝내 말에서 떨어지도록 종자들도 백성들을 막지 못하였다. 감사 송언신이 급히 장교들에게 명령해 주동자 두 사람을 참수하니 그제야 백성들이 흩어졌다.

어가가 영변에 도착하여 요동에 사신을 보내 명나라에 구원병을 청하였다.

한음 이덕형이 요동으로 가 원군을 청하다
漢陰乞援遼東

어가가 영변에 도착한 뒤 오성군 이항복이 요동으로 가서 원군을 청하겠다고 하였다. 판의금부사 이덕형 또한 자신이 가겠다고 하자 심충겸(沈忠謙)이 말하기를,

"이항복은 지금 병조판서이니 자리를 비울 수 없습니다. 이덕형을 보내소서."

라고 하니, 이항복이 서문까지 전송하고는 좋은 말을 내어주며 말하기를,

"군사를 얻어내지 못하거든 그대는 마땅히 나를 중획(重獲)에서 찾으시오."

라고 하니, 이덕형이 말하기를,

"군사를 얻어내지 못한다면 내 마땅히 노룡령(盧龍嶺)에 뼈를 묻겠소."

라고 하니, 듣는 이도 숙연해졌다.[12]

오성 이항복이 울며 어가를 따라가기를 청하다
鰲城鳴谷請從大駕

이때 왕성탄(王城灘)의 군사가 궤멸되고 적의 선봉이 점점 가까워지자 임금이 신하들을 불러 의논하고 교지를 내려 말하기를,

---

12 저본은 '聞者亦容'인데, 문맥에 맞게 '易容'으로 번역함. '역용'의 본뜻은 '낯빛을 바꾸다' 정도인데, 문맥에 맞게 '숙연해졌다'로 의역함.

"부자가 함께 압록강을 건너가면 나랏일을 돌볼 수 없으니 세자는 종묘의 신주를 모시고 따로 가라. 나는 신료들을 데리고 의주로 가겠으니 누가 나를 따르겠는가?"

라고 하니, 신하들이 대답하지 못하자 병조판서 이항복이,

"신은 이미 아버지를 여의었고 질병도 없으므로 따르기를 청하나이다."

하였고, 이산보 또한 따르기를 청하자 임금이 이들에게 감동하였다.

최응숙이 어가를 호위하다
崔應淑扈濟御駕

어가가 박천(博川) 지경에 도착하여 청천강을 건너려 하는데, 갑자기 비바람이 크게 일어 다리 세 칸이 무너졌다. 가마꾼 16명이 물에 빠져 죽으니 뒤따르던 신하들도 어쩔 줄을 몰랐다. 임금이 하늘을 우러러 탄식하며 말하기를,

"선대의 기업이 모두 왜적의 손아귀에 들어가고, 다시 이 지경을 당하니 누구를 탓하겠는가?"

라고 하니, 갑자기 한 사람이 군사를 밀치고 나와 물에 들어갔는데, 물속을 마치 평지처럼 다니며 급히 어가를 모셔 강변으로 옮기고는 다리를 건너 돌아와 좌우에 5~6명씩 끼고는 다리를 건네주었다. 이렇게 스무 번 남짓을 오가니 모든 관료와 호위 병사들이 무사히 강을 건널 수 있었다.

임금이 그의 의로움과 용맹함을 장하게 여겨 그에게 속히 입시하라

명하고는 그의 이름과 거주를 묻자 대답하기를,

"신은 재령에 사는 최응숙(崔應淑)입니다."

라고 하니, 임금이 특별히 철산부사(鐵山府使)를 제수하고, 전란이 끝난 뒤 풍천(豊川)으로 벼슬을 옮겨주고 화순군(和順君)에 봉하였다.

유영립이 돌아와 패전을 보고하다
柳永立入奏敗報

어가가 박천에 도착하자 함경감사 유영립이 적진으로부터 급히 돌아왔다. 임금이 함경도가 함락된 이유를 묻자 영립이 울며 아뢰기를,

"국경인 때문에 함경이 함락되고 네 왕자와 신 등이 적군의 포로가 되었습니다. 또 갑산좌수 주기남은 남병사 이은을 죽이고 청정에게 투항하였습니다. 신이 주기남과 서로 아는 사이였기에 기남이 풀어주어 도망하였습니다. 오는 길에 들으니 청정이 왕자를 일본으로 보낸다 합니다. 세상에 어찌 이런 일이 있을 수 있습니까?"

라 하고, 인하여 목을 놓아 통곡하니 임금이 슬픔을 참지 못하였다.

왜적이 평양을 점거하다
倭賊入據平壤

행장이 대동강 남쪽 기슭으로 진을 옮기자 윤두수가 장수들에게 말하기를,

"적이 성 아래 주둔하니 그 뜻을 알 수 있다. 삼가 방심하지 말고 성문을 굳게 지켜라."

고 하며, 감사 송언신에게 대동문(大同門)을 지키게 하고 병사 이윤덕(李允德)에게 부벽루(浮碧樓)를 지키게 하였으며, 익산군수 이유홍(李有弘)에게 장경문(長慶門)을 지키게 하고, 이일에게는 보통문(普通門)을 지키게 하였다. 각각 창검을 들고 일시에 북을 울리니 적이 감히 성문에 다가오지 못하고 20여 곳에 진을 치고 붉은색 기와 흰색 기를 벌여 세웠다. 4~5명의 왜병이 때때로 강변에 나와 혹 모래사장에서 놀고 혹은 조총을 쏴 보통문, 연광정을 맞추기도 하였는데, 간혹 사람이 맞더라도 다치지 않았으니 대개 그 재주를 시험하는 것이었다.

하루는 두 왜병이 모래사장에서 군복을 벗고 손으로 팔을 두드리며 대동문을 향해 욕하는 행동을 하였다. 감사의 군관(軍官) 유사석(柳師碩)이 몰래 편전을 쏘니 화살이 손을 뚫고 팔에 박혔다. 이후부터 적병이 감히 나다니지 못했다. 이에 행장이 장수들에게 말하였다.

"대동강에 배가 없어 건너갈 수 없고 평양성이 철통과 같아 깨뜨릴 수 없으니 순안(順安)으로 우회하여 양덕, 맹산을 거쳐 압록강으로 가 방어하고 마다시와 합류하는 것이 좋겠다."

이때 김명원이 계책을 내고 말하기를,

"지금 적병이 물러나 나서지 않으니 필시 구원병을 청하려는 것이다. 어둠을 틈타 몰래 황성탄[13]을 건너가 급습하면 왜적을 깨트릴 수 있을 것이다."

라 하고, 즉시 증산현령(甑山縣令) 고언박(高彦博), 벽단만호 임욱경에게

---

13 실제 지명은 王城灘(왕성탄).

3천 정병을 거느리고 3경에 곧장 대동원으로 내ㄴ

채가 장기 말처럼 늘어서 있었고, 적의 장졸은 잠들어

장창을 높이 들고 적장의 막사를 어지러이 공격하였다. 적 ㄴ

공격을 받아 동서를 분변치 못한 채 사방으로 달아나고 행장은 ㄴ

채 말에 올랐다. 포를 한 방 쏘니 수천 개의 횃불이 일시에 켜지자 ㄱ

진을 호령하여 겹겹이 포위하였다. 고언박과 임욱경이 좌충우돌하여

왜병 3백여 명을 죽이고 말 백여 필을 탈취하였다. 잠시 후 함성이 하늘

을 흔들고 북소리가 땅을 울리며 무수한 왜병이 칼을 휘두르며 공격해

왔다. 고언박과 임욱경 두 장수가 적의 칼날에 죽임을 당하고, 3천 정병

가운데 단지 3백여 명만 남아 적의 추격을 피해 회군하여 황성탄을

건넜다. 적병이 비로소 물이 얕은 것을 알고 대군을 이끌고 강을 건넜

다. 윤두수와 김명원은 결국 성문을 열고 곧장 순안(順安)으로 달아났

다. 행장은 평양을 점령하였으나 백성을 해치지는 않았다.

어가가 정주로 향하다
大駕發向定州

　평양 수비에 실패하자 중군 최원(崔源)은 급히 박천으로 달려가 평양이
함락된 소식을 전했다. 임금이 듣고 크게 놀라 어가를 재촉해 밤에 출발
하였는데, 많은 호종신이 도망하였다. 때마침 비가 내려 매우 어두우니
병조판서 이항복이 창졸간에 변고가 있을까 우려하여 말을 달려 앞길을
인도하여 가산(嘉山)에 도착하니 군수 임신경(任愼景)이 아뢰었다.
　"관아 창고에 백미 1천 석이 있으니 엎드려 청하건대 어가를 머물러

일의 기미를 지켜보십시오."

말을 마치기도 전에 보고가 들어오길,

"한 무리의 왜병이 이미 가산 지경을 침범하였습니다."

라 하니, 어가가 즉시 정주(定州)로 향하여 호생령(湖生嶺)에 올라 바라보니 적의 선봉이 이미 가산에 들어서고 있었다. 군수 임신경이 죽기를 무릅쓰고 싸웠으나 곡식을 모두 잃고 도망쳤다. 어가가 정주에 도착하자 이항복이 며칠 머물며 전황에 대한 보고를 기다리자고 하면서 우선 사신 한 명을 뽑아 의주 백성들을 위로하고, 또 요동에 자문(咨文)을 보내 적의 형세를 알리자고 청하니, 임금이 그렇게 했다.

어가가 의주로 나아가다
大駕進住義州

정주에 며칠 머물고, 어가는 선천(宣川)을 지나 의주(義州)에 도착하여 통군정(統軍亭)에 올라 동쪽을 바라보며 통곡하여 말하기를,

"선왕의 200년 기업과 동방 삼천리강토가 모두 적의 수중에 떨어졌으니 종사는 누구를 의지하며, 과인은 어디로 돌아가야 하는가?"

라 하니, 좌우의 시신과 궁녀들이 모두 목 놓아 울었다.

이날 봉황성장(鳳凰城將)에게 다음과 같이 이문(移文)하였다.

「과인의 나라가 불행하여 남쪽 오랑캐의 환란을 당하니 부모형제가 뿔뿔이 흩어지고, 다만 성 하나를 지키고 있소. 원하건대 중국에 들어가 명나라의 백성이 되고자 하니, 이 뜻을 황제 폐하께 아뢰어 주시오.」

봉황성장이 요동부사에게 전달하고 병부상서를 거쳐 천자에게 보

고되었다.

어가가 처음 도착했을 때 백성들이 놀라 흩어졌는데, 병조판서 이항복이 공청을 청소하기를 청하여 오래 머물 뜻을 보였다. 수일 후 관원과 백성들이 조금씩 돌아오자 행궁의 모양새를 갖추게 되니, 항복이 또 말하기를,

"한강 이남 지방에서는 임금이 이미 요동으로 건너갔다고 여겨 민심이 소요하고 있을 것입니다. 급히 사신을 보내 의병을 일으켜 왕께 충성토록 깨우쳐야 합니다."

라고 하였다.

이로부터 조정의 명령이 호남과 영남에 전파되었고, 관군과 의병들이 수시로 임금에게 문후하였으며 국정이 안정되었다.

명나라 사신이 와서 상황을 살피다
天使來觇

이때 요서(遼西)에서는 조선이 왜적을 이끌고 명나라를 침략하려 한다는 헛소문이 전해졌다. 명나라 병부에서 황응창(黃應暢)을 보내 확인하게 하여 비로소 깊이 의심하자 이항복은 한양에 있을 때부터 이미 이런 사태를 고려하여 신묘년에 왜구가 보내온 편지를 챙겨두었다가 이때에 이르러 황응창에게 보여주었다. 황응창은 그 편지를 보고는 가슴을 두드리고 크게 호통을 치며 말하기를,

"귀국이 중국을 위하여 대신 병란을 겪으면서도 오히려 오명을 뒤집어썼구려. 내가 돌아가 상서 석성(石星)에게 실상을 잘 설명하겠소."

라고 하자, 명나라가 구원병 논의를 비로소 결정하였다.

사신을 보내 원병을 청하다
遣使乞援

 명나라 사신 황응창이 이미 돌아가자 유성룡과 이항복이 아뢰기를,
"비록 봉황성에 이문하였다 하더라도 중국에 사신을 파견해 황제께
원병을 요청하는 것이 낫습니다."
라 하자, 임금이 그렇게 여기고 이조판서 신점(申點)과 병조참의 정탁
(鄭卓) 등을 보내니, 밤을 새 빨리 달려 황성에 도착해서 주야로 통곡하
며 원병을 청하였다. 황제가 특별히 사정을 매우 가련하게 여겨 요동
도독(都督) 조승훈(祖承訓)에게 요동의 전군을 거느리게 하고, 유격장
(遊擊將) 사유(史儒)에게는 창군(鎗軍) 2만 명을 이끌고 조승훈과 합세해
조선을 구하라 명령하였다. 예부상서 설병(薛秉)에게는 비단 500필과
은 1만 냥을 가지고 조선의 국왕을 위문하라 명하였으니, 이때가 임진
년 10월이었다.

명나라 장수가 평양에서 대패하다
天將敗績平壤

 조승훈, 사유 등이 40만 대군을 이끌고 의주를 향해 출발하는데, 깃
발과 창검이 늘어서 30리에 달했으며 패문(牌文)을 먼저 의주에 전했

다. 이에 이원익은 순안(順安)을 수비하고, 김명원은 숙천(肅川)을 수
비하고, 유성룡은 안주(安州)를 수비하면서 각 읍의 군량을 옮기며 명
군(明軍)을 기다렸다. 명군이 강을 건너자 임금이 몸소 강변에 나가 맞
이하여 함께 의주성으로 들어와 예를 마친 후 청하기를,

"원하건대 장군이 무예를 발휘하여 저 적병을 물리치고 과인의 나
라를 회복하여 명나라의 위엄을 드높이기를 간절히 바라오."

라고 하니, 이에 조승훈 등이 정주를 거쳐 순안을 지나 5경 무렵 평양
성 아래에 도착하였는데 마침 비바람이 세게 불어 성문에는 지키는
병사가 없으니 승훈이 기뻐 말하기를,

"과연 왜적들이 명군이 오는 줄 알고 겁을 먹고 숨었구나."

라 하며, 사유를 선봉으로 삼아 성문을 부수고 돌입하라 하였는데 적
군은 여전히 보이지 않았다. 잠시 후 포 쏘는 소리가 나며 좌우에 매
복했던 군사가 양쪽에서 짓쳐들어오니 명군이 대패하여 만여 명이 전
사하였다. 승훈은 크게 놀라 퇴각하였는데, 또 큰 비가 내려 군사들이
추위에 떨고 피로에 시달렸다. 다음날 점고해 보니 죽은 자가 8만 명
이었고 부장 사유 등도 모두 죽었다. 승훈은 패잔군을 수습해 요동으
로 돌아갔다. 이에 이원익이 퇴각하여 증산(甑山)을 수비하고, 이빈(李
賓)에게 순안을 지키게 하였으며, 김억추(金億秋)에게는 대동강 하류
를 지키게 하였다.

이일이 적을 물리치고 적병을 사로잡다
李鎰破兵斜賊

　이일은 평양성 수비에 실패하여 안악(安岳)으로 달아나 재난을 피해 온 병사 백여 명을 거느리고 다시 산사로 들어가 승병 50여 명을 조발했다. 이에 구월산성(九月山城)으로 가서 군기를 수습해 나오는데 중도에 한 사람이 문화(文化) 사람 김명련(金命璉)을 천거하며 말하기를,

　"전에 왜선 수백 척이 결성포(結城浦)에 들어왔는데, 이 사람이 수백 명의 군사로 왜선을 물리치고 수백 명을 참수하니 진정한 용사입니다. 그대가 평양으로 향하려거든 함께 가십시오."

라 하자, 이일이 크게 기뻐하며 김명련과 함께 가서 홍수원(洪水院)에 도착하니 왜적 백여 명이 주둔해 있었다. 이일이 골짜기에 진을 치고는 명련에게 말하기를,

　"자네가 이 적들을 소탕해 보겠는가?"

라 하니, 명련이 백여 명을 거느리고 또 진졸(鎭卒) 400명을 얻어 홍수원에 진을 쳤다. 그리고 왜적의 복색을 만들어 군사들에게 입히고 풀피리 하나씩을 주며 말하였다.

　"오늘밤 3경에 왜적의 진으로 들어가 각자 풀피리를 불고 풀피리가 없는 자는 모두 베어라."

　이때 왜적 수백 명이 남쪽으로부터 와서 홍수원에서 진을 합쳤다. 이일이 명련에게 알리자 명련이 말하기를,

　"장군은 염려하지 마십시오."

라 하고, 이날 밤 3경에 병사를 거느리고 적진으로 가서 적이 잠든 틈을 타 군사를 독려하여 공격하자 적병은 크게 어지러워 서로를 알아보지

못했다. 이에 각자 풀피리를 불고 풀피리가 없는 자를 베니 400여 명이 죽고 적군이 대패하여 달아났다. 이일이 크게 기뻐하며 장수로 천거하여 명련이 자산군수(慈山郡守)가 되어 군사를 이끌고 평양으로 가서 이원익의 진중에 들어가니, 이때는 임진년 11월이었다.

도사가 구출해 완평으로 돌아가다
道救回完平

 이일이 평양으로 돌아와 이원익과 함께 적세를 살펴보았다. 하루는 이원익이 장수들에게 말하기를,

 "내가 살펴보니 적장이 교만하고 병사가 나태하니 패할 것이다. 이를 틈타 공격하면 거의 이길 수 있을 것이다."

라 하고, 이일과 함께 병사를 이끌고 외성으로 향하자 행장이 힘 있는 장수 종일(宗一)을 보내 이일에 대적하게 하였다. 이일이 종일과 십여 합을 싸우다가 기운이 다하여 적수가 되지 못함을 깨닫고 말을 돌려 달아났다. 종일이 승세를 타고 추격했으나 이일을 놓치자 이원익을 포위하였다. 원익이 여지없이 패하여 다시 일어날 수 없어 적에게 사로잡혔는데, 홀연 한 도사가 공중에 서서 옥병을 잡고 붉은 물을 적에게 흩뿌렸다. 적병 수백 명은 손발을 떨며 정신이 혼미하여 말할 수도 없고 움직일 수도 없었다. 종일이 매우 두려워 성문을 열어 숨어들었고, 원익은 패잔병을 수습해 진으로 돌아왔다.

김응서가 한밤중에 적장을 죽이다
金應瑞夜殺賊將

이원익이 돌아와 장수들에게 말하기를,

"종일은 천하의 명장으로 우리나라에 대적할 사람이 없을 듯하니, 어디서 용사를 얻어 종일을 죽일 수 있겠는가?"

라 하니, 갑자기 한 기사(騎士)가 대답하기를,

"제가 살던 동네에 김응서(金應瑞)란 양반이 있는데 사납고 날쌔기가 비할 데 없습니다. 한번은 사나운 범이 담을 넘어 들어와 돼지 한 마리를 집어삼킨 적이 있었는데, 응서가 몸을 날려 허공으로 솟아오르더니 오른손으로는 범의 목덜미를 잡고 왼손으로는 네 발을 잡아 바닥에 내동댕이쳐 죽였습니다. 제가 보기에 이 양반이 지금 시대에 제일가는 사람일 듯합니다."

라 하니, 원익이 기뻐하며 묻기를,

"네가 사는 곳은 어디냐?"

하니, 대답하기를,

"용강(龍崗)입니다."

라 하였다.

원익이 찾아가서 응서를 보고 함께 가기를 청하자 응서가 말하기를,

"제가 상중(喪中)에 있는 몸인지라 사정이 난처합니다."

라 하니, 원익이 말하기를,

"주상께서 피신해 있고 백성이 도탄에 빠져 있는데 그대의 용맹함으로 어찌 앉아서 지켜보기만 하겠는가? 하물며 몸을 국가에 바쳐 왜적을 소탕하고 부모를 영화롭게 하는 것이 어찌 충과 효 모두를 다하

는 것이 아니겠는가?"

라 하니, 응서가 마침내 영전 앞에 절하고 원익을 따라나섰다.

군사들이 모두 기뻐하여 10일 동안 잔치를 즐겼는데, 하루에 쌀 서 말과 술 서 말을 먹었다.

이에 이르러 응서가 원익에게 청하기를,

"오늘 밤 성벽을 넘어 들어가 종일의 목을 베어 돌아오겠습니다. 장군 께서는 만약을 대비해 한 무리의 군사를 성 밖에 대기시켜 주십시오."

라 하고, 3경 무렵 손에 청포검을 쥐고 성벽을 넘어 들어갔다. 조용히 관문에 도착하니 문을 지키는 병졸 네 명이 칼을 짚고 자고 있었다. 이들을 베고 문을 넘어 들어가 관 안을 살펴보니 등촉만 밝을 뿐 경비 하는 병졸은 모두 잠들어 있었다. 응서가 주저하고 방황하던 차에 한 기녀가 마침 장막 밖으로 나오다가 놀라 묻기를,

"장군은 어떤 일로 이 위험한 곳에 들어오셨습니까?"

라 하니, 응서가 말하기를,

"네가 비록 미천하다 하나 또한 조선 사람이다. 반드시 도리를 지키 려는 마음이 있을 것이니 어찌 나라 위한 충심이 없겠는가? 내가 여 기 온 것은 왜장의 목을 베기 위해서다. 네가 도와줄 수 있겠느냐?"

라고 하니, 기녀가 말하기를,

"왜장 종일의 거처가 집 가운데 있는데 사방에 비단 장막을 둘러치고 방울을 매달아 두어 사람이 혹 드나들면 방울 소리가 요란합니다. 금으 로 만든 침상에 높이 누워 좌우에 칼을 끼고 자는데 3경 이전에는 귀만 자고, 3경 이후에는 눈만 자다가 4경 이후에 귀와 눈이 모두 잠듭니다. 원컨대 장군께서는 삼가시고 허술하게 대사를 도모하지 마십시오."

라 하자, 응서가 말하기를,

"그럼 어찌해야 좋겠느냐?"

라 하자, 기녀가 말하기를,

"제가 먼저 들어가 잠든 것을 확인한 뒤에 솜으로 방울을 감싼 뒤 나와서 알려드릴 테니 장군은 그때 도모하십시오."

라 하고, 드디어 치마를 걷어들고 조용히 들어갔는데 오래도록 나오지 않았다.

응서가 반신반의하며 몸을 숨겨 기다리자 얼마 후 기녀가 나와 안으로 들어가기를 청했다. 응서가 청포검을 꽉 쥐고 몸을 날려 안으로 들어가니 여러 기녀들이 일제히 장막을 걷어 올렸다. 응서가 흘깃 바라보니 종일이 손에 용천검을 쥔 채 우레같이 코를 골고 있기에 들어가 종일의 목을 베고 몸을 날려 대들보 위에 올라서자 목이 잘린 종일이 칼을 휘둘러 대들보를 내리쳤고 응서의 옷자락이 잘려 땅에 떨어졌다. 잠시 후 종일의 몸뚱이가 거꾸러지고 유혈이 장막 안에 가득했다. 응서는 왼손에는 종일의 머리를, 오른손에는 청포검을 들고 장막을 헤치고 나왔다. 기녀가 울며 데려가 주기를 부탁하자 응서는 차마 버리고 갈 수가 없어 기녀를 안고 나왔다. 잠시 후 집 안이 소란하더니 적병이 사방을 포위하는데, 횃불이 밤하늘의 별처럼 포진하고 칼날이 빗발 같았다. 응서가 기녀를 등에 업고 좌우로 충돌하며 성 아래 도착하니 적장 의지가 눈을 부릅뜨고 크게 소리쳤다.

"네가 간사한 꾀로 나의 명장을 죽였으니 내가 원수를 갚아야겠다! 어서 내 칼을 받아라!"

응서는 몸을 솟구쳐 칼을 휘두르며 적장 백여 명을 베고 성을 넘어 나왔다. 적장 수맹이 성 아래 매복해 있다가 칼로 기녀를 베고 다시 응서를 베려 하였다. 응서가 수맹을 베고 서둘러 남쪽으로 달아났다.

이원익의 비장 안일봉(安一鳳)이 매복하여 기다리다가 마침내 웅서를 보호해 돌아왔다. 원익이 매우 기뻐하며 큰 잔치를 열고 종일의 머리를 깃대에 높이 달았다. 적장 행장이 군사들에게 성에 올라 다음과 같이 소리치게 하였다.

"너희가 평의지와는 전투를 하지 않고 한갓 간사한 꾀로 우리 진중에 침입해 나의 소중한 장수를 죽였으니, 이 원수는 무엇으로도 갚을 수가 없다! 너희 역시 똑같이 당할 줄 알아라!"

중봉이 금산에서 순절하다

重峯殉節錦山

이에 앞서 중봉 조헌은 동남쪽에서 나는 큰 벼락소리를 듣고 놀라 말하였다.

"이것은 큰북소리이니 필시 왜적이 바다를 건너왔을 것이다."

왜적이 조령을 넘자 향읍의 의병 수백 명을 모집하였다. 보은(報恩)과 차령으로 가 힘써 적을 막았고, 인하여 영남과 호남을 옮겨 다니며 적과 싸우고 의병을 모집하였다. 순찰사(巡察使) 윤선각(尹先覺)의 훼방으로 인해 근근이 의병을 모집하였는데, 스스로 찾아온 자가 1600여 명이나 되었다. 승려 영규(靈圭)와 함께 청주(淸州)의 서문을 공격하였는데, 조헌이 친히 화살과 총탄을 무릅쓰고 사졸들도 죽을힘을 다하였다. 적군이 크게 패하여 성안으로 들어가 지키므로 의병이 장차 성에 올라가려고 하는데 별안간 비가 쏟아지며 하늘이 캄캄해지니 조헌이 탄식하며 말하기를,

"옛 사람이 이르기를 승패는 하늘에 달려 있다 하더니 믿을 만하구나."

하고, 이에 징을 쳐 조금 물러났다. 이날 밤에 적이 시체들을 불사르고 북문을 통해 몰래 달아났으니, 이때가 팔월 초하루였다. 이때부터 호서(湖西)에 주둔하였던 적들이 모두 달아났다.

이런 까닭에 많은 사람이 옥에 갇히게 되었고, 휘하의 의병들이 점점 떠나가 따르는 이가 단지 7~800명뿐이었다.[14] 조헌이 개탄하며 의병을 이끌고 금산(錦山)으로 향해 10리 떨어진 곳에 도착하였다. 적이 조헌을 도와주는 군사가 오지 않음을 알고 저희 군사를 세 패로 나누어 번갈아 공격하며 교란하자 조헌이 명령하기를,

"오늘은 다만 죽음이 있을 뿐이다. 죽고 살고 나아가고 물러감에 의(義)에 부끄러움이 없게 하라."

고 하니, 사졸이 모두 힘을 다해 싸웠다.

시간이 꽤 오래되자 적은 세 번 패해 거의 궤멸되었으나 의병의 화살은 동이 났고 날조차 저물어 두 군사가 서로 보이지 않자 사졸들은 모두 사색이 되었으나 조헌은 의기가 조금도 꺾이지 않고 더욱 급하게 싸움을 독려하였다. 적군도 모든 조총을 동원해 공격해 마침내 장막 아래로 들어오자 편장과 비장 여럿이 힘써 만류하며 도망갈 것을 권했으나 조헌이 웃고 말안장을 풀며 말하기를,

"여기가 내가 죽을 땅이다."

---

14 이 장면 앞에 조헌과 윤선각의 갈등 내용이 빠져있어서 문맥이 자연스럽지 못함. 『연려실기술』에 기록된 해당 부분에서 이 장면 앞에는, 윤선각이 조헌을 방해하므로 조헌이 윤선각을 책망하는 글을 보냈고, 이에 윤선각은 조헌의 휘하로 응모하여 간 의병의 부모와 처자를 모두 가두게 하고 관군에게는 응원해 주지 못하게 했다는 기록이 있음.

라 하고, 마침내 북채를 들어 북을 울리자 사졸들이 죽기로 달려들어 맨주먹으로 서로 치면서도 자리를 떠나지 않고 마침내 함께 죽어 한 사람도 요행으로 모면한 자가 없었으니, 이날은 16일이었다.

마침내 적의 수를 당해내지 못해 의병이 전멸하였다. 적의 전사자 또한 절반이나 되었는데, 그 남은 병졸을 거두어 가지고 진으로 돌아가매 울음소리가 진동하였고, 3일 동안 시신을 옮겼음에도 오히려 남아 있으니 이에 시신을 쌓아 불에 태웠다. 마침내 무주(茂朱)에 주둔한 적이 모두 달아나버리니, 호서(湖西)와 호남(湖南)이 이로 인하여 온전할 수 있었다.

삼도의 병사가 용인에서 전멸하다
三道兵陷沒龍仁

어가가 의주에 도착해 비로소 근왕병을 일으키라는 명령이 내려졌다. 이에 전라감사 이광(李珖)[15], 충청감사 윤국현(尹國賢)[16], 경상감사 김수 등은 병사 5만 명을 모아 서울로 향하여 용인(龍仁) 지경에 도착하였다. 적군 2천여 명이 산골짜기에 주둔하고 있어 이광이 백광행(白光行)을 선봉으로 삼아 적의 주둔지를 공격하게 하였다. 백광행은 백여 명의 기병을 이끌고 곧장 적진으로 달려갔다. 적장 안국사는 굳게 지킬 뿐 나와 싸우지 않고, 여러 번 싸움을 걸어도 응하지 않았다. 저녁때가

---

15 실제 이름은 李洸(이광).
16 실제 이름은 尹國馨(윤국형).

되자 안국사가 진문을 열어 제치고 곧바로 달려 나와 백광행의 군사를 초목같이 베어버렸다. 백광행은 수합을 싸우다 패하여 죽고 전군이 몰살당하자 삼도의 병사들은 깃발과 북을 버리고 도망쳤다.

김성일이 범탁을 쳐서 물리치다

金誠一擊走凡卓

근왕의 명령이 이미 하달되자 총융사(摠戎使) 김성일이 천여 명의 병사를 이끌고 장차 도성으로 향하여 부평(富平)에 이르렀다. 적장 범탁(凡卓)은 신장이 8척으로 머리는 범 같고 얼굴은 용 같았는데, 창을 휘두르며 달려 나오니 소리가 벼락 같았다. 김성일의 군사가 바라보고 겁을 먹어 사방으로 달아나자 성일이 매우 화가 나서 칼을 들어 땅을 내리찍으며 말하기를,

"장수의 명령을 듣지 않고 오직 도망할 것만을 생각하니 어떻게 도성을 수복할 수 있겠느냐?"

하고, 비장 이종일(李從一)을 꾸짖어 말하기를,

"네가 평상시에 스스로 당해낼 수 없다고 말하더니 이제 적은 수의 적군을 보고도 도망하는구나."

하였다.

종일이 이에 큰 활로 적군 수백여 명을 사살하고 성일도 백여 명을 죽였다. 범탁이 크게 패하여 영채를 뽑아 달아났다.

이순신이 마다시를 공격하여 쳐부수다

李舜臣攻破馬多時

전라도 수군대장 이순신(李舜臣)의 자는 여해(汝諧)이다. 문무(文武)를 겸전하고 지용(智勇)이 절륜하여 강태공(姜太公)의 병법과 장자방(張子房)의 비결을 지니고 있어 모르는 것이 없었다. 17세에 무과에 급제하여 신묘년(辛卯年)에는 전라좌수사(全羅左水使)가 되었고, 병영에 도임한 후 즉시 삼도 수군을 지휘하여 진법을 연습하고 날마다 병사를 포상하니 무예와 궁술이 날마다 나아졌다. 순신은 일찍이 건상(乾象)을 보아 왜적이 침략할 것을 알고 거북 모양의 배 400척을 만들었다. 갑판에는 철판을 입히고 그 위에는 구멍을 무수히 뚫어 마치 벌집 같았는데, 화살과 총알은 충분히 드나들 수 있게 했으며, 관옥선(貫玉舡)이라 이름 붙였다. 매일 장사들을 모아 수전(水戰)을 훈련하였다.

이때 마다시, 심안둔 등이 병사 80만을 이끌고 수로로 진군하여 전라우수영에 침입했다. 수사 이억기(李億其)[17]와 원균(元筠)[18] 등이 급하게 전선을 재촉해 북을 치며 출전하였다. 적병 또한 북을 울리며 공격해 왔는데, 피차간의 징과 북을 치는 소리에 물결이 용솟음치는 듯했다. 순신이 비장을 보내 원균에게 말하기를,

"이곳이 심히 좁아 수전이 어려우니 넓은 바다로 유인해서 승부를 겨루는 것이 유리할 것 같소. 내가 패하여 달아나는 체하면 그대 역시 나를 뒤따라 퇴각하시오."

---

17 실제 이름은 李億祺(이억기).
18 실제 이름은 元均(원균).

라 하였다.

이에 순신이 배를 물려 남쪽으로 향하니 원균 등도 역시 배를 물려 달아났다. 마다시가 바라보고 웃으며 말하기를,

"순신 등이 겁을 먹고 달아나니 추격하는 게 좋겠다."

고 하고, 안국사와 함께 급히 전선을 몰아 추격해 왔다. 순신은 마침내 뱃머리를 돌리고 군사를 호령해 적에게 포를 쏘았다. 원균과 이억기 두 장수가 좌우에서 협공하자 살벌한 소리가 용궁을 뒤엎는 듯하였다. 관옥선 400척이 또한 왜진으로 돌입해 좌충우돌하며 화포를 발사하자 화염과 연기가 하늘 높이 치솟았고 적선은 다 불에 탔으니, 적의 전사자는 5만여 명이었다. 마다시가 패하여 동쪽으로 달아나다가 화포에 맞아 물에 빠져 죽으니, 남은 군사들은 사방으로 흩어져 달아났다. 순신이 전선을 이끌고 노랑포(老浪浦)[19]로 들어가 사졸에게 음식을 주어 위로하고 장수들을 포상하였다. 이때는 임진년 9월 15일이었다.

이순신이 마득시를 공격하여 쳐부수다
舜臣攻破馬得時

이순신은 노랑포에 들어와 며칠간 군사들을 쉬게 하였다. 마다시의 동생 마득시는 전선 300척을 거느리고 본진을 지키다가 형이 패하여 전사했다는 소식을 듣고 격분하여 3경 때에 전선 20척을 뽑아 곧장 이순신의 진영으로 향하게 하였다. 순신은 이미 적이 올 것을 알고 군

---

19 실제 지명은 鷺梁浦(노량포).

중에 명령하기를,

"오늘 밤 3경에 적병이 반드시 올 것이니 너희들은 힘써 싸우라."

하고, 이에 대환고(大丸鼓) 20자루를 준비하였다. 얼마 후 과연 마득시가 함성을 지르며 공격해 왔다. 순신이 군사에게 명령을 내려 대환고를 발사하자 왜선이 산산조각 나며 적군이 모두 물에 빠져 죽고 단지 마득시가 탄 배 한 척만이 급히 본진으로 돌아갔다. 순신 역시 군사를 거두어 사상(泗上)에 진을 치고 군사들을 호궤하였다.

이때 동남풍이 세차게 불자 순신이 크게 놀라 말하기를,

"오늘밤에 순풍(順風)이 불어 도적이 반드시 불로 우리 진영을 공격할 것이니, 너희들은 병장기를 준비해 두어라."

하고, 이에 전선 열 척에 허수아비 수천 개를 실은 뒤 청룡기를 꽂고 북을 치며 나아가 전날 진 쳤던 곳에 진을 치고 이억기를 불러 말하기를,

"그대는 전선 50척을 이끌고 자근도(紫根島)에 이르러 매복하고 적선을 기다리다가 노량포를 지나거든 나아가 적을 공격하라."

고 하고, 원균을 불러 말하기를,

"그대는 수군 3천을 거느리고 5리 쯤 가서 동도(東島) 수풀 속에 매복하였다가 적선이 동도를 지나칠 때 급습하시오. 내가 병사를 이끌고 남쪽으로 가 적군의 퇴로를 막고 급습하면 적이 달아날 길이 없을 것이오. 그대들은 이 약속을 어기지 마시오."

라고 하였다.

이때 마득시가 동남풍이 세게 부는 것을 보고 과연 기뻐하며 말하기를,

"바람이 매우 좋은 것을 보니 하늘이 우리 편인 모양이다. 화공을 펼치면 틀림없이 형의 원수를 갚을 수 있을 것이다."

라 하였다.

마침내 전선 10여 척에 건초와 화약을 싣도록 독려하고, 또 전선 100여 척에 병사들을 태워 뒤따르게 하였다. 얼마 후 적병은 바람을 타고 와서 포를 쏘고 불을 질러 화살과 총탄이 날아다녔으나 순신의 진영에서는 조금도 동요하지 않았다. 적군이 이상하게 여겨 자세히 살펴보니, 곧 허수아비였으므로 크게 놀라 배를 돌려 달아나려 하는 사이에 함성이 크게 일어나며 좌우에서 소리 질러 말하기를,

"간사한 도적놈의 묘한 계략이 산산조각 났으니 네가 하늘로 솟을 테냐, 땅으로 꺼질 테냐? 어서 빨리 항복하라!"

고 하며, 이에 화포와 진천뢰와 편전 등을 일제히 발사하였다.

마득시는 적군을 막아보려 하였으나 화살과 탄환을 모두 허수아비에 소진하였으므로 계략도 없고 힘도 없어 머리를 숙인 채 화살을 맞고 전군이 몰살당하였다. 마득시는 백여 명의 군사를 수습해 급히 남쪽으로 향하였는데, 홀연 해상에 무수한 전선이 마치 갈매기 떼처럼 떠 있었고 앞에 세워진 큰 깃발에는 '조선 수군대장 이순신'이라 쓰여 있었다. 마득시는 놀랍고 두려워 주저하며 달아나려 하였다. 순신이 왼손에는 용검을, 오른 손에는 장창을 쥐고 적선으로 뛰어들어 소리를 지르며 급습하니 순식간에 살아남은 적군이 없었다. 순신 역시 마득시의 유탄에 맞아 왼쪽 어깨를 다쳤는데, 본진에 돌아와 보니 피가 갑옷을 적셔 흥건하였다. 장수들이 모두 놀라 갑옷을 벗기고 살펴보니 2촌 가량의 깊이에 탄환이 박혀 있었다. 순신은 술을 마시며 장수들에게 명해 탄환을 빼내게 하였는데, 안색도 변하지 않았으며 말과 웃음소리도 평소 같았기에 옆에서 보는 사람은 코가 시큰거렸다. 장수들이 편히 누워 조리하기를 청하자 순신이 말하기를,

"대장부가 조그마한 상처로 누워 쉰다면 군중이 어찌 놀라서 동요하지 않겠는가?"
라 하고, 드디어 전선을 거느리고 한산도(寒山島)[20]를 지나 뭍에 상륙하여 진을 치고 군사를 호궤하고 상을 내렸으니, 이때는 임진년 9월 18일이었다.

이순신이 심안둔을 쳐서 물리치다
李舜臣擊走沈安屯

이순신이 뭍에 상륙해 진을 쳤는데, 날씨가 쾌청하고 달빛이 밝아서 대낮 같으니 장수들은 마음을 놓고 잠들어 코를 골았다. 순신 또한 칼에 기대 잠이 들었는데 꿈에 한 노인이 순신에게 말하기를,
"도적이 바야흐로 오고 있는데 장군은 어찌 잠을 자는고? 나는 이 섬의 신령인 까닭에 와서 알려주는 것이오."
라 하였다. 순신은 잠에서 깨 이상한 일이라 여기고, 이에 책상을 두드리며 노래를 부르니 노랫소리가 맑고 개연하여 장수들과 군사들이 일시에 놀라 일어났다. 순신이 군중에 명령하기를,
"오늘 밤 도적들이 우리가 방심한 것을 알고 반드시 공격해 올 것이니 너희들은 병장기를 준비하여 적병을 맞이하라."
고 하니, 장수들은 모두 이 말을 믿지 않고 거짓으로 대답하기를,
"알겠나이다."

---

20 실제 지명은 閑山島(한산도).

라고 하였다.

과연 3경이 되자 왜적이 달이 어두운 틈을 타 배를 몰고 몸을 숨겨 공격해 왔다. 순신이 장수들에게 명령해 화포를 쏘게 하자 적군도 포를 쏘며 대응해 오니 북과 나팔 소리며 서로 죽이는 소리가 천지를 뒤흔들었다. 순신이 장수들을 호령해 좌우로 협공하자 적이 크게 패하여 남쪽으로 달아났다. 원균의 비장 이영남(李英男)이 추격하여 왜선 한 척을 탈취하고 적병 50명을 사로잡아 돌아와 순신에게 바쳤다. 순신이 장대(將臺)에 높이 앉아 적병에게 호령하여 말하기를,

"너희 중에 조선인이 있느냐?"

하니, 한 사람이 울며 말하기를,

"저는 거제도(巨濟島)에 사는 김대용(金大容)입니다. 적에게 사로잡혀 군졸이 되었다가 다행히 장군 덕분에 고국으로 살아 돌아왔습니다. 장군의 은혜는 세상이 다하도록 잊지 못할 것입니다."

라 하니, 순신이 말하기를,

"그렇다면 네가 적진의 상황을 잘 알겠구나? 숨김없이 말해보아라."

하니, 대용이 말하기를,

"지금 왜선 400척이 안골포(安骨浦)에 있습니다. 심안둔은 틀림없이 그들과 합세해 서쪽으로 가고자 할 테지만 감히 움직이지 못하는 것은 장군께서 여기 있기 때문입니다. 장군께서는 서둘러 그들을 공격해 세상에 다시 없을 전공을 세우십시오."

라고 하였다.

이에 순신은 무사를 호령해 50명의 왜적을 참수하고, 전선 50척을 가려 뽑아 몰래 당양포(當陽浦)로 향하게 한 뒤 정병 100여 기를 뽑아 명령하기를,

"너희들은 육로로 가서 우리 전선이 당양포에 들어서거든 군막에 불을 지르고 왜적을 습격하라."

하고, 드디어 전선을 재촉해 당양포 어귀로 달려가 보니 홀연 포구에서 불길이 치솟았고 북소리는 바다를 뒤흔드는데, 아마도 왜적이 당양포를 지나 안골포로 들어서는 중인 듯했다. 순신은 전선을 독려해 왜적을 급습하였고, 육로로 간 100여 기 또한 불을 지르며 협공했다. 적병은 도망갈 길이 없어 혹은 물에 빠지거나 혹은 불 속에 뛰어들었고, 왜선 100여 척은 일제히 침몰하였다. 순신이 안골포에 들어서자 심안둔이 크게 놀라 패잔군을 모으고 전선을 수습하여 곧장 남해로 도주하였다. 순신은 원균, 이억기와 함께 한산도로 복귀하였다. 임금은 의주 행재소에서 이순신의 승전보를 들었다.

조호익이 의병을 일으켜 적을 토벌하다
曹好益倡義討賊

의병장 조호익(曹好益)은 창원(昌原) 사람이다. 약관(弱冠)의 나이에 과거에 급제하여 벼슬길에 올랐으나 언행으로 죄를 얻어 강동(江東)에 유배되었다. 의탁할 곳이 없어 학도 30여 명을 모아 가르치며 20여 년을 보냈는데, 40여 명의 고을 선비들이 호익의 행실에 감복하였다. 이때에 이르러 호익은 적군이 함부로 날뛰는 것에 분개하고 임금이 피난한 것을 슬퍼하여 밤낮으로 통곡하며 말하기를,

"대장부가 난세에 처하여 초야에서 세월을 낭비해서야 되겠는가? 어떻게 해야 한 무리의 군사를 얻어 백만의 적을 소탕할 수 있을까?"

라고 하였다.

호익은 비록 무예가 없었으나 충의로운 마음이 사표(辭表)에 가득히 넘쳐나기 때문에 고을 사람 200여 명이 호익의 뜻에 감동하여 호응하였다. 호익은 마침내 200여 명과 함께 상원군(祥原郡)으로 가 병기를 거두어 상주(尙州)로 향했는데, 마침 태풍이 불어 행군하지 못하고 산골짜기에 들어가 민가를 얻어 휴식을 취하였다. 이날 밤 3경에 한 사람이 산 위에서 소리쳐 말하기를,

"여기서 남쪽으로 10리쯤에 큰 언덕이 있고 왜적 300명이 거기에 주둔해 있는데, 장군은 어찌 가서 공격하지 않소?"

하니, 호익이 무사를 시켜 그를 불러오게 하였는데, 가서 보니 아무도 없었다. 호익이 말하기를,

"이는 귀신이 나를 지시한 것이다."

라 하고, 급히 200명의 군사를 거느리고 남쪽으로 10리를 가니 과연 커다란 한 언덕이 있었다. 이때 또 태풍이 불었으므로 불을 지르고 함성을 지르며 달려 나가니 적병은 크게 놀라 사방으로 흩어져 달아났다. 호익은 병사들을 독려해 화살을 쏘게 하니 적은 크게 패해 달아났다. 이튿날 확인해 보니 죽은 자가 200여 명이었다. 적이 노략한 군량과 우마로 군사들을 호궤한 뒤 경원부(慶源府)로 향했다.

정문부가 의병을 일으켜 적을 토벌하다
鄭文孚倡義討賊

왜적이 함경도로 향하자 혜산첨사(惠山僉使) 고경진(高景晋)과 갑산부

사(甲山府使) 이유일(李惟一)은 도망하여 백두산(白頭山)으로 들어갔다. 다른 수령들은 혹 죽거나 혹 도망쳤으므로 함경도 일대는 이미 적의 소굴이 되었다. 청정이 함흥을 점거하고 27개 관의 수령을 임의로 차출하니 이보다 더 통탄할 일이 있겠는가? 북평사(北評事) 정문부(鄭文孚)가 절치부심하여 주야로 통곡하였으나 특히 필부 혼자서는 계책을 낼 수가 없었다. 하루는 생각에 잠겼다가 말하기를,

"산중에 피난한 사람들 중 혹시 절의를 지닌 선비가 있을 것이니 어찌 의기가 북받쳐 원통함을 일으킬 마음이 없겠는가?"

하고, 인하여 백두산에 올라 각처를 찾아다니다가 한 곳에 이르니, 백여 명의 사람이 술을 빚고 소를 잡아 한창 잔치를 벌이고 있었다. 문부가 윗자리에 앉아 예를 표한 뒤 묻기를,

"이 같은 난세에 잔치를 즐김은 어떠한 일이오? 지금 종사가 의지할 데 없고 임금께서 피난해 계시며 200년 된 예의의 나라가 하루아침에 왜적의 소유가 되었소. 나 같은 혈기 있는 사람이 의기가 북받쳐 원통하여 분한 마음이 일어나지 않을 수 있겠소? 나는 전임 북평사 정문부요. 국가를 위해 패전의 치욕을 설욕하려 하나 혼자서는 아무 일도 할 수가 없어 덧없이 세월을 보내다 이곳에 이르렀소. 충의의 선비들을 만나면 장차 한마음으로 힘을 합칠 수 있을 것 같았는데, 오늘 다행히 그대들을 만났소. 그대들 또한 장사이며 충의의 마음과 떳떳한 품성을 가지고 있을 것인데 어째서 산골짜기에 모여 세월만 허비한단 말이오?"

라고 하였다. 대개 고경진은 스스로 의병장이라 일컫고 피난민들을 회유해 산속에 들어가 민가의 가축을 약탈하고 오직 잔치를 즐기는 것을 일삼았는데, 문부의 말을 듣고 무안하여 대답조차 할 수 없었다.

문부가 다시 달래며 말하기를,

"옛날 제(齊)나라 민왕(湣王)은 70여 성을 빼앗기고 거(莒)와 즉묵(卽墨)만이 남았소. 즉묵 사람 전단(田單)이 몸소 삽을 들고 사졸들과 더불어 고생을 함께 하며 70여 성을 수복하고 거 땅에서 민왕을 맞이하였소. (우리) 재주는 다른 세대에서 빌릴 수 없고 미덕이 옛사람보다 못하겠지만, 그대가 만약 나와 더불어 마음을 같이 해서 왜적을 물리쳐 종사를 보전하면 공훈이 이정(彝鼎)에 새겨지고 이름이 역사에 드리워질 것이오. 비록 혹 성공하지 못하더라도 충의의 이름은 어찌 천하 후세에 빛나지 않겠소? 그대들은 깊이 생각해 보시오."

라고 하자, 말을 마치기도 전에 고경진 등이 일시에 일어나 절하며 말하기를,

"장군의 말씀이 잠깐 사이에 어리석은 마음을 깨우쳐 주셨습니다. 지금부터는 성심을 다해 명령을 따르겠습니다."

라 하였다.

문부는 드디어 경진 등과 함께 병장기를 수리하였는데, 그 군사가 백여 명이었다. 또 각각 피난민을 얻으니 합이 500여 명이었다. 이에 대를 쌓고 천지신명께 제사를 지냈다. 축문은 다음과 같았다.

「유세차. 모년 모월 모일에 정문부는 목욕재계하고 일월성신(日月星辰)과 후토신령(后土神靈)께 빕니다. 지금 국운이 불행하여 남쪽에 변란이 발생하였고 예의의 나라가 망하게 되었습니다. 정문부 등은 500명의 의사들과 더불어 왜적을 소탕하고 종묘사직을 수복하고자 합니다. 천지신령께서는 작은 정성을 굽어 살피시고 전투에서 승리하여 공을 세우게 해주십시오.」

제사를 마치고 전임 부사 윤금개(尹金盖)의 집으로 가 명주 10필을 꺼내 깃발을 만들고, 깃발에 '의병장 정문부'라 쓰고, 군사들의 전립

에는 '충신의사'라 쓴 뒤 병사들을 이끌고 회령(會寧)으로 향하였다.

회령의 아전 등은 가뭄에 비를 기다리는 마음으로 의병을 기다리다가 이날 정문부의 군사를 보고 왜장 정감로(鄭監老)에게 거짓으로 보고하기를,

"의병 10만 명이 방금 성 밖에 도착하였습니다."

라 하니, 정감로가 듣고 크게 놀라 군사들을 거느릴 경황도 없이 필마로 성 밖으로 달아났다. 백성들이 다투어 정감로를 쏘아 죽이고 문부를 성안으로 맞아들였다.

정문부가 적을 죽이고 성을 수복하다
鄭文孚克賊復城

정문부는 회령에 들어온 뒤 각 읍에 격서를 돌려 다음과 같이 말하였다.

"의병장 정문부는 충신, 의사와 동심 합력하여 왜적을 격파하고 백성을 고난에서 구제하였으니, 어찌 예의의 나라에 빛남이 있지 않겠는가? 운운."

이에 소문을 듣고 온 사람들이 마치 시장에 모여드는 것 같았는데, 경원(慶源)·경흥(慶興)·온성(穩城)·종성(種城)·길주(吉州)·명천(明川)·북청(北靑) 등지에서도 호응하지 않는 곳이 없었다. 고경진이 경성(鏡城)에 들어가 국경인을 참수하고 장차 홍원(洪原)으로 향하려 하니 군졸이 2만여 명이었다. 이유일(李惟一)은 천여 명을 거느리고 장차 함흥으로 향하여 낮에는 산꼭대기에 올라 북을 치고 밤에는 횃불을 수

십 리에 걸쳐 벌여 두며 세력을 과시하였다.

이때 청정은 의병이 사방에서 일어났다는 것을 알고 크게 놀라 날마다 높은 곳에 올라가 기세를 살폈다. 10여 일이 지나자 문부와 경진은 의병 3만여 명을 통솔하여 각각 무기를 들고 함흥(咸興) 10리쯤에 이르러 진을 쳤다. 문부가 장대에 앉아 장수들에게 명령하기를,

"고경진은 5천 명을 거느리고 선봉이 되어 동문을 공격하라. 내가 후군이 되어 남문을 불 지르면 적군은 틀림없이 서문을 열고 달아날 것이다. 급히 병사를 몰아 공격하면 적이 틀림없이 대문령(大文嶺)을 넘을 것이니 누가 대문령에 매복했다가 적병을 쳐부수겠는가?"

라 하니, 한 사람이 나서며 말하기를,

"소장이 그 임무를 맡겠습니다."

하니, 이는 이유일이었다. 이에 3천 명의 병사를 주어 대문령으로 보내고, 3경에 군사들을 밥 먹이고 4경에 출전하였다.

(청정의 군사가) 급히 보고하기를,

"남문에 불이 나서 수많은 병사가 죽었습니다."

하니, 청정이 크게 놀라 남문으로 가 구원하려 하였다.

함흥 관아 아전들이 무기를 모두 불 태우고 수문장을 살해한 뒤 문을 열어 의병을 맞아들이자 경진이 장창을 들고 적 100여 명을 베고 성중으로 말을 몰아 풀 베듯 적을 베었다. 문부는 남문을 불사르고 곧장 들어가 공격하였다. 청정은 힘을 다해 죽기로 싸웠으나 끝내 막아내지 못하였다. 이때 서문만이 고요하였으므로 패잔병을 수습해 서문을 열고 곧바로 대문령으로 달아났다. 날이 이미 밝았는데 홀연 산 정상에서 북소리와 나팔소리가 어지럽게 울리고 함성이 크게 일어나며, 군중에서 일제히 외쳤다.

"의병장 이유일이 여기서 널 기다린 지 오래되었다. 너희 불쌍한 도적놈들은 달아나지 말라!"

이에 장창을 들고 좌충우돌하며 즉시 군사들에게 일제히 화살을 쏘라고 명령하니 적병이 태반이나 죽었다. 청정은 포위를 뚫고 나와서 급히 패잔병을 수습해 밤낮으로 달려 안변성(安邊城)에 들어가 웅거하였다.

휴정이 승군을 일으키다
休靜倡起僧軍

적장 선강정(善江丁)이 삭주(朔州), 홍천(洪川), 안협(安峽)을 함락하여 낭천현령(琅川縣令)을 죽이고 회양(淮陽)을 점거하여 마을을 노략하였다. 또 금강산 사찰에 들어가서 법당에 높이 앉아 승려들을 호령하며 재물을 내놓으라 하였다. 혹 따르지 않는 사람이 있으면 끌어내 목을 베니 승려들이 겁을 먹고 한꺼번에 월대(月臺)에 재물을 내놓았는데 얼마 되지 않아 산처럼 쌓였다. 마침 한 승려가 있었는데 이름은 휴정(休靜)이라 하고 스스로는 서산대사(西山大師)라 불렀다. 바깥으로부터 지팡이를 짚고 안으로 들어와 불당에 합장 배례한 후 왜장을 향해 읍하였다. 왜장이 자세히 보니 호랑이의 눈에 사자의 이마를 지녔으며 수염이 한 척 남짓하게 났는데, 용모가 비범하고 행동거지는 평온하였다. 창과 칼을 든 군사가 좌우로고 둘러쌌으나 조금도 두려워하는 기색이 없었다. 왜장은 그가 보통 승려가 아님을 알고 일어나 답례하자 휴정이 말하기를,

"소승은 이 절의 주지입니다. 장군이 만 리를 달려왔는데 미처 산문

(山門)에 나가 맞이하지 못했으니 면목이 없습니다. 장군께서는 용서하십시오."

하고, 소매에서 작은 병을 꺼내 표주박에 솔잎차를 따라 적장에게 건네며 말하기를,

"산중에 맛있는 것이 없어 단지 솔잎차를 준비해 장군을 대접하니 장군은 이상하게 여기지 마십시오. 또 승려가 평생 다른 재물이 없이 평생 산 위의 흰 구름뿐이니 장군께서 재물을 요구하실 테면 저 흰 구름을 가지고 가십시오."

라고 하였다.

왜장이 그 안연한 기색과 속세를 벗어난 언어를 보고 몸을 일으켜 절하며 말하기를,

"선사께서는 범승이 아니라 진정한 불승이십니다. 저와 함께 가시지요."

하고, 안변에 들어가 청정에게 천거하며 말하기를,

"이분은 특별한 스님입니다. 잘 대우해 주십시오."

라고 하였다.

청정은 예의로 후하게 대하며 서로 고금을 논의하였는데, 마치 끝없는 바다 같이 가슴이 시원해졌다. 청정이 마음에 두려워하고 기이하게 여기고 있는데, 하루는 휴정이 청정에게 말하기를,

"왜국과 조선은 이웃나라입니다. 지금 이웃과 교유하는 도리를 알지 못하고 무슨 까닭으로 침략하여 학살하기가 이리 심하십니까?"

하니, 청정이 말하기를,

"조선이 국력은 헤아리지 않고 우리의 명령을 거역했기 때문에 이 지경에 이른 것입니다. 책임이 조선에 있으니 지금부터는 구습(舊習)

을 영영 버리고 우리의 선봉이 되어 명나라를 쳐부수고 일본에 조공을 바친다면 침략을 그치고 병사를 거두어 돌아갈 것입니다. 그러나 그렇게 하지 않는다면 조선 사람은 하나도 살아남아 못할 것입니다."

하니, 휴정이 화를 내고 낯빛을 바꾸며 말하기를,

"일본의 관백이 천한 서얼로서 몰래 반심을 품어 그 주인을 살해하고 스스로 왕이 되었으니 천하의 도적놈이오. 어찌 당당한 예의의 나라 조선이 천하의 도적에게 조공할 수 있겠소?"

하고, 인하여 큰소리로 욕하기를 그치지 않았다.

청정이 분노하여 무사에게 재촉하여 휴정을 끌어내 영문(營門) 밖에서 목을 베라 하였다. 좌우의 무사가 일시에 달려들었지만 휴정은 조금도 두려워하는 기색이 없이 천연스럽게 웃으며 말하기를,

"장군의 도량을 떠보기 위해 그런 것이오. 어찌 한 사람의 말로 성인이 되고, 한 사람의 말로 도적이 되겠소? 천하 사람이 모두 성인이라고 말한 후에야 성인이 되는 것이고, 천하 사람 모두가 도적이라고 말한 후에야 도적이 되는 것이오. 장군은 어쩔 수 없는 소장부로군요."

하고는 크게 웃었다.

청정이 오히려 심히 무안하여 급히 영문 밖으로 나가 휴정의 손을 이끌고 들어와 자리에 앉히고 사과하며 말하기를,

"내가 경솔하여 이런 잘못을 저질렀으니 스님께서는 마음에 담아두지 마시고 편안하게 거처하십시오."

하였다.

이튿날 휴정이 청정에게 말하기를,

"내가 들으니 선강정이 삭녕(朔寧)으로 간다고 하니 틀림없이 경기감사 심대(沈岱)를 죽일 것이오. 내가 평생 심대와 교분이 친밀하였으

니 가서 구해주었으면 합니다."

하니, 청정이 말하기를,

"어떻게 선강정이 심대를 죽일 것을 아십니까?"

하니, 휴정이 말하기를,

"남자가 이 세상에 태어나 만 리 밖을 보지 못하더라도 어찌 천리 밖의 일을 헤아리지 못하겠소? 장군이 사람 보기를 썩은 나무의 벌레 보듯 하니 내가 여기 머무는 것이 쓸데없겠소."

하고는 웃기를 그치지 않았다.

얼마 후 선강정이 안변에 승전보를 알려왔는데 과연 심대는 죽었다. 청정이 놀라 급히 휴정을 불러 사과하며 말하기를,

"선사께서는 이 세상 사람이 아닌가 봅니다. 풍진 속에 오래 머무실 수 없으니 사찰로 돌아가시기 바랍니다."

하였다.

휴정은 금강산으로 돌아가 절의 승려들을 불러놓고 말하기를,

"우리는 조선의 승려들이다. 예의지국이 거의 적의 땅이 되었으니 왜승(倭僧)이란 두 글자가 또한 부끄럽지 않겠느냐? 이제 승군을 조직해 왜적을 무찌르려 하는데, 너희가 내 명령을 듣지 않는다면 벨 것이다."

하니, 승려들이 일시에 대답하였다.

"옳습니다."

이에 큰 깃발을 세우고 '조선국 승군도원수 휴정'이라 썼다. 승려들에게 각자 전투복을 만들어 입게 하고 각 사찰에 통보하여 승군을 모으니, 20여 일만에 모인 사람이 2천여 명이었다. 이에 고성현(高城縣)으로 가 병장기를 수습해 가지고 나와, 곡산(谷山)으로부터 맹산(孟山)·양덕(陽德)을 지나 의주를 향해 나아갔다.

정남과 변응정이 왜적을 토벌하고 순국하다
鄭南邊應井討倭殉國

왜병은 조령(鳥嶺)을 넘자 길을 나눠 여러 고을을 약탈하였다. 김제군수(金堤郡守) 정남(鄭南)과 해남현감(海南縣監) 변응정(邊應井)은 병사 500명을 거느리고 장수(長水)에 진을 쳤다. 적장 평정성(平正成)이 2만 명의 군사로 길을 나누어 공격해 오자, 정남과 변응정이 군사들에게 일제히 화살을 쏘게 하여 왜적의 사상자는 이루 헤아릴 수 없었다. 이에 두 장수가 장검을 높이 들고 적진에 돌입하여 200여 명의 적을 죽였다. 평정성은 대패하여 남쪽으로 달아나다가 도중에 안국사의 군사 만여 명과 조우하여 병력을 합쳐 다시 공격해와 변응정·정남과 더불어 종일토록 대적하였다. 변응정과 정남의 군사들은 화살이 떨어져 더 쏠 수 없게 되자 두 장수가 혹 장창을 잡고 혹 철퇴를 들어 좌우에서 공격하며 적진을 휘저으니 왜병이 죽고 다쳐 피가 흐르고 시체가 쌓였다. 두 장수는 기운이 다하여 피를 토하며 죽었고 전군이 마침내 몰살당했다.

이튿날 아침 평정성이 보고 측연하게 여겨 군사들에게 흙을 파고 무덤을 만들게 하고는 판자로 비석을 만들어 '조선 충신 변응정 정남의 묘'라 쓰고, 안국사와 함께 전주(全州)로 향했다. 대정(大靜) 사람 이정함(李廷咸)이 노비와 마을 사람들을 모아 급히 전주성으로 들어가서는 관아의 아전과 노비, 고을 사람들을 호령해 성벽에 깃발을 세우고 북과 나팔을 울리게 하였다. 왜적이 바라보고 의심하며 두려워하다가 밤을 틈타 달아나니 전주는 이로 인해 안전했다.

원위와 변응성이 군사를 거느리고 적을 막다
元緯邊應誠領兵禦賊

왜적이 도성을 점거한 뒤 군사를 나누어 몰려오자, 조방장 원위(元緯)와 이천부사(利川府使) 변응성(邊應誠)[21]이 5천 명의 군사를 이끌고 적병을 막았다. 이때 적장 수정(秀正)이 6만 명의 군사를 거느려 충주를 지키고 있었고, 적장 서수(徐守)는 4만 명의 군사를 거느려 원주를 지키고 있었다. 때때로 병사들을 풀어 민가를 노략하였는데, 병사가 7~800리에 두루 흩어져 죽산(竹山), 양주(楊州), 용인(龍仁), 양근(楊根), 광주(廣州), 양지(陽智) 등의 고을이 나날이 약탈을 당했다. 원위는 정병 3천명을 요지에 매복시키고 있었다. 적장 길원걸(吉元傑)이 수천 명의 군사를 거느리고 양주로 향하다가 복병이 일제히 일어나 습격하자 길원걸은 대패하여 단신으로 도주하였다.

응성이 300명의 군사를 거느리고 안개를 헤치며 배를 몰아 여주(驪州) 마탄(馬灘)에 도착하니, 왜적 수천 명이 한창 민가를 노략하고 있었다. 응성이 휘하 군사들을 독려해 적군을 태반이나 사살하였다. 이때부터 왜적이 감히 양주 근방에 나타나지 못하였다. 강원감사 유영립이 원위에게 춘천(春川)을 수비하라 명하자 원위는 5천 명의 군사를 이끌고 춘천으로 떠났는데, 도중에 기갈을 면하기 위해 민가로 들어가 병사를 쉬게 하고 음식을 먹게 하였다. 왜장 선강정이 이 틈을 타 습격하자 원위의 군사는 일시에 포위를 뚫고 달아났으나 적장에게 죽임을 당했고, 군관 7인 또한 적에게 죽임을 당했다.

---

21 실제 이름은 邊應星(변응성).

곽재우가 안국사를 쳐서 물리치다
郭再祐擊却安國史

고령(高靈) 사람 곽재우(郭再祐)의 자는 계후(季後)인데, 문장으로 이름 났고 지혜가 뛰어났다. 국가가 혼란한 때를 당하자 재산을 흩어 인재를 사귀었는데, 200명의 군사를 모집하고 200석의 곡식을 얻어 군량미로 삼았다. 초계군(草溪郡)으로 가서 무기를 구하고 가덕첨사(加德僉使) 정응남(丁應南)을 설득해 군관으로 삼았다. 청주의 세곡 천 석을 꺼내 굶주린 백성을 구휼하자 10여 일만에 군민(軍民) 2만여 명이 모여들었다. 이에 깃발을 세우고 정탐군을 은밀히 보내 적의 동태를 살피게 하였다. 적장 안국사가 병사 8만 명을 거느리고 정진(靜津)을 건너 의령(宜寧)을 공격하려 하였다. 정진 나루 어귀에는 큰 연못이 있었는데 안국사는 몰래 물속에 표목(標木)을 세워 행군할 때 피해가게 하였다. 곽재우가 이를 탐지하고 사람을 보내 몰래 표목을 뽑아 다른 곳으로 옮겨두게 하고 연못 방죽에 군사를 매복시켜 적을 기다렸다. 과연 이날 밤 안국사가 2만 명의 군사를 거느리고 정진을 건너려 하다가 절로 깊은 물에 들어섰다. 복병이 급히 나와 공격하자 적병이 대패하여 몰살당했고, 안국사는 겨우 죽음을 면해 달아났다.

이튿날 곽재우가 장대를 세우고 깃발을 늘어놓은 뒤 붉은 옷을 입고 백마에 올라 제장을 호령하며 말하기를,

"안국사가 틀림없이 병사를 이끌고 우리를 습격할 것이니 제군들은 힘을 다해 적과 싸우라!"

하고, 이에 열 명의 장수를 뽑아 붉은 옷을 입혀 우측에 매복시키고, 또 열 명의 장수를 뽑아 좌측 골짜기에 매복시키며 지시하였다.

"적장이 이곳을 지나면 나와서 공격하다가 거짓 패한 척하고 달아 나라."

이에 곽재우가 장대에 높이 앉아 큰 깃발에 '홍의장군 곽재우'라고 쓰니, 은은한 옥골(玉骨)과 늠름한 풍모가 안국사를 압도하기에 충분했다.

이튿날 안국사가 과연 5만 명의 군사를 이끌고 곧장 재우의 진 앞으로 나왔으나 재우는 굳게 지키며 나가지 않았다. 적군이 여러 차례 싸움을 걸었으나 응하지 않다가 석양이 되자 재우는 진문을 열고 나갔는데, 붉은 옷을 입고 백마에 올라타 안국사와 10여 합을 싸우다가 거짓으로 패한 척하며 달아나 산골짜기로 들어갔다. 안국사는 추격하다가 미치지 못하여 재우를 놓치고 주저하는 사이에 붉은 옷을 입고 백마를 탄 장군이 왼쪽에서 나와 몇 번 싸우다가 패하여 달아났다. 그를 쫓아 7~8리를 갔으나 또 놓치고 말아 주저하는 사이에 붉은 옷을 입고 백마를 탄 장수가 오른쪽에서 나와 몇 번 싸우다가 또 패하여 달아났다. 그를 추격하여 백여 보를 갔으나 또 놓쳤는데, 이렇게 하기를 10여 차례 하자 안국사는 비로소 속임수에 빠진 것을 깨닫고 군사를 몰아 급히 달아나려 하였다. 갑자기 숲 속에서 함성이 크게 일어나며 좌우에서 협공하니 적병은 크게 어지러워졌고 1만여 명이 전사하였다. 안국사는 패잔병을 수습하여 달아났다.

재우는 진영과 군사의 대오를 정비하고 아울러 깃발을 세우고, 역장(力將) 심대승(沈大承), 백맹(白孟), 조차남(曺次男)을 선봉으로 삼고, 권란(權蘭)을 군기감관, 정인(鄭仁)을 후군장으로 삼았다. 유탁(兪卓)에게 용인을 지키게 하고, 심기일(沈器一)에게 정진(靜津)을 지키게 하였으며, 안기(安棋)에게 유곡(幽谷)을 지키게 하였다. 군사들을 풀어 적세를 탐지하게 하고 서로 왕래하게 하니 왜적이 이로 말미암아 감히 충청북도를 넘보지 못했다.

이정암이 성을 지켜 적을 물리치다
李廷馣守城却賊

초토사(招討使) 이정암(李廷馣)의 자는 중훈(仲薰)이다. 임진왜란 초에 이조참의(吏曹參議)였는데, 어가가 서쪽으로 행한다는 소식을 뒤늦게 듣고 말을 달려 송도로 갔다. 그의 동생 이정형(李廷馨)은 당시 송도유수 (松都留守)였는데, 형제가 함께 송도를 지키게 해달라고 조정에 청하였 다. 정암이 송도를 지키기 어렵다는 것을 알고 모친을 업고 연안(延安)을 지나자 부민들이 웃으며 말하기를,

"이분은 옛날 우리 사또님이시다."

고 하였다.

이때 적장 선강정이 와서 해서(海西)의 여러 고을을 회유하여 말하 기를,

"우리를 환영하는 자는 상을 줄 것이고, 달아나는 자는 참수할 것 이다."

라고 하니, 고을 사람들이 소를 잡고 술을 빚어 들고 모여들어 마치 시장 같았다. 정암은 원근에 격서를 보내 순리(順理)와 역리(逆理)로 회 유하고 의병을 모집하였다. 김덕함(金德諴), 조정견(趙廷堅) 등이 오고, 마침내 수천 명의 관병을 얻었다. 세자가 이 소식을 듣고 편의에 따라 초토사로 임명하였다. 이에 연안성에 들어가 대장기를 세우고 깃발에

'분충토적(奮忠討賊)' 네 글자를 썼다. 적군은 준비가 미흡한 틈을 타 인근에 주둔한 적병을 모두 모아 공격해 왔고 화염이 하늘 높이 치솟았다. 사람들이 모두 피난하기를 권하자 정암이 꾸짖으며 말하기를,

"경연(經筵)의 늙은 신하가 부지런히 임금을 따르지도 못했으니 응당 한 번 적을 방어하는 데 목숨을 바칠 뿐이다. 어찌 구차히 살기를 바라겠는가? 하물며 백성들을 설득해 성으로 들어오게 하였으니 어찌 차마 버리겠는가?"

하였다. 마침내 명령을 내리기를,

"떠나고자 하는 이들은 떠나라."

하고, 노비에게 풀을 쌓게 하고는 그 위에 앉아 말하기를,

"성이 함락되거든 너희는 불을 붙여라."

하니, 성안 사람들이 모두 감격하였다.

왜적이 마침내 사방에서 모여들어 성을 포위하였고 함성은 천지를 흔들었으나 정암은 더욱 편안히 앉아 두려운 기색이 없었다. 한밤중에 호각을 불게 하고는 군사들과 노약자, 남녀 모두 일제히 함성을 질러 호응하게 함으로써 마치 출전하는 것처럼 보이게 하였다. 왜적이 의아하고 두려워 높은 누각을 만들어 성안을 굽어보려 하였는데, 정암이 화포로 맞춰 파괴하였다. 왜적은 또 풀을 쌓아 구덩이를 메우고 사면으로 기어오르려 하였는데, 정암이 미리 달군 석쇠와 횃불을 성 아래로 일제히 던졌다. 홀연 동문에서 화염이 치솟자 왜적은 사기가 꺾여 물러났다. 정암은 정예병을 뽑아 출격시켰는데 죽인 적과 획득한 군기가 매우 많았다. 적이 온갖 방법으로 성을 공격하였으나 정암이 시의적절하게 대응하여 사상자가 무수히 많았다. 적이 더 이상 버티지 못해 시체를 불사르고 밤을 틈타 달아나자 정암은 병사를 보내 추격해서 약탈한

것을 획득해 사졸에게 나누어 주었다. 이때부터 원근에 소문이 돌아 모두들 영루(營壘)를 점거하고 적을 막았다. 적은 물러나 배천(白川)을 점거하고 가을부터 이듬해 봄까지 날마다 싸움을 걸어왔으나 이길 수 없다는 것을 알고는 마침내 배천을 버리고 달아났다.

김덕령이 병사를 모아 왜적을 물리치다
金德齡聚兵走倭

광주(光州) 유생 김덕령이 재인군(才人軍) 3백 명을 거느렸는데, 말에 올라탄 군사들은 모두 재인군으로 오색 무늬의 옷을 입었다. 호서와 호남을 오가며 적을 만나면 손에 창검을 들고 평지를 높이 뛰어올랐고, 말 탄 군사들은 말 등에서 물구나무를 서기도 하고, 혹은 말안장에 가로로 눕기도 하였다. 왜병들이 그 복색과 재주를 보고 서로 말하였다. "이들은 신병이니 맞서 싸워서는 안 된다. 만나면 꼭 도망쳐라."

의병이 사방에서 일어나 적을 막다
義兵四起禦賊

임진왜란 초기에는 수령이 혹 성을 버리고 도망하니 군민(軍民)들은 모두 산속으로 들어가 살기를 도모하였다. 이때에 이르러 의병이 사방에서 봉기하였다. 제봉(霽峰) 고경명(高敬命)은 전임 목사로 의병을 일으켜 적을 토벌하다가 상주(尙州)에서 순절하였다. 건재(健齋) 김천일(金千

鎰)은 전임 부사로 의병을 모아 적을 막았으며 진주(晉州)에 주둔하였다. 군위(軍威) 좌수(座首) 장사진(張士進)²²은 의병을 이끌고 적 백여 명을 죽였다. 금아군(禁衙軍) 조웅(趙雄)²³은 스스로 의병 백여 명을 거느렸다. 호서 승려 규운(奎運)은 승군을 거느리고 청주성(淸州城)에 들어가 왜장 길인걸(吉仁傑)과 천여 명의 적을 죽였다. 출신(出身) 홍계남(洪啓男)²⁴은 고을 사람을 모아 수원부(水原府)로 들어가 왜병 100여 명을 죽였다. 호성감(湖城監)은 신계현(新溪縣)에 들어가 왜병을 대파하였다. 진사 이뇌정(李雷精)은 한산군(閑散軍)을 초모해 왜적 50명을 죽였다. 승전을 알리는 첩서가 끊이지 않자 이에 힘입어 국세(國勢)가 떨쳐 일어났다.

명나라에 사신을 보내 구원병을 요청하다
遣使請兵于天朝

앞서 명나라 장수 조승훈이 병사를 거느리고 오자 조정 대신은 모두 그에게 기대를 걸었으나 오직 이항복이 말하기를,
"조승훈은 조급하고 꾀가 없으니 반드시 패배할 것이다."
라고 하였다.

과연 패하여 요동으로 달아났는데 오히려 조선이 왜적을 도왔다고 무함하였다. 이항복이 대신을 보내 진위를 가리고 또 원군을 빨리 보내 줄 것을 요청하자고 주청하였다. 신점(申點)과 정곤수(鄭崐壽)가 사신이

---
22 실제 이름은 張士珍(장사진).
23 실제 이름은 趙熊(조웅).
24 실제 이름은 洪季男(홍계남).

되어 빠른 속도로 명나라에 가서 명 조정에 울며 주달하기를,

"신의 나라 운수가 불행하여 왜적이 날뛰고 팔도가 황폐해졌으니 인가(人家)가 사라지고 임금 또한 피난하여 침식을 폐하였습니다. 또 의주성이 아침저녁으로 위태로우니 폐하께서 명장과 용사들을 보내 왜적을 격퇴하고 도탄에 빠진 백성을 구해주시기를 가뭄에 단비를 기다리는 마음으로 기원합니다."

하니, 황제가 답하기를,

"짐이 앞서 요동의 장수를 너희 나라에 보냈는데, 너희가 군량을 주지 않아 대군이 굶주리다가 패하여 귀국하였다. 지금 다시 대군을 보낸다 하더라도 너희가 군량을 마련할 수 있겠느냐? 병사들이 굶어가며 싸울 수는 없다. 또 중국의 연이은 흉년으로 백성들이 몹시 어려우니 경솔히 군사를 조발할 수가 없다. 너희 나라의 사정이 매우 안타깝지만 상황이 이러하니 어떻게 하겠느냐? 그러나 짐이 또 생각하는 바가 있으니 우선 물러가 기다리거라."

하였다.

신점 등이 옥화관(玉華關)에서 명을 기다리자 황제가 음식을 하사하였는데 지극히 풍성하고 아름다워 감히 젓가락을 댈 수 없었다. 주야로 통곡하다가 눈물이 말라 피눈물이 흘렀고 바닥에 닿은 손은 트고 굳은살이 돋으니, 지켜보던 중국인들이 모두 감동하였다. 여러 달이 헛되이 흘러갔으나 황제의 명령이 언제 내릴지 알 수 없었다.

하루는 황제가 꿈을 꾸었는데, 꿈에 수많은 여자들이 볏단을 머리에 이고 조선에서 밀려와 황제를 쫓아내고 용상에 앉았다. 황제는 놀라 잠에서 깬 후 이리저리 뒤척이며 생각하기를,

'조선이 왜란을 당해 원군을 요청한 탓에 꿈이 이처럼 불길한 것인가?'

하고, 잠시 후 깨달아 말하기를,

"왜(倭) 자는 사람 인(人) 변에 벼 화(禾) 자가 있고 벼 화 자 아래 여자 여(女) 자가 있으니, 과연 왜적이 중원을 도모하려고 조선을 먼저 침략한 것이구나. 그렇다면 짐이 어찌 힘써 구하지 않겠는가?"
라고 하였다.

이튿날 황제가 옥화관에 나아와 조선의 사신에게 전교하여 말하기를,

"대국이 군사를 조발하는 것이 정녕 어려우나 너희의 충성에 감동하여 구원해주고자 한다. 너희는 속히 돌아가 너희 국왕에게 전하여라."
하니, 정곤수 등이 머리를 조아리고 수없이 절하며 사례하고는 밤낮으로 달려서 돌아와 임금에게 아뢰기를,

"황제가 특별히 원병을 보내주었으니 전하께서는 심려하지 마시고, 서둘러 대신으로 하여금 군량을 준비하게 하십시오."
라 하니, 임금이 매우 기뻐하며 유성룡, 윤두수, 이항복에게 곡식을 운반하여 군량을 준비하게 하였다.

적장이 의주를 공격하다

賊將移擊義州

이때 적장 해장이 평양을 오래 점거하였다가 의주에 격서를 보내 전하였다.

"굳센 군사를 이끌고 파죽지세로 의주를 공격할 것이다. 너희들은 비유하자면 양떼를 몰아 맹호를 공격하는 꼴이니 감히 막아낼 수 있겠느냐? 서둘러 항복하라."

　이에 성에 있던 백성들이 노인을 부축하고 아이들을 이끌어 성을 탈출하였다. 임금이 크게 놀라 신하들에게 의견을 내게 하니, 혹자는 압록강을 건너 적을 피하는 게 좋다고 하였고, 혹자는 죽을 때 죽더라도 대대로 이어온 나라를 떠날 수는 없다고 하였으며, 혹자는 우선 명군을 기다렸다가 진퇴를 결정하는 게 좋겠다고 하였다. 조정의 의견이 분분하여 하나로 모아지지 않자, 임금은 잠도 이루지 못했고 음식의 맛도 느낄 수 없었다. 혹시 멀리서 바람소리라도 들려오면 적병의 함성인가 의심하여 때때로 소스라치게 놀라고 두려움에 몸을 떨었다.

황제가 장수를 보내 동쪽을 정벌케 하다
皇帝命將東征

　이때에 황제가 조서를 내려 서촉(西蜀)과 강남(江南)의 정병을 징발하였다. 양원(楊元)을 좌섭대장군(左攝大將軍)으로 삼아 왕유익(王維翼), 왕유신(王維信), 왕유정(王維正), 이여매(李如梅), 왕소선(王昭先), 사대수(査大受), 이영(李寧), 갈봉하(葛逢夏), 원황(元黃) 등 아홉 장수를 거느리게 하였다. 장세량(張世良)을 우섭대장군(右攝大將軍)으로 삼아 조승순(祖承順), 오유충(吳有忠)[25], 조지목(趙之牧), 왕필적(王必迪), 장응량(張應良), 낙상지(樂相知)[26], 곡수량(谷守良), 지방철(池方哲), 고양(高颺) 등 아홉 장수를 거느리게 했다. 이여백(李如栢)을 후군대장군(後軍大將軍)으로 삼아

25　실제 이름은 吳惟忠(오유충).
26　실제 이름은 駱尙志(낙상지).

임자방(任子方), 이방춘(李方春), 고승(高承), 김세령(金世令), 석금(石金), 주홍모(朱弘謨), 방시휘(方時輝), 왕문(王文), 마귀(麻貴) 등 아홉 장수를 거느리게 했다. 이여송(李如松)을 제도독대원수(諸都督大元帥)으로 삼고, 방시충(方時忠), 유황상(柳黃裳)을 군기도독(軍器都督)으로 삼고, 서유언(西有言)을 군량도감(軍粮都監)으로 삼아 산동(山東)에서 나는 좁쌀 2만 석을 운반하여 군량미로 쓰고, 은 3천 냥을 조선 국왕에게 주니, 이때는 임진 8월이었다.

황제가 조서를 내려 조선을 가르치다
皇帝詔誘朝鮮

임진년 9월에 황제가 사신을 보내 칙서를 전하고 다음과 같이 위로하고 타일렀다.

"너희 나라가 대대로 동방을 지켜 본래부터 공순함을 효칙하였고, 의관과 문물은 낙토(樂土)라 불렸다. 근래 들으니 왜적이 창궐하여 거리낌 없이 침략하며 왕성을 공격하여 함락시키고 평양을 점거하니 생민이 도탄에 빠지고 원근이 소란스럽구나. 왕이 서쪽 해안으로 피난하여 거친 들판에 거하고 있으니 그 어려움을 생각하면 짐의 마음이 아프도다. 얼마 전 급한 소식을 전하기에 이미 변방의 신하에게 군사를 일으켜 구원하게 하였고, 인하여 특별히 설반(薛藩)을 보내 조선왕에게 말을 전하노라. 너는 조상 대대로 이어온 기업을 생각하여 하루아침에 차마 버릴 수 없는 것임을 기억하여라. 하루 빨리 치욕을 씻어내고 흉적을 제거하여 국가를 되찾는 데 힘쓰라. 또 조선국 모두에게 말하노라. 모든 문무 신하들은 각기 임금에게 보답하고자 하는 마음을 굳게 하고 복수의 뜻을 품고 크게 떨쳐 일어나라. 짐이 이제 문무대신을 보내 요양(遼陽)의 각 진 정병 10만 명을 통솔해 조선을 도와 적을 토벌하게 하였으며, 너희 조선의 병마와 앞뒤로 협공하여 흉적을 소멸시켜 남겨두지 말라 해두었다. 짐이 천명을 받아 중원과 변방의 임금이 되었고, 지금 만국이 편하고 사해가 안정되었거늘 저 작고 추한 버러지들이 감히 날뛰니 다시 동쪽 해안의 제진에 조서하고, 유구·섬라국(暹羅國) 등에 선유(宣諭)하여 병사 수천만을 모아 함께 일본으로 가 곧장 도적의 소굴을 쳐부수고 수괴의 목을 베면 풍파가 가라앉을 것이니 관작과 은전을 짐이 어찌 아까워하겠는가? 무릇 선대의 영토를 회복하는 것이 곧 대효(大孝)이며, 군부를 곤경에서 급히 구하는 것이 충성이니라. 너희 군신이 본디 예의를 아니 틀림없이 짐의 마음을 본받아서 옛 영토를 수복하고 국왕으로 하여금 개선하여 환도하게 할 것이다. 인하여 종묘사직을 보존하고 오래도록 변방을 지켜 짐이 변경을 걱정하고 소국을 사랑하는 마음을 위로하라. 삼가 받들라."

임금이 백관을 거느리고 강가에서 칙서를 받들었는데, 목을 놓아 울고 애통해 하니 곁에 있던 군신들이 모두 울었다. 임금이 칙사에게 말하기를,

"왜적이 장차 귀국을 침략하려 하니 소국이 의리로 물리치고 관계를 단절하였다가 이런 변란을 당하게 되었소. 명 조정이 혹시 왜적의 편지를 본다면 적의 정세를 알 수 있을 것이오."

라 하였다.

11월에 황제가 특별히 백금 2만 냥을 하사하자 임금이 받고 감동하여 울먹였으며, 호종신들과 군영의 장수와 군사들에게 나누어 주었다.

명나라 장수가 병사를 이끌고 압록강을 건너다
天將領兵渡江

12월에 제독 이여송(李如松)이 44만의 병사를 거느리고 출사표를 올린 뒤 연경(燕京)을 지나 봉황성(鳳凰城)에 도착하였다. 패문을 조선에 보내니 임금이 매우 기뻐하며 이항복을 접반사로 삼아 압록강(鴨綠江)에서 맞이하게 하였다. 여송이 압록강 가에 도착하였는데 백로가 조선 쪽에서 날아오고 있었다. 여송은 즉시 말 위에서 화살을 뽑아들며 맹세하기를,

"명군이 왜적과 싸워 이길 것이라면 이 화살이 백로를 맞힐 것이다."

라 하고, 마침내 화살을 쏘니 활시위 소리가 나며 백로가 활에 맞아 말 옆에 떨어졌다. 여송이 기뻐하며 군사를 재촉해 강을 건넜다. 임금이 몸소 강변에 나가 맞이하였는데, 44만 대군이 강을 건너는 데 3일이 걸렸다. 의주성 밖에 진을 치니 깃발과 검극이 60리에 걸쳐 뻗어 있었다.

여송은 의주성에 들어가 통군정에 앉아 조선의 체찰사를 불렀다. 이때 백관이 경황이 없어 체찰사 유성룡이 미처 준비하지 못하였는데, 여송의 독촉이 성화같았다. 병조판서 이항복이 분주히 군복을 입자 정충신이 옆에 서 있다가 조선의 지도를 항복에게 주었다. 항복이 지도를 품에 넣고 무사를 따라가 여송을 만났다. 여송이 상에 걸터앉아 명령을 내리기를,

"내가 원병으로 왔으니 마땅히 후군이 될 것이요, 조선의 군사가 선봉이 되어 길을 인도하는 것이 마땅하겠소. 당신네 나라는 병장기가 준비되어 있소?"

하니, 항복이 당황하여 대답하지 못하고 즉시 품에서 지도를 꺼내 건

네주었다.

여송이 탄식하며 말하기를,

"국운이 불행하여 비록 이런 변란을 당하였으나 이 같은 인재들이 있으니 조선은 망하지 않을 것이오."

라 하고, 또 말하기를,

"당신네 나라 임금이 이 성에 와 있다고 하니 내가 만나 보고 싶소."

라 하니, 말을 마치기 전에 전교하여 말하였다.

"임금께서 오십니다."

여송이 즉시 상에서 내려와 서로 읍하였다. 인사를 마치고 자리에 앉아 임금의 기상을 바라보니 난리 중에 피난 다닌 나머지 얼굴이 어쩔 수 없이 수척해져 있었다. 임금이 행궁으로 돌아가자 여송이 급히 항복을 불러 크게 꾸짖으며 말하기를,

"조선의 국왕은 제왕의 기상이 없소. 당신들이 무엇 때문에 간사한 꾀로 나를 시험하는 것이오? 나를 이처럼 기만한다면 나는 당신들을 돕지 않겠소."

라 하고, 즉시 퇴군하라는 명령을 내리니 징 소리가 요란하였다. 모든 신하들과 성중 백성들이 일시에 통곡하자 울음소리가 천지를 흔들었다. 항복이 땅에 엎드려 한숨 쉬며 말하기를,

"동방예의지국이 결국 멸망하게 되었구나. 하늘이시여! 이건 누구 탓입니까?"

라 하고, 목을 놓아 통곡하니 임금이 감동하여 또한 통곡하였다.

곡성이 밖으로 흘러나왔는데, 이여송이 듣고 놀라 묻기를,

"이 소리는 누구의 울음소리인가?"

라 하니, 장수들이 대답하기를,

"원병이 퇴각한다는 것 때문에 조선 임금이 울고 있습니다."
라 하니, 이여송이 기뻐하며 말하기를,
"이는 용이 창해에 숨어 내는 소리이니 그 나라가 망하지는 않겠
구나."
라 하고, 즉일 임금에게 안부를 전하고 병사들을 배불리 먹었다.

명나라 장수가 삼랑과 길병패를 잡아 죽이다

天將獲斬衫郎吉兵牌

이여송이 의주에 도착하여 이튿날 병사를 이끌고 순안(順安)에 도달
하였다. 김명원, 이원익, 이시평 등이 들어와 뵈자 여송이 호성감, 이
시평, 고충경 등을 불러 분부하기를,
"너희들은 각각 3천 정병을 거느리고 각 읍의 적병을 몰아내라."
하고, 이여백을 불러 명령을 내리기를,
"너는 조선 장수 고언백, 김응서, 조호익, 승군장 휴정과 함께 함흥
으로 들어가 청정을 몰아내라. 평양성에 있는 적 행장은 내가 직접 맡
겠다."
하고, 즉시 20만 명의 병사를 호령해 평양으로 향하며 군관 이애(李眹)
를 불러 말하기를,
"내일 사시(巳時)에 왜장이 틀림없이 정탐군을 보내 우리 형세를 살
필 것이다. 오면 사로잡아 보내라."
고 하였다.
이때 행장은 명군이 순안에 들어왔다는 소식을 듣고 정탐군에게 묻

기를,

 "중국의 대장이 누군가?"

하니, 대답하기를,

 "이여송입니다."

하니,

 "누가 중국 진중에 들어가 그 허실을 알아올 테냐?"

하였다.

 말이 끝나기 전에 두 장수가 절하며 나오는데, 삼랑(杉郎)과 길병패(吉兵牌)였다.

 "행동을 조심하여 붙잡히지 말고 적의 형세를 잘 살펴보고 오라."

하니, 두 장수가 비수를 품고 말에 올라 순안으로 갔다.

 여송은 진을 헐고 출발하려던 참이었으므로 군중이 매우 소란스러웠다. 삼랑과 길병패는 중국군의 복장으로 갈아입고 숨어들었다. 이 애가 칼을 잡고 군문에 서 있다가 삼랑을 보고 결박하였으나, 병패는 겁을 먹고 비수를 휘두르며 뛰어 달아났으므로 붙잡지 못하고 다만 삼랑만 바쳤다. 여송이 크게 꾸짖고는 참수하고 나서 갈봉하에게 명령하기를,

 "내일 오시에 길병패를 잡아 대령하라."

하니, 갈봉하는 능주마에 올라타 8척 용검을 들고 숙천(肅川)을 향해 갔다.

 이튿날 여송이 대군을 이끌고 숙천에 도착하자 갈봉하는 이미 길병패를 묶어놓았다가 여송에게 바쳤다. 여송이 꾸짖어 말하기를,

 "어찌 조그마한 오랑캐 추장이 감히 명나라 장수를 업신여기고 진중에 난입하여 속임수를 쓰려 하느냐?"

하고, 길병패를 끌어내 참수하고 3일 동안 잔치를 벌이며 병사와 군마를 쉬게 하고는 유성룡, 윤두수에게 군사들을 호궤하라 하였다.

명나라 장수가 평양을 수복하다
天將克復平壤

이여송이 숙천에 도착한 지 4일 만에 군사를 이끌고 평양성 아래 도착하였다. 이때 행장은 평의지에게 5천 명의 군사를 주고 진을 쳐 명군을 기다리고 있으니, 여송이 대장 양원에게 창군 2만 명을 거느리고 모란봉을 포위하게 하였다. 왜적이 일제히 조총을 쏘았는데, 절강(浙江)의 창군(鎗軍)이 본래 용맹한 데다 온 몸에 철갑을 입고 있어 총탄이 뚫고 들어오지 못하였다. 마침내 북과 나팔을 울리며 좌우에서 짓쳐 들어가니, 평의지는 병사를 모두 잃고 자신 또한 창에 찔린 채 겨우 달아났다. 이에 양원 등 35명의 장수가 길을 나누어 진격하여 급히 외성(外城)을 포위하고, 대환고, 홍익포, 진천뢰를 일시에 발사하자 보통문과 칠성문이 마침내 부서졌다. 행장과 평의지, 조익, 현소 등이 성에 올라 붉은 기를 설치하고 장창과 대검을 세워 활과 조총을 쏘게 하고 돌을 던지게 하니 소리가 천지를 울렸다. 명군도 화포와 불화살로 응사하니 불길이 하늘에 치솟고 함성이 땅을 흔들었다. 명나라 장수 몽운상(夢云相)이 지형이 낮은 곳에 굴을 뚫고 물을 흘려 넣으니 성안 사람들이 많이 익사하였고, 적병은 급히 높은 곳으로 올라갔다. 명나라 장수 낙상지, 오유충이 수은황금갑(水銀黃金甲)을 입고 군사들을 호령해 힘을 다해 싸웠다. 적장 또한 장창과 대검으로 죽기 살기로 싸워 서로 버티어

대항하였으나 승부를 내지 못하였다. 여송이 항복을 불러 말하기를,
"조선군이 선봉을 서시오. 내가 후군이 되겠소."
하고, 즉시 노송원(老松院)으로 진을 물렸다.

　이에 김억추, 김명원 등이 각각 5천 명의 병사를 이끌고 함성을 지르며 진격하여 선봉에 섰다. 그러나 적병의 총알이 빗발쳐 외성을 뚫지 못하였다. 여송이 군사들을 독려하며 준마에 올라 철퇴를 들고 진격하매 선봉에 선 군사들이 죽어 구덩이를 메우자 이들을 밟고 성벽을 넘어 들어가 좌우로 충돌하며 공격하였다. 적병이 겁이 나서 얼떨떨한 중에 철퇴에 맞아죽은 자가 헤아릴 수 없으며, 말에 짓밟혀 죽은 자도 헤아릴 수 없었다. 행장은 적세가 강성한 것을 보고 내성으로 퇴각하였다. 여송은 군사를 물려 진을 치고 제장들과 의논하기를,
"적이 비록 패하여 내성으로 들어갔으나 가볍게 봐서는 안 된다. 천천히 형세를 살펴 기묘한 계책으로 공을 세울 것이다."
하고, 유성룡에게 명해 군사를 호궤하고 군마를 쉬게 하였다.

　행장은 내성에 들어가 장수들에게 말하기를,
"이여송이 군사를 부리는 것을 보니 천하의 영웅이다. 그 공격을 감당할 수가 없으니 계책을 내놓아라."
하니, 조익 등이 대답하기를,
"성문을 닫고 전선을 옮겨 정박시키며 험준한 곳에 병사를 주둔시켜 여러 달을 버티면 명군이 자연스레 물러갈 것입니다. 퇴군할 때 병사를 풀어 뒤를 공격하면 명군을 대파할 수 있을 것입니다."
하니, 행장이 말하기를,
"그렇지 않다. 지금 명나라와 조선이 동심 합력하여 군량이 산더미 같고 기세가 반석 같으니, 외성에 병사를 주둔시키고 해가 넘도록 포

위를 풀지 않는다면 동떨어진 성에 갇힌 우리 군사들은 제대로 먹지
도 마시지도 못할 것이다. 차라리 평양을 버리고 급히 한양으로 달아
나 도성을 수비하는 것이 상책일 것이다."
고 하니, 마침내 군사들을 점고하여 밤을 틈타 대동문을 열고 도주하
였다.

이에 여송이 평양성에 들어가 보니 백성들은 굶주려 죽어 있었고,
가옥들은 모두 비어 있었는데, 살아남은 약간의 백성들도 굶주린 귀
신의 형상을 하고 있었다.

의병이 평행장을 맞아 싸우다
義兵迎擊平行長

이때 의병장 고충경, 이시평, 호성감 등이 해서(海西)에서 활약하며
왜군을 몰아내고 있었다. 이에 앞서 선강정은 함흥과 평산을 함락시키
고 연평(延平)을 습격하였다가 패하여 의령 광수원(廣水院)으로 달아났
다. 신천군수 이덕남(李德男), 문화현감 최직(崔稷), 배천군수 최유원(崔
有遠)이 병사를 모아 공격하였으나 이기지 못하고 전사하였다. 선강정
은 구월산성(九月山城)으로 들어갔는데 호성감이 병사를 이끌고 성 아래
도착하여 사방에 인적이 없자 방황하고 있었다. 중도에 세 승려가 성에
서 나와 지나가는 것을 보고 호성감이 불러 묻기를,
"너희는 뭐하는 승려이기에 적진에서 나오느냐?"
하니, 대답하기를,
"소승은 본래 강원도에 있는 승려인데 선강정에게 잡혀 밥 짓는 일

을 맡게 되었기 때문에 평소처럼 돌아다닐 수 있었습니다. 오늘 다행스럽게도 장군을 만났으니 장군께서 저희를 살려주십시오."
하니, 호성감이 말하기를,
"너희가 밥을 한다고 하니 좋은 수가 생각났다."
하고, 이에 독약 한 알을 주며 말하기를,
"적군을 밥 먹일 때 이 약을 타서 먹여라."
하였다.

승려들이 승낙하고 돌아가자 호성감은 군사를 몰아 성 아래로 나아갔다. 날이 저물자 승려가 나와 말하기를,
"적병의 안색이 검푸르게 변했습니다."
라고 하였다.

이에 호성감이 병사들을 독려하여 공격하자 선강정의 군사는 이미 태반이나 죽어 있었고, 선강정은 크게 놀라 성문을 열고 달아났다. 호성감이 승세를 타고 뒤를 쫓으니 선강정이 마침내 재령(載寧)으로 들어갔다.

이때 고충경은 봉산에서 오고 이시평은 안악에서 와서 병사를 합쳐 공격하니 선강정이 대패하여 스스로 목숨을 끊었다. 세 장수가 의병을 이끌고 봉산을 지나다가 마침 평양성을 버리고 도주하던 평행장과 마주쳤다. 평행장은 인수역에 이르렀는데 병사들은 굶주린 데다 맨발에 지팡이를 짚기도 했으며 뒤쳐진 자들은 제대로 걷지도 못하였다. 세 부대의 의병이 이들을 습격하여 천여 명을 베고 평양성에 편지를 부쳐 보고하였다.

명나라 장수가 진격하여 개성에 도착하다

天將進到松都

만력 계사년에 이여송이 대군을 거느리고 대동문을 출발하였다. 중화(中和)를 거쳐 금천(金川)에 도착하였는데 북, 나팔 소리가 천지에 가득하고 깃발은 하늘을 다 가릴 정도였다. 황해도, 강원도, 함경도에 나뉘어 주둔해 있던 적병들은 이 소식을 듣고 두려워 모두들 경기 지방으로 모여들었다. 평행장은 장수들에게 각자 요해처에 주둔하면서 서로 구원하라는 명령을 내렸다. 여송이 개성부에 들어가 순찰사 권진(權晉), 수사 이빈(李濱), 장단부사 한덕원(韓德源)을 불러 임진강에 다리를 놓게 하였다. 권진이 큰 나무와 가는 줄기 등을 베어오게 하여 다리를 만들었는데 너비가 20보나 되니 명나라 장수가 보고 감탄해 마지않았다. 다시 황해감사 유영경(柳永慶)과 삭주부사 김응서(金應瑞)에게 군량을 옮겨 대군에게 공급할 것을 명하였다. 이때가 정월 24일이었다.

명나라 장수가 파주로 진군하다

天將移軍坡州

이때 명나라 장수 사대수(査大受)와 조선 장수 고언백(高彦伯)이 예성령(禮城嶺)에 올라 적세를 살피고 있었는데, 적장 삼성(杉聖)이 300여 명의 군사를 거느리고 왔다. 사대수가 맞아 싸워 격퇴하였고, 삼성은 고언백에게 죽임을 당했다. 마침내 그 목을 개성부에 보내니 이여송이 기뻐하며 군사를 이끌고 동쪽으로 향하여 파주에 진을 쳤다. 이튿날 이여송이 직접 3천 명의 정병을 거느리고 혜음현(惠陰峴)을 넘어 벽제역(碧蹄驛)에 도착해 적세를 살피니, 왜병 수백 명이 석현(石峴)에서 공격해 들어오며 급히 여송을 포위하였다. 여송은 크게 분노하여 창군을 지휘해 공격하게 했으나 창군이 총탄에 맞아 모두 죽었다. 여송이 마침내 직접 적을 맞아 공격하자 적장은 또 3천 명의 군사를 이끌고 와 합세하여 포위하였다. 여송이 비록 용력이 뛰어나다 하나 혼자서는 어쩔 도리가 없었으므로 상황이 매우 위급하였다. 명나라 장수 유황상(柳黃裳)이 이때 본진에 있다가 도독이 오래도록 돌아오지 않자 놀랍고 두려운 마음이 들어 말을 타고 급히 혜음현에 올라 벽제역을 바라보니 수천 명의 군마가 도독을 포위한 채 서로 죽이는 소리가 천지를 울리고 있었다. 유황상이 말을 달려 적진으로 뛰어들며 큰 소리로 꾸짖었다.

 "어찌 보잘 것 없는 도적놈들이 감히 도독을 해치려 하느냐? 나 유황상이 여기에 있다!"

 이때 서변(徐邊)이 짧은 병기를 들고 여송에게 접근하자 유황상이 만각궁으로 서변을 쏘았다. 서변이 말에서 떨어져 죽자 다시 4백여 명의 적군을 쏘아 죽이니 적군이 사방으로 흩어져 달아났다. 유황상이 마침내 이여송을 보호해 돌아왔다. 이튿날 이여송은 주육을 성대히 장만하여 장사들을 배불리 먹인 뒤 사대수와 고충경에게 임진을 지키게 하고, 이빈과 고언백에게는 개성부를 지키게 하였다.

권율이 평수정을 쳐서 물리치다
權慄擊走平秀正

이때 도순사(都巡使) 권율(權慄)은 행주산성을 지키고 있었는데, 적장 평수정이 4만 명의 군사로 산성을 공격해 왔다. 권율은 100여 대의 수레를 얻어 기와와 돌을 가득 실어다가 성벽 위에 쌓아두고는 성문을 굳게 닫고 깃발을 눕혀두고는 북도 울리지 않아 세력이 약해 보이게 하였다. 적병이 말을 달려 성에 도착해 세 겹으로 성을 포위했다. 권율이 그제야 북과 나팔을 울리며 돌을 실어둔 수레를 성벽 아래로 떨어뜨리니 깔려 죽은 적병이 수만 명이었고 적진이 요란해졌다. 권율이 이에 성문을 열고 군사를 몰아 공격하자 평수정은 대패하여 남쪽으로 달아나 경성(京城)으로 들어갔다. 권율이 군사를 이끌고 파주에 도착해 이여송을 보고는 그 앞에 진을 치자, 이여송이 말하였다. "강태공의 병법으로도 더할 것이 없구나."

조선과 명나라가 굶주린 백성을 진휼하다
兩國賑恤飢民

사대수가 마산현(馬山峴)을 넘다 보니 한 아이가 있었는데, 어미는 이미 죽었고 아이는 죽은 어미의 젖을 빨며 우는 모습이 참혹하여 차마 보지 못할 정도였다. 도성의 거리마다 시체가 산처럼 쌓여 있었고, 살아남은 백성은 적의 부림을 당하니 울부짖는 소리가 밤낮으로 계속되었다. 경기도 내의 백성들이 버텨내지 못하고 굶주려 쓰러지니 들

판에 원성이 가득하였다. 체찰사 유성룡이 비장 안민(安敏)에게 전라
도의 곡식 7천 석을 실어다가 죽을 쑤어 먹이게 하였으나 여전히 식량
이 부족하였다. 명나라 장수 이여송이 군량 3천 석[27]을 내어 백성을
구휼하였다. 마침 큰 비가 3일 동안이나 내렸는데 산과 들판에서 울
부짖는 소리가 6~7월의 개구리 울음소리 같았다. 이튿날 비가 갠 후
살펴보니 한 사람도 살아남은 자가 없었다. 여송이 불쌍히 여겨 군사
들에게 땅을 파 깊이 묻어주게 하였다.

명나라 장수가 산천에 제사를 지내다
天將到祭山川

이때 명군 진영에는 전염병이 창궐하여 50여 명의 장사와 소, 말 2
만 필이 죽었다. 이여송이 두려워하며 유성룡, 이항복에게 제단과 제
수를 장만하게 하고, 여송이 직접 제문을 지어 산천에 제사를 지내자
역병이 드디어 그쳤다.

명나라 장수가 자객을 잡아 죽이다
天將獲除刺客

이때 이여송이 변사(辯士) 심유경(沈惟敬)과 출신(出身) 이익충(李益忠)

---

27 저본에는 '三十石'으로 되어 있으나 문맥상 三千石의 오기로 보임.

을 왜군 진영에 보내 화친을 의논하였다. 여송이 전장을 오가며 머리 빗고 씻지 못한 지 수개월이 되었다. 이에 비로소 한가한 틈을 얻어 장막 안에 앉아 머리를 빗었다. 적장 청정이 만리경(萬里鏡)을 보고 있다가 여송이 머리를 빗는 것을 보고 크게 기뻐하며 자객 흥현(興賢)을 불러 말하기를,

"지금 명나라 장수가 한가로이 머리를 빗고 있고 군사들은 방심하고 있다. 네가 비수를 들고 적진으로 가서 명나라 장수의 머리를 베어 온다면 적진을 깨뜨리는 게 손바닥 뒤집는 것처럼 쉬울 것이다. 일이 잘 되면 너에게 봉작을 내려주마."

하니, 흥현이 사례하고 출발하였다.

이때 여송은 아직 빗질을 끝마치지 못하였고, 휘하의 장수들은 꾸벅꾸벅 졸고 있었는데, 문을 지키는 군사가 급히 보고하였다.

"적진 쪽에서 은 덩어리 같아 보이는 것이 두 개나 우리 장대를 향해 날아오고 있습니다."

여송이 손으로 머리카락을 올려 쥐고 멀리 바라보니 두 자객이 창검 없이 오고 있었다. 여송이 몹시 놀라 즉시 칼을 가져오라 명하였는데 자객은 이미 장막 안으로 들어섰다. 여송이 칼을 들고 맞서 싸우니 홀연 섬광이 번뜩이며 사람의 모습이 보이지 않았다. 여송이 장수들을 불러 말하기를,

"어서 이것들을 내가거라."

하였다. 장수들이 살펴보니 머리 두 개가 장막 안에 떨어져 있었고, 피가 쏟아져 장막 밖까지 흐르고 있었다. 장수들이 축하하며 말하기를,

"장막 안이 좁은 탓에 저희가 들어와 보호하지 못하였습니다. 위험하진 않으셨습니까?"

하니, 이여송이 웃으며 말하기를,

"왜적들이 넓은 곳에서 무예를 연습한 탓에 갑자기 좁은 곳에 들어와 마음껏 칼을 휘두르지 못하여 내게 죽임을 당한 것이다. 만약 장막 밖에서 대결했더라면 아마 상대하기 어려웠을 것이다."

라고 하니, 장수들이 모두 만세를 불렀다.

심유경이 적진에 들어가 화친을 의논하다
沈惟敬入賊陣議和

이때 심유경이 적진으로 들어가 행장을 달래며 말하기를,

"지금 조선의 명장과 용사들이 사방에서 봉기하였고, 충신과 의사들이 얼마 되지 않아 모여들 것이니 또한 두려운 일 아니겠소? 게다가 명나라 황제의 원군이 끊임없이 오고 있으니 무게는 천균(千鈞) 같고 기세가 태산 같아 장군에게 불리할까 염려스럽소. 장군을 위한 계책으로는 두 나라가 서로 화친하는 것만한 것이 없으니 길이 형제의 호의를 맺고 병사를 이끌고 귀국하여 부귀를 누리는 게 어떻겠소?"

하니, 행장이 말하기를,

"우리에게는 관백이 있어 제멋대로 결정할 수가 없으니 마땅히 본국에 사람을 보내 사실을 아뢰어야 화친을 의논할 수 있겠소."

하자, 심유경이 말하기를,

"중국의 군사가 세 군데 길목을 막고 조선의 용사들이 황해도와 평안도를 견고히 방어하면, 장군은 감히 병사를 내지 못하고 이 도성만을 지키다가 군량이 다하여 굶어죽는 것 외엔 방법이 없고, 안에서 서

로 잡아먹으면 비록 장군의 지혜로도 어찌할 수가 없게 될 것이오. 피로써 맹세하고 병사를 거두어 귀국하여 위로는 부모를 기쁘게 해드리고, 아래로는 처자식을 편히 하는 것이 또한 옳은 일 아니겠소? 만약 지체하다가는 조선의 산신령들과 중국의 원혼들이 한을 씻기 위해 죽이려 들 것이니, 장군은 깊이 생각하여 후회하지 않도록 하시오."

하니, 행장이 말하기를,

"그렇다면 나 또한 회군하고 명과 조선에서도 먼저 사신을 보내 화친을 의논하는 것이 좋겠소."

하니, 심유경이 말하기를,

"마땅히 그 말씀대로 하겠소. 그리고 왜국이 조선의 네 왕자와 대신들을 돌려보낸 뒤에야 화친이 이루어질 것이오."

하였다. 행장이 승낙하자 심유경이 본진으로 돌아왔다.

행장이 청정에게 심유경의 말을 전하고 대응책을 요청하자 청정이 말하기를,

"이는 이여송의 계략이다. 지금 우리가 까닭 없이 회군하면 천하의 아이들에게까지 비웃음을 당하지 않겠는가? 차라리 조선에서 죽을지언정 회군할 수는 없다. 감히 회군을 말하는 자가 있다면 마땅히 여차여차 할 것이다."

하니, 행장이 감히 다시 말하지 못하였다.

도성 동문에 관왕이 현신하다
都城東門關王顯聖

이신충(李藎忠) 또한 왜진에 들어가 화친을 의논하려고 이날 저녁 관왕묘에 들어가 향을 피우고 술을 따라 바친 후 두 번 절하고 말하기를,

"지금 왜적들에게 해를 입어 종묘사직과 산천의 귀신들이 의탁할 곳이 없습니다. 엎드려 바라옵건대 신령께서는 한양을 보살피시어 의를 드러내시고 관왕의 영풍을 떨쳐 위세를 보이시어 적의 기세를 꺾어 주십시오. 그리 해주시면 이는 단지 제사에 보응하시는 것뿐 아니라 천지에 의를 베푸시는 일일 것입니다."

하고, 제사를 마치고 다시 두 번 절하였는데, 이와 같이 제사하기를 18일 간이나 하였다.

이때 도성에서 5~60리 안에는 나무가 없었으므로 적병이 땔감을 구하지 못해 장차 굶주리게 되자 성중이 요란하였다. 행장이 현소와 수강에게 명령하여 호남의 땔감을 배로 실어오게 하였다. 현소 등이 8만 명의 병사를 거느리고 동대문을 나섰을 때 갑자기 큰 바람이 불고 모래가 휘날리며 검은 구름이 길을 가리고 하늘이 어두워져 한 치 앞을 볼 수 없었다. 수많은 군병이 각각 창검을 쥐고 바람과 구름을 타고 일제히 함성을 지르는 가운데 한 사람이 적토마를 타고 삼각 수염을 휘날리며 청룡언월도를 든 채 눈을 부릅뜨고 크게 꾸짖었다. 적병이 그 위세에 겁을 먹고 태반이나 죽었다. 신병(神兵)이 맹렬한 기세로 일어나고 바람이 불며 벼락이 내리치니 순식간에 8만 명의 왜적이 한 명도 살아남지 못했다. 현소와 수강이 겨우 살아남아 황망히 도성으로 들어가 행장에게 보고하였다. 행장이 듣고 크게 놀라 말하기를,

"이는 옛날 관운장의 신령이다. 얼마 전에 심유경이 말하기를 중국의 귀신이 우리를 죽이려 들 것이라 하더니 과연 헛된 말이 아니었구나. 이제 더 지체하다가는 관운장의 신령이 다시 공격해 올 것이니 어떻게 대적하겠는가?"

하고는, 마침내 군사들을 점고하여 급히 성문을 나서 한강을 건너 도주하였다. 청정과 현소 등도 또한 부득이하게 차례로 강을 건너 곧장 영남을 향해 가니, 영남이 다시 소란스러워졌다.

명나라 장수가 도성을 점거하다

天將入據都城

이여송이 대군을 이끌고 마침내 도성에 들어왔다. 살아남은 백성들은 도탄에 빠져 귀신의 몰골을 하고 있었으며 방방곡곡에 시체가 산처럼 쌓여 있으니 썩은 내가 코를 찔러 차마 바라볼 수 없었다. 여송이 군사를 거느리고 시체들을 파내어 성 밖에 묻었다. 이날 이여백(李如栢)에게 2만 명의 군사를 거느리고 남쪽으로 가 왜적을 뒤쫓게 하였다. 왜적은 심하게 패배하자 오히려 독기를 품어 도주하며 만나는 사람마다 모두 죽였고, 보이는 무덤마다 모두 도굴하였으며, 인가를 모두 불사르고 소와 말을 약탈하니, 남쪽 여러 고을이 더욱 황폐해졌다.

황제가 원병을 더 보내 난을 평정하다

天子加兵平亂

　명나라 장수가 평양을 수복하자 임금이 의주를 떠나 영상(永桑)을 향해 가다가 성루에 올라 서쪽 명나라 도성을 향해 망궐례(望闕禮)를 지내고 갔다. 4월이 되기까지 영상에 머물렀는데, 도성을 수복했다는 소식을 듣자 다시 신하들과 함께 망궐례를 행하여 황제의 은혜에 감사를 표했다. 6월이 되자 이여송이 행재소에 사신을 보내 도성으로 환궁할 것을 청하였다. 이에 어가가 곧바로 평양에 도착하여 정철과 윤두수를 명 조정에 보내 사은하게 하였다. 황제는 크게 기뻐하며, 또 유정(劉綎)에게 서촉 금갑군 2만 명을 거느리게 하고 조선 사신과 함께 보내면서 이여송의 군대와 합세해 남아 있는 적을 쳐부수라 하였다. 또 면류관과 곤룡포 한 벌과 비단 다섯 필을 조선 왕에게 하사하여 위로하며 조서를 내렸다.

　「짐이 한양의 지형에 대해 들으니 성은 견고하고 해자가 깊으며, 또 굳센 갑사와 정병이 많다 하더니 무엇 때문에 도성을 지켜내지 못해 왜적에게 빼앗겼느냐? 혹시 날마다 놀이를 일삼아 군무와 정사를 살피지 않아 그리 된 것이냐? 지금부터는 어진 신하를 가까이하고 간악한 신하를 멀리하며 와신상담하여 지난날의 치욕을 설욕하라.」

어가가 해주에 머물다

大駕駐蹕海州

도성이 수복되고 적병은 점점 멀리 달아나자 어가가 강서에서 해주로
향하려 하였다. 해주성 또한 불타버렸고 오직 부용당(芙蓉堂)과 요월당
(邀月堂), 중설당(中設堂), 경간당(敬簡堂) 등이 겨우 화를 면해서 먼저
부용당 서쪽 대청 2칸에 행궁을 만들었다. 동서쪽 방 각 3칸에 남쪽을
바라고 길게 담장을 둘러 북쪽으로는 요월당에 접하고 동쪽으로는 부용
당과 닿으며 서쪽으로는 해주성에 닿게 하였는데 심히 웅장하지는 않았
다. 또 백림정(栢林亭) 옛 터에 종묘 6칸을 짓고 삼면에 길게 담장을
둘렀으며, 홍문(虹門) 계단 아래에는 초가집 3칸을 짓고 재궁(齋宮)을
삼아 숙직소로 썼다.

계사년(癸巳年) 8월 16일에 어가가 해주에 도착해 산천이 아름다운
것을 보고 이곳에 더 머물 뜻이 있었으나 신하들이 힘써 다투었다. 이
에 9월 23일 마침내 도성을 향해 출발하였으나 중전은 후궁과 비빈,
왕자들을 거느리고 해주에 남으므로 임금이 대신들에게 명하여 신료
와 호위군을 나누게 하였다. 전쟁이 발발한 지 3년 뒤인 을미년(乙未
年)에야 왕후에게 도성으로 돌아오라 명하고, 도승지 조인득(趙仁得)
에게 호행하게 하였다. 11월 3일에 해주를 떠나 남성촌(娚城村)을 거쳐
10일에 도성에 도착하였다.

이때 원종(元宗)은 왕위에 오르기 전이었는데 해주 백성 우명(禹命)
에게 장가들어 을미년 10월 7일에 인조(仁祖)를 낳았다. 인헌왕후(仁獻
王后)가 인조를 낳을 때 홀연 붉은 빛이 반짝이며 기이한 향기가 방안
에 가득하였다. 왕후의 모친 신씨는 꿈에서 왕후의 곁에 붉은 용이 있

는 것을 보았다. 또 어떤 사람이 병풍에 다음과 같은 글을 썼다.

"귀한 아들을 얻으니 천추를 이미 환히 아네."

얼마 후 아이가 탄생하니 조선 왕조의 기업이 다시 흥한 것이 실로 이에서 비롯되었다.

휴정이 어가를 맞이하여 도성으로 돌아오다

休靜迎駕還都

이에 앞서 휴정이 칼을 들고 서쪽으로 가 용만(龍灣) 행재소에서 임금을 알현하니, 임금이 말하기를,

"세상이 이와 같이 어지러운데 네가 널리 구제할 수 있겠느냐?"

하니, 휴정이 울면서 절하고 말하기를,

"지금 국내의 승려들 중 군대에 복무할 수 없는 자들은 절에 머물며 분향하고 도를 닦아 신령의 도움을 빌게 하였으며, 그 나머지는 신이 다 이끌고 전장에 나아가 충효를 본받게 하였습니다."

하니, 임금이 의롭다 하여 팔도십육종도총섭(八道十六宗都摠攝)을 삼고 수령들에게 교유를 내려 예우하게 하였다.

이에 휴정의 제자 유정(惟正)[28]이 700명의 승군을 이끌고 관동에서 봉기하였으며, 처영(處英) 등 천여 명의 승군이 호남에서 봉기하였다. 휴정은 문하의 승려와 자원한 승려 1,500명 등 수천 명을 합하여 순안 (順安) 법흥사(法興寺)에 모여서 명군과 합세하여 선봉이 되어 위세를

---

28 실제 이름은 惟政(유정).

더하였으며, 모란봉(牡丹峯) 전투에서 매우 많은 적을 죽였다.

명군이 이미 도성을 향하자 도성에 있던 왜적들은 밤을 틈타 달아났다. 이때에 이르러 휴정은 용사 100여 명으로 어가를 맞이하여 도성으로 돌아왔다. 명나라 장수 이여송이 편지를 보내 장려하였는데, 편지에는 나라를 위해 왜적을 토벌한 한결같은 충성을 높이 일컫는 말들이 담겨 있었다. 또 시를 지어 보내 말하였다.

「공명을 바라지 않고 온 마음 다해 선도를 배우다가 이제 임금의 위급함을 듣고 총섭이 산을 내려왔구려.」

여러 장수들과 관리들이 편지와 시를 보내왔다.

왜적이 퇴각하자 휴정이 임금께 글을 올려 아뢰었다.

"제 나이가 80이 넘었고 근력이 쇠하였습니다. 승군의 일은 유정과 처영에게 맡기시기를 바랍니다. 신은 총섭의 인수를 돌려드리고 묘향산(妙香山)의 옛 절로 돌아가고자 합니다."

임금이 그 뜻을 가상히 여기고 그의 노쇠함을 가엾게 여겨 국야도대선사(國耶都大禪師) 도총섭(都摠攝) 부종수교보제등계존자(扶宗樹教普濟登堦尊者)라는 호를 내려주었다.

김명원이 병들어 원수를 교체하다
金命元病遞元帥

임진왜란 초기에 김명원은 상중(喪中)에 팔도도원수가 되어 도성에서 퇴각하여 임진(臨津)을 지키는 중에 전쟁이 점점 장기화되었다. 조정에서는 김명원이 움직이지 않는 것을 의심해 사신을 보내 싸움을 독려하였다. 여러 장수들이 강을 건너다가 적의 복병을 만나 신할(申硈)과 유극량(劉克良)은 이미 전사하였다. 김명원은 패잔군을 수습해 후퇴하여 순안(順安)에 주둔하며 행재소를 호위하였다. 방어사 김응서(金應瑞)는 관군이 여러 번 진군해 승리했다는 것을 알고 김명원에게 싸울 것을 청하였다. 김명원이 생각 끝에 허락하자 순찰사 이원익(李元翼)이 놀라 말하기를,

"어째서 조정에 보고도 하지 않고 경솔하게 전투를 허락하셨습니까?" 하니, 김명원은 대답하지 않았다.

얼마 후 김응서는 병사를 이끌고 나가 주변을 배회하다 적을 만나지 못한 채 돌아왔다. 김명원은 역시 아무 것도 묻지 않았고 단지 사적으로 이원익에게 말하기를,

"이 자식의 마음이 정직하지 못하니 삼가 가볍게 믿어서는 안 되겠소." 하니, 이원익은 혀를 내둘렀다. 김명원은 명군이 도착하자 함께 왜적의 소굴을 찾아내 불 태웠고 명나라 장수는 그를 깊이 의지하였다. 이 때에 이르러 김명원이 병을 이유로 사직하였다.

임금이 명나라 장수를 위해 잔치를 베풀다
主上享宴天將

9월에 임금이 도성에 돌아왔는데, 성곽은 허물어지고 민가는 텅 비어 눈에 보이는 모든 것이 잿더미였고 인적은 보이지 않았다. 임금이 좌우로 돌아보며 탄식하고 눈물을 흘렸다. 이튿날 큰 잔치를 열고 이여송을 초청하여 상객으로 대접하고, 이항복과 유성룡에게 명령해 사

졸들을 호궤하라 하였다. 여송이 장수들을 명해 고명(誥命)을 바치게 하고, 황제가 내려준 면복(冕服)과 예물 등을 임금에게 바쳤다. 임금은 향불을 피우고 서쪽을 향해 사은하였다. 악공들에게 풍악을 울리게 하고 손님들을 치하하며 즐겼다. 여송이 계수나무벌레 20개를 꺼내 임금께 바치며 말하기를,

"이것은 서촉 호자국(瓠子國)에서 바친 공물인데 천하의 지극한 보배입니다. 이것을 복용하면 수명이 연장되는 것은 장담할 수 없으나 병이 낫고 노화가 늦춰지는 것은 거의 확실합니다. 이런 이유로 황제께서 총애하는 신하와 번국의 왕에게 상으로 내려주시되 반드시 한 개만을 내려주십니다. 황제께서 조선의 왕을 아끼시어 이처럼 후하게 상을 내리셨으니 왕께서는 한번 맛보십시오."

하고, 젓가락으로 그 허리를 집어 들자 오색이 휘황하고 머리에는 네 가지 소리가 있어 더욱 기이하였다. 임금이 보고 차마 젓가락을 대지 못하자 여송이 웃으면서 먼저 먹고 말하기를,

"이런 좋은 맛을 먹을 줄 모르니 왕께서는 어찌 이리 졸렬하십니까?"

하니, 임금은 웃기만 하고 대답하지 않았다.

이항복이 잠깐 장막 밖으로 나와 산낙지 일곱 마리를 가져오라는 임금의 명령을 전하여 그릇에 담아 가져왔다. 임금이 젓가락으로 낙지의 머리를 잡아 입에 넣고 낙지의 다리를 늘어뜨려 젓가락으로 집으니 다리가 용의 수염처럼 흐늘거려 처음 보는 사람은 코를 막지 않을 수 없었다. 임금이 이에 여송에게 권하니 여송이 몸을 떨고 고개를 흔들며 차마 쳐다보지 못하자 임금이 웃고 말하길,

"계수나무벌레나 낙지나 모두 흙에서 나는 것인데 어째서 소국에서 나는 것이라 하여 맛이 없다 하시오?"

하니, 여송이 크게 웃었다.

훈련원정 김응서가 이여송에게 절하며 말하기를,

"지금 이 잔치에 즐길만한 것이 없으니 검무로 흥을 돋울까 합니다."

하니, 여송이 허락했다.

김응서는 장검을 들고 대궐 뜰에 내려서서 주변을 돌며 깃대를 베었다. 잠깐 사이에 검광이 번쩍이며 단지 하늘까지 뻗친 햇빛과 푸른 무지개만이 보일 뿐 응서의 몸은 어디 있는지 보이지 않으니 중국의 장사들과 조선의 신하들이 모두 감탄하고 칭찬하였다. 응서가 검을 내려놓고 재배하며 말하기를,

"소장이 옛적 관운장에 비하면 어떻습니까?"

하니, 여송이 웃고 꾸짖어 말하기를,

"네 말이 건방지구나. 너 같은 사람 열 명이 낙상지 하나를 이길 수 없고 낙상지 열 명이 나 하나를 이길 수 없으며, 나 같은 사람 열 명이 상우춘(常遇春) 하나를 이길 수 없고 상우춘 열 명이 관운장 하나를 이길 수 없을 것이다. 네가 적장 하나를 베었다고 스스로 천하에 대적할 자가 없다고 하니 이런 위험한 말도 있느냐? 아니면 웃기려고 하는 말이냐?"

하니, 응서가 심히 무안하여 얼굴이 흙빛이 되어 나왔다.

적병이 진주를 공격하여 함락시키다
賊兵攻陷晉州

왜적이 한양을 버리고 영남으로 향했다. 도원수 권율은 함안(咸安)을 수비하러 갔는데, 창고의 곡식이 이미 바닥났고 군량도 부족하여

군사들이 굶주리니 당혹스러워 손쓸 도리가 없었다. 이런 사이에 적병이 마침내 김해(金海)를 함락시키고 다시 함안으로 향하였다. 권율은 크게 두려워 결국 이빈(李賓) 등과 함께 군사를 이끌고 전라도로 향했다. 이날 적병이 함안을 지나 진주(晉州)를 급습하니 의병장 고종후(高從厚)와 충청병사 한진(韓進)[29], 상주판관 성수(成守) 등이 성벽에 올라 적을 막다가 패하여 전사하였다. 적병은 이에 황진의 시체를 갈기갈기 찢어 돌려 보이며 말하였다.

"예전에 이 성에서 우리가 패하였을 때 우리 군사들을 도륙한 놈이 이 놈이다. 오늘에서야 우리 군사들의 원수를 쾌히 갚았노라."

이때 의병장 최경회(崔慶會), 김천일(金千鎰)이 통곡하며 스스로 목숨을 끊었다. 왜적이 마침내 진주성에 돌입하여 백성들을 살육하고 가옥들을 불태웠는데, 당시를 전후해 죽인 사람이 모두 합쳐 6만여 명이었다. 시체를 섶 위에 쌓아두고 불을 지르니 시체 타는 냄새가 5~60리까지 퍼졌다.

곽재우가 평조신을 쳐서 물리치다
郭再祐擊走平調信

왜적이 마침내 영산(靈山)을 함락시키고 군사를 이끌어 승승장구하였다. 의병장 곽재우가 부하들을 급히 몰아 군막을 불사르자 적진이 요란하였다. 재우의 비장 유운룡(柳雲龍)이 말을 달리며 함성을 지르

---

29 실제 이름은 黃進(황진).

고 좌충우돌하자 왜적이 감히 다가서지 못하였다. 재우가 군사들을
호령해 불화살과 진천뢰, 편전을 쏘며 여섯 갈래로 나누어 습격하자
왜적이 대패하여 사천(泗川)을 향해 달아났다.

김성일이 평조신을 꾸짖어 물리치다
金誠一喝逐平調信

총융사 김성일은 적장 평조신이 사천을 향하고 있다는 소식을 듣
고, 함양(咸陽), 단성(丹城), 산음(山陰) 세 고을의 병마를 거느려 길을
막아 진을 치고는 군사들에게 소리치기를,
"우리 군사들은 진주성에서 죽은 사람들의 아들, 조카이다! 오늘 목
숨을 걸고 원수를 갚으려 하니 너희는 어서 나와 칼을 받아라!"
하자, 왜병이 나와 묻기를,
"너희 대장이 누구냐?"
하니, 답하기를,
"성명은 김성일이다. 용맹하기는 관운장 같고 지혜롭기는 제갈량
같다."
하니, 평조신이 웃으며 말하기를,
"조선에 이런 사람이 어디 있느냐? 내일 시험 삼아 싸워보면 알 수
있을 것이다."
하였으나, 적진은 겁을 집어먹고 모두 달아나고자 하였다. 평조신은
밤을 틈타 병사들을 이끌고 삼가(三嘉)를 향해 달아났다.

홍융남과 김덕령이 평조신을 격퇴하다
洪戎男金德齡擊敗平調信

의병장 홍융남(洪戎男)과 익호장군 김덕령이 함께 삼가(三嘉)를 지키고 있다가 평조신이 공격해 온다는 것을 듣고는 급히 군사들을 독려해 홍백기를 산 위에 세우고 허수아비에게 창검을 쥐게 하여 앞길에 진을 쳤다. 재인군(才人軍)에게는 오색무늬 옷을 입히고 뒤에 진을 치게 하고서 말 위에 군사를 태워 공중제비를 돌기도 하고 말 위에 물구나무를 서기도 하며 신이한 형상을 지어보이게 하였다. 적병은 괴이하게 여겨 굳이 지킬 뿐 나오지 않자 홍융남과 김덕령이 각기 창검을 들고 곧바로 적진 앞으로 가 함께 큰 소리로 꾸짖기를,

"무례한 도적놈들이 천시(天時)를 모르고 함부로 조선을 침입하여 백성을 살해하고 약탈하니 나는 맹세코 너희 도적놈들과 공존할 수 없다! 오늘 내로 죽여줄 것이니 너와 내가 자웅을 겨뤄보자! 그러나 이미 너희 진영에서 화친을 의논하고 있으니 네가 차마 전투를 벌이기도 어려울 것임을 내가 짐작하고 있다! 그러니 너는 힘으로 겨루고 싶으냐? 재주로 겨루고 싶으냐? 오늘 너와 자웅을 겨뤄야겠다!"

하니, 적이 답하기를,

"우선 재주를 겨뤄보자."

하고, 인하여 조총군 200명을 선발해 진 앞에 줄 세우고 싸움을 독려하였다. 덕령이 마침내 마상립군(馬上立軍)으로 선봉을 삼고 재인군(才人軍)으로 후군을 삼아 융남과 함께 칼을 쥐고 뒤에 섰다. 적병이 일시에 조총을 쏘자 마상립군에게 총탄이 날아드니 마상립군은 말안장 밑으로 숨었다가 다시 일제히 일어나 말을 채쳐 달려가 철퇴로 어지러이 공격

했다. 융남과 덕령이 곧장 적진에 돌입해 적을 죽이니 잠깐 사이에 적병
이 태반이나 죽었다. 적군이 두려워하며 상의하기를,

"이 신병(神兵)들은 대적할 수가 없으니 밤을 틈타 도망가는 게 낫겠소."

라고 하였다.

평조신이 일본으로 패주하다
平調信敗歸日本

삼가 전투에서 왜적이 대패하자 비장 김홍량(金弘亮)이 적진으로 말
을 채쳐 들어가 큰 소리로 꾸짖기를,

"버러지 같은 적장은 빨리 나와라! 감히 싸우지 못할 것 같으면 내
칼을 받아라!"

하니, 적장이 대답하지 못하고 이날 밤 초계(草溪)를 향해 달아났다.
명나라 장수 오유충이 마침 초계를 지키다가 급히 군사들을 독려해
기치를 세우고 북을 울리며 진군하였다. 적병이 이미 삼가에서 패하
여 종일토록 달려온 끝에 또 오유충의 군사들을 만나 공격을 받으니
기갈을 견디지 못해 생기조차 없었다. 이에 퇴각하여 부산으로 들어
가서 선언하기를,

"우리들이 차마 조선에 항복할 수 없으니 차라리 우리나라로 돌아
가고 명나라에 화친을 청하자."

하고, 평조신은 마침내 일본으로 돌아갔다.

명나라 장수가 바둑을 두다가 승전을 예측하다
天將圍棋制勝

임금이 이미 도성에 돌아오니 이여송이 장수들을 불러 각기 요지를 방어하게 하였다. 휴정에게는 성주(星州)를 지키게 하고, 오유충에게는 선산(善山)을 지키게 하였다. 유정(劉綎), 조승훈(祖承訓), 갈봉하(葛逢夏)에게 남원(南原)을 지키게 하였으며, 왕필계(王必桂), 낙상지에게 경주(慶州)를 지키게 하였다. 이빈(李賓)과 이원익(李元翼)에게는 양국의 군량을 운반하게 하였다.

이여송이 임금과 바둑을 두다가 바둑판을 물리고 기뻐하며 말하기를,

"오늘 조선이 승전할 것입니다."

하니, 임금이 말하기를,

"장군은 어떻게 아시오?"

하니, 여송이 말하기를,

"나는 바둑을 둔 것이 아닙니다. 조용히 양국의 형세를 살핀 것일 뿐이니 내일 신시(申時)에 틀림없이 승전보가 들려올 것입니다."

하였다. 과연 이튿날 신시에 장계가 올라왔는데, 대략 다음과 같았다.

「왜적이 버텨내지 못하고 글을 올려 화친을 청하며 일본으로 물러갔습니다.」

여송이 매우 기뻐하며 인하여 임금에게 청하여 서일광(徐一光), 성재용(成再容)을 보내 평수길에게 회답하고 화의를 논의하게 하였다.

왕자와 대신이 돌아와 명나라 장수에게 사례하다
王子大臣來謝天將

강화(講和)를 위해 가는 사신을 통해 이여송은 평수길에게 편지를 보내 다음과 같이 말했다.

「귀국이 진심으로 화친을 원한다면 조선의 왕자와 대신을 본국으로 돌려보내시오. 그렇지 않으면 화의는 성립될 수 없소.」

평수길이 편지를 보고 속으로는 비록 기분이 상했으나 겉으로는 좋은 안색을 꾸미며 즉시 네 왕자와 대신들을 돌려보냈다. 이에 왕자와 대신들이 왜적의 손아귀에서 벗어나 조선으로 향하니 산천은 색이 바뀌었고 초목은 우거져 있었다. 밤낮으로 달려 경성으로 들어오니 만조백관과 도성의 백성들이 멀리까지 나와 맞이하고 만세를 불렀다. 왕자와 대신들은 임금께 알현한 뒤 이여송에게 사례하며 말하였다.

"황제의 은덕과 장군의 위엄으로 강적을 소탕하고 잔명을 보존하여 고국에 돌아와 다시 하늘을 보게 하시니, 비록 은혜를 가슴속에 깊이 새기고 온몸이 가루가 된다 할지라도 다시 살리신 은혜는 갚기에는 부족할 것입니다."

즉시 옛 궁성 자리에 초가집을 짓고 임금은 정릉동 행궁에 머물고 있었는데, 하루는 관리들에게 가르치어 말하기를,

"오래 민간에 머물 수는 없으니 옛 궁성 안에 초가집을 대강 지어 옮겨가 거처하고자 한다. 옛날 위(衛)나라 임금이 조(漕) 땅에 머물 적에 또한 초가를 짓고 거처한 경우가 있었으니, 지금이 어느 때라고 대궐에 거처하기를 바란단 말인가?"

라고 하였다.

명나라 장수가 왕궁을 건축하자는 말을 하자 임금이 말하기를,
"깊은 원수를 갚기도 전에 어찌 집을 짓는단 말이오?"
하니, 명나라 장수가 탄복하였다.

명나라 장수가 병사를 거느려 서쪽으로 돌아가다
天將領兵西還

만력 갑오년(甲午年)에 왜의 평수길이 현소 등을 보내 황제에게 항
서를 바쳤다. 제독 이여송은 즉시 대군을 거느리고 중국으로 귀환하
매 임금이 홍제원(弘濟院)에 나와 전송하였고, 백관들은 고양현(高陽
縣)까지 나와 전별하니, 이때는 10월이었다.

오호라! 3년의 전란과 액운이 끝나지 않았구나! 가뭄과 병충해가
혹독하게 거듭되며 역병이 또 창궐하니 전란을 겪은 백성들이 굶고
병들어 죽어 10리 근방에 인가가 보이지 않더라.

명나라 사신이 일본으로 가다
天使南下日本

왜의 사신 조섭(曺攝), 현소 등이 명나라에 가 항서를 바치니, 황제
가 왜의 사신을 매우 꾸짖고 조서를 내렸다.

「지금 세 가지 일로 화친을 정하노라. 첫째, 너희 옛 임금을 화순왕
(和順王)에 봉하라. 둘째, 조선에 한 사람도 머물러 있지 말라. 셋째,

영영 조선을 침범하지 말라. 이와 같이 하면 화친을 맺을 것이고 그렇지 않으면 화친을 맺지 않을 것이다. 너희는 관백에게 전하라.」

이에 병부상서 이종성(李宗成)과 이부상서 양방형(楊方亨)을 파견해 현소 등과 함께 일본으로 가 화친을 알리게 하였다. 이종성 등이 조선에 들어와 한양에 머물면서 왜의 진영에 다음과 같이 말을 전하였다.

"우리가 천자의 엄명을 받들어 너희 나라에 가려 하니 너희는 서둘러 돌아가라."

이에 조선에 주둔하던 왜병 4만 명이 일제히 배에 올라 일본으로 돌아갔다. 이때는 만력 을미년(乙未年) 6월이었다.

평행장과 청정이 본국으로 돌아가다
平行長淸正還歸本國

이보다 앞서, 평행장 등은 한양을 버리고 달아나며 명군에게 여러 차례 곤욕을 겪었다. 울산을 통해 생포동(生浦洞)에 들어가 동래(東萊), 거제(巨濟), 김해(金海) 등지에 나누어 주둔하며 장기간 머물 계획을 세웠다. 이때에 이르러 명나라 사신 이종성 등이 부산에 도착하여 여러 날 머물며 평행장의 진영에 사람을 보내 회군하기를 권유하니, 평행장과 청정이 일시에 병사들을 거느리고 일본으로 돌아갔다. 이때는 만력 병신년(丙申年) 3월이었다.

명나라 사신과 조선 사신이 쫓겨 돌아오다
天使國使遁歸

이때 조선의 조정에서는 명나라 사신 이종성의 말에 따라 사헌부장령 황신(黃愼)과 군기시첨정 이봉춘(李逢春)을 명 사신과 함께 일본에 보냈다. 오산(吳山)은 높이 하늘에 닿아 있었고 궁궐은 크고 화려한데, 산호(珊瑚) 고리에 진주발을 드리웠고 수정 난간에 운무 병풍을 둘렀으니 진실로 천하의 기이한 볼거리였다. 평수길은 호박침(琥珀枕)에 기댄 채 유리 책상 앞에 앉아 있었는데, 전후좌우에 오색으로 치장한 시녀가 각기 50명씩 서 있었다. 수길은 머리에 팔봉도황금관(八封圖黃金冠)을 쓰고 몸에는 오색 용포를 입었으며 왼손에는 연화삼지극(蓮花三枝戟)을 쥐고 오른손에는 백옥여의홀(白玉如意笏) 든 채 높이 옥탑에 앉아 명나라 사신을 맞이하였다. 때마침 지진이 일어나 대궐이 무너지자 수길은 간신히 몸을 피해 다른 곳으로 옮겨 앉아 사신을 대면하고는 좌우에게 묻기를,

"조선 사신은 조선의 왕과 몇 촌인가?"

하니, 조섭이 대답하기를,

"조선 사신은 말관 황신과 이봉춘입니다."

하니, 수길이 성내며 말하기를,

"내가 조선의 왕자들을 살려 보내준 은혜가 막대하다. 조선 왕이 아들이나 조카를 보내 은덕에 감사하는 것이 마땅하거늘 오히려 미관말직을 보내 책임을 떠넘기니 나를 경멸함이 심하도다! 내일 황신을 죽이고 말리라."

하니, 조선 사람 김적(金勣)이 듣고 황신에게 와서 알려주었다. 황신은

자신이 국서를 전하지 못하는 것이 왕명을 욕되게 하는 것이라 여겨 죽기를 각오하였다. 마침 수길이 명 사신을 푸대접하자 명 사신들이 매우 분노하여 통보 없이 귀국하면서 황신에게 함께 돌아갈 것을 권유했다. 황신은 어쩔 수 없이 명 사신을 따랐는데, 왜인들은 황신의 옳은 처신에 탄복하며 포은 정몽주에 비유하기까지 하였다. 황신이 조선에 돌아오자 대간들은 황신이 위협에 겁먹어 소임을 다하지 못했다며 탄핵하였으나, 임금은 황신을 사대(賜對)하여 위로하며 가선대부의 품계를 가자(加資)한 뒤 말하기를,

"일의 성사 여부는 따질 필요 없다."

고 했다. 아마도 임금의 마음에는 화친이 결렬된 것을 다행으로 여겼던 듯하다.

동인과 서인이 각기 사사로운 의견을 주장하다
東人西人各主私意

황신이 일본에 사신으로 갔을 때 국경에 들어서 보니 배를 건조하고 화살과 무기를 만드는 등 방비를 갖추고 있었다. 일본 국내에 들어가 보니 거리와 시장의 모든 어린 아이들이 쳐다보고 웃으며 말하기를,

"전쟁이 멀지 않았는데 화친이 무슨 말이람."

이라고 하였다.

사신이 돌아와 보고할 때 황신은 전선을 건조하고 화살을 만들던 일과 저잣거리의 아이들이 비웃던 상황 등을 모두 다 털어놓았다. 그러나 이봉춘은 단지 고함친 것 외에는 별다른 동정이 없다고만 대답하였다.

상신(相臣) 유성룡은 화친을 주장하고 있었기 때문에 김현성(金玄成) 일
파는 화친이 성사되지 않을까 두려워하였고, 조목(趙穆) 일파는 진회(秦
檜)가 나라를 배반한 일에 비유하며 배척하였다. 이봉춘이 그렇게 대답
한 것도 이러한 이유에서였다. 이에 한 무리는 조목을 따르고 한 무리는
유성룡을 따라 서로가 옳다고 하니 분쟁이 심해져 동인과 서인으로
나뉜 판국이 되었다. 임금은 세월을 헛되이 보냈으나 600척의 왜선은
이미 남해에 정박해 있었다. 이렇게 명백한 증거가 지처에 널려 있는데
도 오히려 사심을 가지고 서로 다투니 다른 일을 말한들 무엇하겠는가?

황제가 명령을 내려 적을 토벌하다
皇帝申命討賊

이보다 앞선 갑오년에 명나라 시랑 고양겸(顧養謙)이 호참장(胡驂將)
을 보내 조선에 다음과 같은 자문(咨文)을 전해왔다.

"중국의 병사가 피폐하고 힘이 소진되었소. 지금 상황에서는 우선
왜적의 화의 요청을 들어주고, 귀국과 함께 병력을 길러 차후를 도모
하는 것이 마땅하겠소. 이 상황을 임금께 아뢰어 주시오."

그때 왜적은 경상도 해안의 열세 개 고을을 점거하고 날마다 인근을
노략하였으므로 전라도 일대만이 유일하게 적의 칼날을 면할 수 있었
다. 병사가 고단하고 군량도 떨어져 왜적이 이르러도 손을 쓸 수 없었
고 조정도 아무런 대책이 없어 마음을 누그러뜨려 자문을 따르려 하였
으나 척화를 주장하는 논의가 더욱 거세졌다. 유성룡이 우계(牛溪) 성
혼(成渾)에게 함께 임금을 뵙고 일을 결정하자고 요구했으나, 임금은

고양겸의 자문이 마땅한지 여부를 다시 생각하였다. 성혼은 국세가 실오라기처럼 위태로우니 잠깐이라도 적의 공격을 늦추어야 자강(自强)을 도모할 수 있다고 하며, 현재 시랑 고양겸이 대군을 손에 쥐고 있어 모든 일이 그의 마음먹기에 달려 있는데 지금 압록강으로 물러서려는 뜻을 펴고 있으므로 조선이 홀로 싸우지도 못하고 지키지도 못하면서 중국의 화친을 가로막는 것은 잘못된 정책이라고 아뢰었다. 임금은 대답하지 않았으나 어쩔 수 없이 고양겸의 뜻에 따르기로 하고 이 결정을 명에 알리니, 황제는 왜와의 화친을 허락하며 사신을 보내 봉공(封貢)을 행하라 하였다. 평수길의 요구는 봉공에만 그친 것이 아니었으나 명 조정은 봉공만을 허락하였다. 심유경과 평행장은 미봉책을 동원해 화의를 성사시켰으나 끝내 합의하지는 못하였다.

병신년(丙申年)에 이르러 양방형(楊方亨)이 일본에서 돌아왔다. 황제는 평수길이 명의 은혜를 저버리고 관병을 살해하고 조선의 장수를 독살한 것을 이유로 석성(石星)을 하옥하고 심유경을 체포하였다. 황제는 수군과 육군 2만 명을 조발해 왜적을 토벌하게 하였다. 명군이 출발하기 전에 왜적은 이미 서호(西湖)에 다다르고 있었다. 화의를 맺는 것이 임금의 본심이었으나 황제의 명령이 이처럼 준엄했기 때문에 여러 번 척화의 교서를 내렸다. 이로 말미암아 삼사에서는 또 척화를 서로 주장하고 나섰다. 그러나 동인의 척화는 우계에게 뜻이 있었고, 서인의 척화는 유성룡에게 뜻이 있었다. 이렇듯 전란 중에서도 오히려 당을 지어 다투니 평상시에 치고받는 것을 어찌 다 말할 수 있겠는가?

왜적이 다시 바다를 건너오다
倭兵再舉越海

　명 사신과 조선 사신이 이미 돌아가자 평수길이 장수들을 모두 모아 다시 전쟁을 계획하니, 이때가 만력 정유년 2월이었다. 66주의 군사와 병마를 뽑고 여러 섬나라에 군사를 청하여 행장과 청정에게 각각 80만 명의 군사를 거느리게 하였다. 전선 600여 척이 부산 생포(生浦)에 도착하여 길을 나눠 상륙하고는 분풀이를 하듯 악독한 짓을 저질렀고 살인과 도굴을 일삼았다. 명산을 보면 말뚝을 꽂아 맥을 끊었고 빈 집을 보면 불사르며 포학을 자행하니, 경상도와 전라도의 살아남은 목숨들이 남김없이 죽었다.

이순신이 적선을 격침시키다
李舜臣討㓒賊船

　이때 통제사 이순신은 왜적이 다시 침입할 것을 알고 미리 병사들을 뽑아 명령하기를,
　"적은 생포로 들어와 전라도를 공격할 계획이다. 당양포(當陽浦) 아래 물마루가 있는데 높이가 매우 높아 앞뒤를 볼 수 없으니, 물마루 아래 쇠말뚝을 얽어 세우면 수백 척의 적선을 한 번에 침몰시킬 수 있을 것이다."
하고, 인하여 철물을 모두 모으고 대장장이에게 서둘러 쇠말뚝을 만들게 하니, 모두 합쳐 수만여 개였다. 물마루 아래에 견고하게 세우게

하고 수사 이억기(李億祺), 원균 등과 배에 올라 당양포로 가 비장을 불러 분부하였다.

"네가 전선 20척을 끌고 부산으로 향해 가면 틀림없이 당양포 밑에서 적병과 마주칠 것이니, 서로 싸우다가 패하여 도망가는 척하고 서남쪽으로 향하거라."

이에 이순신이 한산도에 진을 치고 이억기 등과 함께 앉아 술을 마셨는데 대취하여 적진을 바라보았다. 이때 평의지가 행장에게 말하기를,

"이전에 패한 것은 전라도를 모두 점령하지 못했기 때문이고, 또 순신이 있었기 때문이오. 이번에 먼저 전라도를 함락시키면 순신을 사로잡을 수 있을 것이오. 순신을 잡는다면 조선은 망할 것이오."

하니, 행장이 말하기를,

"그렇다면 자네는 평조신과 함께 전선 200척을 거느리고 물마루를 지나쳐 전라도를 습격하게. 나는 본진을 지켜 형세를 보아 움직이겠네."

하였다.

이에 평의지 등이 당양포로 향하던 중 한산도에 이르자, 갑자기 풍랑이 크게 일어나고 안개가 자욱한데 징과 북소리가 점점 가까워졌다. 평의지가 놀라 바라보니 수십 척의 전선이 안개 속에서 나아오는데, 한 대장이 큰 소리로 꾸짖어 말하기를,

"무례한 오랑캐는 내 말을 들어라! 이미 화친을 맺고 또 전쟁을 일으키니 이 무슨 도리란 말이냐? 우리나라가 너희의 말을 믿어 이미 군대를 해산하고 무기를 구비하지 않았거늘 이처럼 급히 침략하니 내가 너와 생사를 결단할 것이다!"

하고, 마침내 군사를 내몰아 여러 번 싸우다가 패한 것처럼 속이고 남쪽을 향해 달아났다. 평의지가 크게 웃으며 말하기를,

"조선인은 달아나는 것이 재주로구나. 얼마 안 되는 군사로 감히 장난을 쳐서 우리 행군을 늦추려 하는 것이냐?"

하고, 마침내 전선을 몰아 곧장 수종으로 나아가니, 파도가 거세 물살이 공중에 흩날렸다. 수많은 왜선들이 파도에 따라 공중으로 치솟았다가 다시 곤두박질치며 쇠말뚝에 관통되어 차차 침몰하였다. 200척의 배가 일순간에 침몰하고 평의지가 탄 배 한 척만이 남자 놀랍고 두려워 말하기를,

"해신(海神)이 노여워하여 이런 변괴가 난 것인가?"

하고, 급히 배를 돌려 본진으로 돌아갔다.

이때 이순신이 송정(松亭)에 앉아 바라보다가 한숨을 쉬고 말하기를,

"수만의 생명을 한순간에 죽였으니 내가 제 명에 못 죽겠구나."

하고, 굵은 눈물을 흘리다가 원균 등과 함께 군사를 점고하여 당양포의 본진으로 돌아갔다.

원균이 이순신을 시기해 모함하다
元筠猜陷李舜臣

원균은 이순신의 지략이 자신보다 배나 뛰어난 것을 보고 자신보다 틀림없이 공이 클 것이라 여겼다. 본래 시기심이 많은 성격인 데다 음해할 마음이 거듭 생겨 대신과 동료들에게 부탁하고 감영의 수령들에게 뇌물을 바쳐 순신을 모함하니 못하는 짓이 없었다. 순신은 아는 듯 모르는 듯하며 단지 하늘이 정한 운명이라 믿을 뿐이었다.

평의지가 행장에게 패전한 상황을 보고하자 행장이 말하기를,

"이는 이순신의 꾀였구나. 하늘이 순신을 조선에 태어나게 해놓고 왜 또 나를 일본에 태어나게 하였단 말인가?"

하고, 차탄하기를 그치지 못하고 밤이 깊도록 잠을 이루지 못하다가 갑자기 한 계책이 떠올라 말하였다.

"순신을 잡은 후에 대사를 도모해야겠다."

이에 변사(辯士) 요지(瑤池)를 보내 경상병사(慶尙兵使) 김응서를 찾아보고 말하게 하였다.

"지금 화친이 성사되지 못한 것은 청정이 한 짓입니다. 내가 비록 청정과 사이가 좋지만 청정이 죽은 후에야 전쟁이 끝날 것입니다. 이게 내가 바라는 것입니다. 지금 청정이 나양(羅陽)에 상륙할 계획이니 헤엄을 잘 치는 자들을 보내 사로잡게 하면 양국이 모두 무사할 것입니다."

응서가 이 말을 조정에 보고하자 병조참의 윤근(尹謹)[30]이 아뢰기를,

"놓쳐서는 안 됩니다. 이것은 기회입니다. 즉시 이순신에게 나양포구(羅陽浦口)로 진을 옮겨 청정이 나양에 오기를 기다리라 명하십시오."

하니, 임금이 허락하였다.

순신이 이를 듣고 말하기를,

"왜적이 본래 꾀가 많으니 어찌 믿을 수 있겠는가?"

하니, 조정에서 여러 차례 명을 내려 독촉하였으나 병을 핑계로 움직이지 않았다. 이에 요지가 다시 응서를 찾아가 말하기를,

"조선은 사람 없는 땅이라 할 만합니다. 이런 기회를 어찌 앉아서 놓친단 말입니까? 청정이 곧 상륙할 것이니 포박할 장사 한 명이면

---

30 실제 이름은 尹瑾(윤근).

됩니다."

하고, 인하여 탄식하기를 마지않았다.

응서는 이 말을 다시 조정에 보고하였고, 원균은 현풍 사람 박성(朴惺)에게 순신을 참수하라는 상소를 올리게 하였다. 심지어 삼사(三司)가 함께 장계를 올려 순신을 체포해 국문하기를 청했다. 임금은 순신의 공로를 생각해 차마 처벌하지 못하고 사간(司諫) 남이신(南以信)을 보내 군영의 사정을 몰래 살피게 하였다. 남이신이 명을 받아 한산도로 가보니 많은 군민이 남녀 할 것 없이 말을 가로막고 울며 말하기를,

"이 사또는 충성스럽고 백성에게 은혜로우니 천고에 드문 사람입니다. 선생께서는 임금께 잘 말씀드려 처벌받지 않게 하셔서 사또가 왜적을 막아 백성을 편안케 하도록 해주십시오."

라고 하였다.

남이신이 돌아와 아뢰어 말하기를,

"신이 한산도에 도착해 민심을 살펴보니 이순신이 무도히 반역을 도모한 것이 매우 급박하였으며, 또 청정이 뭍에 오를 때 장사 한 명이면 될 일을 이순신이 연이어 외면하였다 합니다."

라고 하니, 임금이 진노하여 순신을 잡아오라 하고 한 차례 고문한 뒤 의금부에 가뒀다. 이때 순신의 형 의신(義臣)[31], 효신(堯臣)은 이미 죽고 80세의 노모가 아산에 살고 있었는데, 이 소식을 듣고 대성통곡하며 말하기를,

"내가 세 아들을 두어 둘은 먼저 죽고 지금 또 순신이가 죄 없이 죽게 생겼으니 내가 살아 무엇하리오?"

---

31 실제 이름은 羲臣(희신).

하고, 인하여 스스로 목을 매 죽었다.

순신의 조카 공(薋)[32]이 도성으로 와 옥바라지를 하였는데, 하루는 의금부 서리가 분에게 말하기를,

"지금 좋은 기회가 있으니 은 200냥이면 도모할 수 있겠소."

하니, 분이 순신에게 알리자 순신이 말하기를,

"대장부가 차라리 죽을지언정 어찌 구차한 방법으로 뜻밖의 화를 면하려 하느냐?"

하고, 끝내 흔들리지 않았다.

마침내 좌의정 이원익(李元翼)과 판중추부사 정탁(鄭琢)이 힘써 변호한 까닭에 사형은 면하였으나 삭탈관직되어 수군에 충군되었고, 도원수 권율의 진영에 보내졌다. 순신이 아산을 지나며 도중에 상복을 입고 권율의 진영에 도착하였는데, 안색이 수척하였으며 슬피 우는 소리에 군사들이 감동하여 모두 눈물을 흘렸다.

원균이 패배하여 도망치다

元筠僨軍亡命

원균이 이순신을 대신해 통제사가 되어 순신의 법제를 바꾸고 애첩 옥선(玉仙)과 운수당(運水堂)에 거처하였다. 울타리를 두 겹으로 둘러쳐 장수들과 군사가 안을 들여다보지 못하게 하고는 날마다 음탕하게 놀고 술주정하며 군민을 난타하니 군영이 두려워하였으며 근심은 깊어졌다.

---

32 실제 이름은 芬(분).

이때 행장이 또 요지를 보내 김응서에게 말하기를,

"지금 청정의 아우 청숙이 전선 200척을 거느리고 일본에서 공격해 온다 하니 조선 수군이 기다렸다가 공격하면 청숙을 사로잡을 수 있을 것이오."

라고 했다.

원균은 즉시 전선 수백 척을 거느리고 왜병과 대적하였는데, 좌수사 이억기와 우수사 배계(裵桂)[33]에게 해안에 진을 치게 하였다. 균이 먼 바다로 배를 저어가자 왜선이 혹 물에 떠있고 혹 뭍에 정박해 있었는데 세력이 보잘것없었다. 균이 군사를 몰아 싸움을 독려하니, 적은 더욱 약세를 보였다. 종일토록 힘든 싸움을 하여 군사들은 배고픔과 목마름이 심했고, 모두 생기를 잃어 겨우 배를 저어 덕포(德浦)에 도착하였다. 군사들이 서로 다투어 뭍으로 내려 물을 마시려는 찰나 적의 매복군이 일제히 공격해 400여 명을 죽였다. 균이 마침내 거제에 도착해 잠시 쉬고 있었는데, 홀연 왜선이 사면에서 공격해 오며 총포를 발사하니 소리가 천지를 뒤흔들고, 화살과 총포가 어지러이 날아다녔으며 창검은 이리저리 번쩍였다. 전사자가 헤아릴 수 없이 많았고, 균은 먼저 해안에 올라 살기를 도모하였지만 살찐 몸이라 빨리 달릴 수가 없었다. 장교와 패잔군들이 동분서주하였으나 균의 자취를 찾을 수 없었다. 이억기가 물에 빠져 죽자 배설이 전선을 수습해 결사 항전하였다. 적병이 함선을 물려 서쪽으로 달아나자 배설은 즉시 백성들을 불러 피난하라 명하고 자신 또한 도망하였다.

---

33 실제 이름은 裵楔(배설).

왜적이 남원을 공격하여 함락시키다

倭賊攻陷南原

적장 행장이 남해를 공격하고 순천을 습격하였으며 또 남원을 포위하였다. 명나라 장수 양원(楊元)과 병사 이봉남(李鳳男)[34], 현감 이춘원(李春元)[35], 조방장 김경로(金敬老), 판관 이덕희(李德熙)가 함께 남원을 수비하였다. 8월 13일 행장이 병사를 몰아 성벽을 넘어 민가에 불을 질렀다. 화살과 돌이 비처럼 쏟아지고, 철환이 벼락 같이 떨어지자 성 안의 군사와 백성들이 감히 머리를 들지 못했고, 죽은 사람이 수만 명이었다. 명군이 바라보고 겁을 먹어 가만히 서서 적의 칼을 받았다. 양원은 다만 수백 명의 군사를 이끌고 성을 탈출하였다. 흩어진 군사를 수습해 보니 겨우 400여 명이었는데, 훈련청(訓鍊廳)에 진을 치고 깃발을 가지런히 세운 뒤 화살을 쏘니 적이 가까이 오지 못했다. 며칠 후 왜적이 대군을 몰아 들어오자 이덕희가 백여 명의 군사로 결사 항전하였다. 적병 600명이 전사하고 덕희의 군사 100여 명도 모두 전사하였다. 덕희는 장창을 들고 또다시 적병 백여 명을 죽이고 인하여 적에게 죽임을 당했다. 양원은 탈출해 달아났고, 경로는 손을 묶고 말 앞에 서서 목숨을 구걸하다가 칼에 찔려 죽었으며, 춘원은 성벽을 넘어 달아나다가 창에 찔려 죽었다. 남원이 결국 함락되었다.

---

34 실제 이름은 李福男(이복남).
35 실제 이름은 李元春(이원춘).

왜적이 직산을 공격하여 쳐부수다

倭賊攻破稷山

　적장 청정이 마침내 20만 명의 군사를 이끌고 남원을 떠나 진격하
니 기세가 산악과 같아서 막아설 자가 없었다. 의병장 곽재우가 밀양,
나산(羅山), 창녕, 현풍의 군마를 거느리고 아왕산성(阿王山城)³⁶에 올
라 군기를 가지런히 세우고 청정을 기다렸다. 청정이 산성을 바라보
니 성 위에는 '홍의장군(紅衣將軍)' 네 자를 쓴 백기가 걸려 있었으므로
놀랍고 두려워 감히 성에 가까이 가지 못하고 곧장 황석산성(黃石山城)
을 향해 갔다. 안음(安陰)현감 곽춘(郭春)³⁷, 함양군수 조종도(趙宗道),
김해부사 백사임(白師任)³⁸이 함께 황석산성을 지키고 있었다. 청정이
병사를 몰아 공격하자 백사임은 먼저 몸을 피해 달아났고, 곽준과 조
종도가 차례로 도망하였다. 청정이 산성에 들어가 모든 사람을 죽이
고 다시 직산으로 향하며 지나는 길에 인가는 모조리 불사르고 사람
은 모두 죽였는데, 군사들에게 전령하여 죽은 자의 코를 베어 바치게
하였다. 적병은 다투어 코를 바쳤고 얼마 되지 않아 코가 산처럼 쌓였
다. 직산도 함락되었다.

---

36 실제 지명은 火旺山城(화왕산성).
37 실제 이름은 郭䞭(곽준).
38 실제 이름은 白士霖(백사림).

중전이 해주로 피난하다
中宮西幸海州

이때 조정에서는 적세가 매우 촉급하다는 소식을 듣고 황망이 주저 앉아 아무 대책도 내놓지 못하자, 경림군(慶林君) 김명원과 병조판서 이항복이 아뢰기를,

"이순신을 다시 통제사로 삼아야만 도적을 막을 수 있으며, 임시 섭정을 보내 명에 원군을 요청한 후에야 조선을 수복할 수 있습니다." 하니, 임금이 이를 따랐다.

이튿날 청정이 안성읍을 점거하고 선봉은 이미 한강에 도달했다. 도성이 혼란에 빠지고 백성들은 겁에 질려 동분서주하였으나 이를 막을 수는 없었다. 백관이 임금에게 평양으로 피신할 것을 권했으나 임금은 듣지 않았다. 우찬성 이주(李胄)와 승지 김직성(金直誠)이 중전을 모시고 창의문을 나서 파주에 머물다가 송도를 거쳐 벽란진(碧瀾津)을 건너 연안(延安)을 통해 해주에 도착해 부용당에 거처하였다. 기해년 (己亥年) 11월이 되어서야 비로소 본궁으로 돌아왔다.

사신이 명 조정에 울며 아뢰다
使臣哭奏天朝

이때 조정에서는 임시 섭정을 급히 명 조정에 파견하였다. 황제가 불러 왜적의 상황을 물으니 임시 섭정이 울며 아뢰기를,

"당초 불의의 환란을 당해 종묘사직이 거의 폐허가 되었으나 황제

폐하의 큰 은혜를 입어 적군을 한 번에 소탕하고 나라를 다시 세워 팔도의 백성이 거의 다시 하늘을 볼 수 있게 되었습니다. 그런데 천만 의외에 왜적이 다시 침입하여 적병이 도성에 득달하였고 그 공격을 막아내기 어려워 국가가 국가인지 알 수 없게 되었습니다. 제가 밤낮으로 달려와 죽기를 무릅쓰고 알려드리는 것입니다. 엎드려 바라오니, 폐하께서는 다시 명장과 용사들을 보내 왜적을 소탕하고 백성들을 구제해 주십시오."

하니, 황제가 듣고 사정을 불쌍히 여겼다. 특별히 양호(楊鎬)를 도어사에 제수하여 조선의 군무를 도맡게 하고 마귀(麻貴)를 도독으로 삼았으며 오유충, 형개(邢玠), 조승훈을 감군으로 삼았다. 한유(韓愈)에게 전령하여 만세덕(萬世德), 이훈(二熏)에게 2만 명의 군사를 거느려 뒤를 호위하게 하니, 군사는 모두 합쳐 24만 2700명이었다. 또 콩과 쌀 4만 석을 군사와 백성들에게 나누어 주었다.

명나라 장수가 왜적을 격퇴하다
天將擊退倭賊

정유년 7월에 양호, 마귀 등이 황제의 조서를 받들어 천리마를 타고 주야로 달려 한양에 들어왔다. 견고한 방어를 위한 계책으로 조정에서는 병조참의 남원경(南元慶)을 평양으로 보내고 훈련원정 고언백(高彦伯)을 해서(海西)로 보내 군사들을 모아 한강에 집결하게 하였으며, 권응수(權應壽)[39]에게 경기도의 군사들을 수습하여 함께 한강으로 나아가라 하였다. 이에 남원경이 의주(義州), 영변(寧邊), 덕천(德川)의 군사들을 거

느렸고, 고언백은 황주(黃州), 안악(安岳), 풍천(豐川), 장연(長淵), 평산
(平山), 배천(白川)의 병사들을 거느려 권응수의 군사들과 합세하여 강변
에 진을 쳤다. 명나라 장수 오유충, 마귀 또한 강변으로 진출하여 대오
를 정비하고 배를 타고 나아가매, 북을 치고 화포를 쏘는 소리가 천지를
울리자 적병은 간담이 서늘해 남쪽으로 달아났다. 양호와 마귀는 함께
동작진(銅雀津)을 건너 방어 상황을 살펴보았다. 장수들이 직산에서 적
과 조우하였는데, 한 번의 전투로 큰 승리를 거두어 적의 수급 수백을
베었고 적의 선봉장을 죽였다. 적의 장졸들은 사기가 크게 꺾여 곧장
바닷가로 달아나 진을 쳤다.

　행장은 순천에 주둔하고, 청정은 울산(蔚山)을 점거하여 수비를 견
고히 하면서 오래 버틸 계획을 세웠다. 행장이 말하기를,

　"눈앞에 명군이 그득하니 그 세를 당해내기 어렵소. 지금 굳게 지키
면서 버티면 명군이 돌아갈 수도 없어 틀림없이 마음이 느슨해질 것
이오. 그때를 타 공격하면 명군을 대파할 수 있소. 명군을 대파하면
조선의 군사는 걱정할 게 없소."

라 하고, 이에 각 진에 전령을 보내 군영을 굳게 지키고 800리에 걸쳐
진을 겹겹이 쳐서 서로 돕는 형세를 만들게 하였다.

---

39 실제 이름은 權應銖(권응수).

이순신이 적선을 공격하여 함락시키다

李舜臣攻陷賊舡

이때 조정에서 특별히 이순신을 사면하여 통제사로 삼았다. 순신은 교지를 보고 탄식을 그칠 수 없어 군관 하나만을 데리고 말 한 필에 올라 길을 나섰다. 경상도, 전라도에서부터는 낮에는 산골짜기에 몸을 숨기고 밤이면 급히 말을 몰았다. 겨우 한산도에 도착해 보니 적이 한바탕 휩쓸고 간 나머지 인적을 찾아볼 수 없었다. 순신은 하늘을 우러러 탄식하고는 두루 전선 천여 척을 모아 해변에 정박시키고 급히 목재를 모아 넓게 가건물을 지었는데, 사람들은 그 의도를 알지 못했다. 얼마 후 호남 일대에 순신이 돌아왔다는 소문이 퍼지자 사람들이 시장에 모이듯 모여들었다. 오래지 않아 가건물이 좁아져서 무릎을 펴지 못할 지경이 되자, 혹은 천막을 치고 혹은 땅굴을 파 머무는 자가 천여 호나 되었다.

순신은 이에 관옥선(貫玉船) 10여 척을 다시 건조하고 정병 3천 명을 거느려 총포와 칼, 활과 화살을 제작하였다. 또 허수아비를 무수히 만들어 수군절도사의 깃발을 세우고 수영을 잘 하는 자 2천 명을 그 뒤에 숨게 한 뒤 물길을 거슬러 오가게 하였다. 또 수영에 익숙한 자들을 뽑아 각기 철퇴를 쥐게 하고 또 소주(燒酒)와 달래 뿌리를 주며 명령하기를,

"배를 타고 한산도 북쪽 해변을 거슬러 올라가서 적군이 배를 타고 오갈 때 물에 들어가 소주를 적당히 마시고 달래 뿌리를 껴입어 악어의 공격을 피하면서 각자 쇠갈고리로 적병을 물에 빠뜨려 죽이도록 하여라!"

하니, 장수들과 군사들이 이 명령을 듣고 기뻐하며 말하기를,

"사또의 지략은 만고에 제일이시니 저희가 어찌 감히 게을리 하겠습니까? 하물며 사또의 위엄이 적진을 떨게 하니 우리 군사가 무엇을 걱정하겠습니까?"

하고, 마침내 배를 몰아 남쪽으로 거슬러 갔다.

과연 10여 일 후 적장 만호랑(萬虎狼)이 전선 300척을 끌고 호변(湖邊)을 출발해 진도(珍島)에 들어왔다. 순신이 허수아비를 태운 배를 이끌고 왜선을 향해 나아가 싸움을 걸 것처럼 보이자 적은 화살과 총탄을 쏘았다. 순신이 배를 물렸다가 다시 진격하니 적군은 똑같이 화살과 총탄을 쏘았다. 이렇게 스무 번 남짓 하자 왜선에서는 화살과 총탄이 떨어졌으나 조선군은 아무도 다친 사람이 없었다. 적이 비로소 의심하고 두려워하여 징을 울리며 퇴각하려 하자 순신은 허수아비를 태운 배를 선봉으로 삼고 관옥선을 후군으로 삼아 화포와 진천뢰를 일제히 발사하였다. 적은 이미 활과 총포를 허비하고 다시 쏠 것이 없어 크게 혼란스러워 어찌할 바를 알지 못했다. 순신이 장검을 들고 적선에 뛰어올라 좌충우돌하니 전사한 적병은 그 수를 헤아릴 수 없었다. 만호랑이 분노하여 창검을 들고 순신을 맞아 싸우니 칼 빛이 번쩍하고 서로 부딪치는 소리가 나는데 이윽고 적의 칼이 부러졌다. 순신은 만호랑의 머리를 손에 쥐고 남은 적병을 무찔렀다. 적장 국통(國通)이 백여 척의 전선을 겨우 수습해 진격했다. 순신은 이때 날이 저물자 완도포(緩渡浦)에 이르러 백여 척의 왜선을 바다에 수장시켰다. 국통의 한 무리의 군사 또한 물에 빠져 죽었다. 순신은 뛰어난 계략으로 대미(大米) 2만 석을 얻었다. 또한 고을 백성들을 설득해 한편으로는 철을 모아다가 총포를 주조하고, 한편으로는 나무를 베어다가 배를 건조하

니, 무기들이 점차 구비되어 군사의 사기가 크게 올랐다.

명나라 장수가 두 진영을 공격하여 함락시키다
天將攻拔兩柵

이때 순천(順天)과 익산(益山)은 적이 점거하고 있었으며, 동서의 모든 고을에는 적이 주둔해 있었다. 명나라 장수 양호와 형개는 청정을 먼저 공격해 좌우 날개를 꺾기로 하여 먼저 마귀 이하의 장수들에게 병사를 이끌고 남하하게 하였다. 병사 4만 명을 선발하였으나 양호는 단지 수하 용사 수백 명을 이끌고 가벼운 갑옷을 입은 채 말을 채쳐 조령을 넘었다. 찬성사 이덕형과 모의해 우선 항복한 왜병 여여문(呂余文)을 몰래 적진으로 들여보내 적의 상황을 염탐하고, 전진하여 경주에 도착하였다. 군사의 사기가 크게 올랐으나 바람이 세차게 불고 벼락이 내리치자 장수들이 두려워하였다. 말에 풀을 먹이고 칼을 갈게 하며 용기를 북돋우고 앞다투어 적의 수급을 바치게 하였다.

도원수 권율이 조선의 장수들과 관리, 수군, 육군 등 1만여 명을 거느리고 명군과 함께 왜적의 진영 10리 밖에 진을 쳤다. 변사 황응량(黃應良)에게 금은과 채단을 주어 청정의 진영으로 보내 화친을 설파하게 했다. 온갖 말로 회유해 함께 행장을 공격하기를 청하자 청정이 말하기를,

"나의 용력과 지략은 이 시대에 상대가 없기 때문에 일본의 관백이 심하게 시기하여 하루도 국내에 머물지 못하게 합니다. 해중의 18개 섬나라를 정발하게 하니 공적은 매번 제일가지만 지위는 행장의 아래에 있으니 어찌 분개한 마음이 없겠소? 다만 행장과 만리타국에 함께

나왔으니 생사와 승패를 함께 할 수밖에 없소. 지금 갑자기 서로 해치는 것은 결코 인간의 도리가 아니오. 그대의 말을 따를 수가 없겠소." 하니, 응량은 무안해하며 돌아왔다.

며칠이 흘러서 명나라 장수가 잠깐 군사를 내 적병을 유인하니, 적병은 총을 쏘며 추격해 왔다. 양호가 요동 기병 3만 명을 이끌고, 마귀는 절강 창병 3천 명을 거느려 좌우에서 협공하자 적병이 대패하여 항오를 갖추지 못했다. 창병 3천 명이 적진으로 공격해 들어가는데, 창 다루는 기술이 신기하여 마치 운무가 모였다 흩어지는 듯하며 적병은 풀잎처럼 쓰러졌다. 어지러이 천여 명의 적을 베고 용장들을 사로잡으니 시체가 들판에 가득하였다. 날이 저물자 진을 치고 군사를 쉬게 하였다. 이튿날 새벽 양호가 진 앞에 나와 전투를 시작하니 포연이 하늘을 가리고 깃대는 햇빛에 번쩍였다. 각 병사들이 승세를 타고 일제히 함성을 지르니 섬들이 흔들릴 정도였다. 총포와 불화살로 적진을 불태우고 마침내 반구정(伴鷗亭)과 태화강(太和江)의 두 적진을 격퇴하였다. 무수한 적을 태워 죽이고 적의 병장기를 노획하였다. 청정은 간신히 탈출하여 도산(島山)으로 달아났다.

명나라 장수가 섬에 들어가 대패하다
天將入島敗績

청정이 도산으로 달아나 성을 점거하고 험지를 수비하였다. 명 군사들이 모두 개미떼처럼 달려들어 공격하였으나 성벽이 견고하여 쉽게 함락시킬 수 없었다. 양호가 각 군영에 전령하여 군사를 나누어 교대로 쉬게 하며, 여러 겹으로 포위하게 하였다. 왜적들은 기갈에 시달리다 많은 수가 죽었으나 청정은 성벽을 닫고 나오지 않은 채 여러 차례 구원병을 요청하였다. 양호는 적이 항복하지 않을 것을 알고 더욱 거세게 공격하여 모두 섬멸하려 하였다. 적은 매일 밤마다 성을 나와 물을 길어 갔는데, 양호가 김응서에게 남김없이 잡아오라 하니 매일 헤아릴 수 없이 많은 적병이 잡혀왔다. 이같이 13일을 하자 청정은 수은갑을 입고 청총마에 올라 장풍검(長風劍)을 든 채 고함을 지르며 공격해 왔다. 마귀가 장창을 들고 청정을 맞아 싸웠고, 양호는 직접 대군을 통솔해 좌우로 협공하였다. 적군은 더욱 수세에 몰려 마침내 토도(土島)로 들어갔다. 명군이 더욱 급하게 포위하며 힘을 다해 싸우기를 독려하였으나 왜적은 오래도록 나오지 않았다. 명군이 의아하게 여겨 도산을 바라보니 사면이 적막하고 인적이 없었다. 명군이 섬 안으로 깊이 들어가자 적병이 갑자기 쏟아져 나오며 일제히 조총을 쏘아 명군 300여 명이 전사하였다. 마침 큰 비가 내려 진창에 무릎까지 빠질 정도였다. 동상에 걸려 손가락이 떨어졌고 많은 병사와 군마가 얼어 죽었다. 적의 지원군이 몰려와 명군의 뒤를 에워싸려 하자 양호는 세밀히 상황을 살피며 군사를 지휘하여 퇴각하면서 스스로 후방에 섰다. 적이 추격할 때마다 양호가 군사를 되돌려 반격하며 수십 명의 적을 베자 적이 감히 다가오지 못하였다. 이때 김응서는 요로에 군사를 매복했다가 적병 200여 명을 사로잡아 돌아왔다. 명군이 진격해 도산을 포위하자 군사들이 모두 청정을 사로잡을 날이 머지않았다고 치하하였다. 날씨가 춥고 비가 내려 온전히 공을 세우지는 못하였으나 적병 중에서도 남몰래 감탄하여 명군이 도산을 공격하는 그림을 그려 일본에 전할 정도였다.

명나라 장수가 군사를 수습해 도성으로 돌아오다
天將收軍還京

.

이때 날이 춥고 눈이 쌓이자 명군이 추위를 견디지 못해 죽고 싶은 마음은 있으나 살려는 뜻이 없었다. 부체찰사 이덕형이 말을 달려 명나라 장수에게 보고하기를,

"지금 심안둔이 10만 명의 군사를 이끌고 회양에서 공격해 온다 합니다. 기세가 사나우니 함께 돌아가는 것이 어떻습니까?"

하니, 이에 양호가 진채를 거두어 행군하였다.

청정이 이를 알고 군사를 거느려 명군의 뒤를 습격하니 명군 수천 명이 한꺼번에 죽었다. 양호는 패잔군을 수습하여 청주를 거쳐 한양으로 돌아왔다.

명나라 장수가 진을 옮겨 대패하다
天將運陳敗績

양호는 한양으로 돌아와 제장들에게 요해처로 가서 지키게 하였다. 마귀는 울산을 지키고 동일원(董一元)은 사천을 지켰으며, 유정은 순천을 지키고 진린(陳鱗)은 해변을 지키며 주둔하였다. 왜적이 울산을 공격하자 마귀는 병사를 매복하고 기다리다가 나와 싸웠다. 오후 4시경부터 이튿날 낮 12시경까지 엎치락뒤치락 전투를 벌여 왜적 300여 명이 전사하고 명군은 7천여 명이 전사하니, 마귀가 마침내 퇴각하여 진을 쳤다. 동일원이 사천에 도착하여 평정성(平正成)에게 사람을 보

내 화의를 청했다. 평정성은 거짓으로 승낙하고 군사를 보내 급습하였다. 명군은 대패하였고 시신은 40리에 걸쳐 늘어져 있었다.

유정이 순천에 도착하여 오종도(吳宗道)에게 백마 한 필, 주사(朱砂) 한 봉, 황금 열 근, 비단 한 필을 주어 행장과 교유를 청하게 하였다. 행장이 허락하자 종도가 돌아와 유정에게 보고하니, 유정이 다시 청해 술자리를 함께 하며 말하기를,

"나는 대국의 장군이고 그대는 소국의 장군이니 먼저 나를 초청하는 것이 마땅하지 않겠소?"

하니, 행장이 말하기를,

"3일 후에 장군이 50명의 장사를 이끌고 잠시 나의 영채에 오십시오."

하였다.

유정은 이에 50명의 훌륭한 장부를 뽑아 그 중 가장 나이 많은 사람 하나에게 유정이라 사칭하게 하고 왜적의 진영으로 보냈다. 유정은 정병을 미리 뽑아 장막 밖에 매복하였다. 행장이 자리에 앉은 후 유정은 졸개로 위장하고 행장에게 술을 따랐다. 행장이 그 기상을 보고 감탄하며 말하기를,

"이 군졸은 대장군의 풍채가 있으니 졸개로 있을 사람이 아니오."

하니, 유정은 마음속으로 탄복하며, 신분이 탄로 날까 두려워 잔을 놓고 장막 밖으로 나왔다. 이에 장막 밖의 복병이 일시에 총을 쏘며 여러 번 크게 함성을 질렀다. 행장은 몸을 날려 말에 올랐는데, 마치 허공을 날아가는 듯했다. 명나라 장수 정진원(正眞元)이 서촉(西蜀) 묘만군(苗蠻軍) 천 명을 거느리고 그 뒤를 쫓았으나, 행장의 병사 50명은 이미 간 데 없었고 한 명도 다치지 않았다.

이튿날 행장에게 사람을 보내 말하기를,

"어제는 왜 그리 서둘러 돌아가셨소?"

하니, 행장이 말하기를,

"군중에서 일어난 사소한 일 때문 아니겠소?"

하니, 그 사람이 말하기를,

"그때 장막 밖에서 총포 소리가 난 것은 중국이 손님 접대하는 예법이니 그대는 괴이하게 여기지 마시오."

하니, 행장이 말하기를,

"내가 왜 의심하겠소?"

하였다.

이튿날 행장이 정병 천 명을 이끌고 유정의 뒤를 습격하니, 명군 천여 명이 전장에서 죽었다.

이순신이 귀국하는 왜를 쳐부수다

李舜臣破倭歸國

유정이 행장에게 패하고 간신히 순천을 지켜낸 이후 10월에 다시 병사를 몰아 공격하였다. 행장은 막아낼 수 없어 심안둔에게 구원병을 청했고, 심안둔은 500척의 전선을 몰고 순천을 향해 나아갔다. 이순신이 관옥선 100여 척을 수습해 바다로 나가 전투를 독려하자 왜선 100여 척이 화포에 맞아 파괴되었고, 또 100여 척은 쇠갈고리에 찢겨 침몰하였다. 빠져 죽은 인마(人馬)와 잃어버린 무기는 이를 통해 헤아릴 수 있다. 심안둔은 단지 300척의 배만 수습하여 방답(坊踏)으로 달아났다. 순신이 군사를 몰아 적을 공격해 다시 적선 200여 척을 격파하니 심안둔이 대패하여 달아났다. 행장 또한 유정에게 대패하고 병사를 수습해 순천으로 가서 남해에 배를 띄워 일본을 향해 도주하였다. 청정이 이 소식을 듣고 또한 울산을 떠나 일본으로 돌아갔다. 마귀, 동일원 등이 또 사천을 공격해 평수정(平秀正)과 평수성(平秀成)을 사로잡았다.

이순신이 고의로 유탄에 맞다
李舜臣故中流丸

이순신은 군사를 보내 심안둔을 뒤쫓았다. 그 나머지 국내에 주둔한 왜군은 걱정할 필요가 없으니, 이에 생각하기를,

'조선에는 본래 간사한 사람이 많아 공이 있는 사람을 해치고 재주 많은 사람을 모함하니 지금 왜적이 패하여 돌아가고 시절이 평안해지면 나를 모함하고 해치려 들 것이다. 장차 원균 같은 자가 몇이나 있을지 모르니 내가 차라리 전장에서 죽어 천년 동안 제사를 받는 것이 또한 즐겁지 않겠는가?'

하고, 이에 투구와 갑옷을 벗고 뱃머리에 서서 크게 고함을 치며 싸움을 독려하다가 유탄에 맞았다. 장막 안으로 실려와 누운 채 조카 이완(李莞)을 불러 왜적을 물리칠 계책을 알려주고는 전장에서 세상을 떠났다.

이완은 이순신이 알려준 계책대로 심안둔을 공격하였다. 심안둔은 편전에 맞고 바다로 떨어져 죽었고, 남은 병사들도 바다에 빠져 죽었으며, 단지 서너 명의 왜적들만이 바다에서 허우적대며 편전을 습득해 돌아갔다. 대개 왜적은 편전을 최고로 여겼는데, 자기네 나라에 없는 화살로 속도와 명중률이 다른 화살과 비교할 수 없었기 때문에 패배하

는 와중에도 한사코 챙겨갔다고들 한다. 이에 적선이 소탕되니, 이때가 만력 기해년(己亥年) 10월이었다.

황제가 조서를 내려 원병을 해산하다
皇帝詔罷援兵

이보다 앞서 양호가 회군하였을 때 한양 군교 중 양호에게 죄를 지은 사람이 있었는데, 주사 정응태(丁應泰)와 양호를 참소할 계획을 꾸몄다. 정응태는 본래 양호와 신의가 없었으므로 상주하여 그를 탄핵하고, 아울러 조선을 모함하였다. 임금이 크게 놀라 궁문을 닫고 국사를 보지 못하다가 우의정 이항복과 중신 이정구(李廷龜)를 보내 사실을 확인해 보고하게 하고, 양호를 조선에 머물게 하여 도와줄 것을 청했다. 주청이 세 번 오르는 사이 수레가 도로에 끊이질 않았다.

황제는 양호가 명신(名臣)으로서 책임이 막중하므로 구차하게 진퇴를 정할 수 없다고 하여 오부(五府), 육부(六部), 구경(九卿)에게 논의하게 하였고, 정응태는 삭직시켜 평민으로 삼았으며, 또 양호를 파직하여 귀환하게 하였다. 이때가 무술년(戊戌年) 여름이다. 황제는 만세덕(萬世德)을 보내 장수들을 거느리게 하고, 진을 나누어 병사를 머물게 하여 왜적을 막게 하였다. 이때에 이르러 왜적이 모두 퇴각하였다.

임금이 신하를 보내 감사표를 바치다
上遣陪臣奉表陳謝

황제가 칙서를 보내 위로하고, 장수들에게 병사를 인솔해 귀국할 것을 명하였다. 개선하는 행렬이 300리나 이어졌으나, 동래를 바라보니 태반이나 텅 비어 있었다. 매번 전투가 벌어진 전장의 깃발을 보며 통곡하는 자도 있었고, 먼 곳을 가리키며 눈물 흘리는 자도 있었는데, 이들은 모두 전사자의 친구들이었다. 압록강을 건널 즈음에 또 다시 통곡하고 눈물을 흘리니 제독 이하 모든 병사들이 다 눈물을 떨궜다. 이때가 만력 경자년(庚子年) 봄이었다.

일본이 영구히 화친을 맺다
日本永結和親

앞서 기해년(己亥年)에 평수길이 병으로 죽었는데, 청정이 회군한 것은 이 때문이었다. 평의지가 뒤를 이어 즉위하였는데, 평의지는 조선이 본래 약소국이 아닐 뿐더러 중국이 조금이라도 돕는다면 일본의 병력으로는 천하를 다툴 수 없다고 여겼다. 또 선릉(宣陵)과 정릉(靖陵)을 도굴하여 깊은 원한을 맺었기 때문에 전쟁을 일으킬 생각도 할 수 없어 오로지 화친에만 전념했다.

갑진년(甲辰年)에 이르러 두 명의 일본인 사형수를 보내며 그들이 임진년에 왕릉을 도굴한 자라고 속여 화친을 요구했다. 영의정 이항복은 그들을 변경에서 참수하려 하였으나 유영경은 자신의 능력을 자랑하기

위해 왜인을 신문할 것을 힘써 주청하였지만 결국 뜻대로 하지는 못했다. 이때에 이르러 평의지가 다시 사신을 보내 왜인 500명을 교대로 파견하고, 영구히 화친을 맺어 조선의 속국이 되겠다고 요청하였다. 조선에서는 여우길(呂祐吉)을 보내 회답하니, 이때가 만력 병오년(丙午年)이었다. 이로부터 우리나라는 10년에 한 번씩 통신사를 파견했는데, 현재 동래 동평관(東平館)이 왜인 500명이 임무를 수행하며 머물던 곳이라고 한다.

부 : 토정이 꿈에 풍악산에서 노닐다
附 土亭夢遊楓岳

　　조선의 산은 백두산을 근간으로 하여 용의 모습처럼 가지가 나뉜다. 명산이 다섯인데, 동쪽의 개골산(皆骨山), 남쪽의 지리산(智異山), 중앙의 삼각산(三角山), 서쪽의 구월산(九月山), 북쪽의 묘향산(妙香山)이다. 다섯 산 가운데 가장 높고 큰 것도 개골산만한 것이 없고, 경치가 좋기로 유명한 것도 개골산만한 것이 없기에 선경(仙境)과 장관(壯觀)을 이룬다. 이름 또한 많아 혹은 금강산(金剛山)이라고 부르고, 혹은 풍악산(楓嶽山)이라고 부르며, 혹은 개골산이라 부르는데, 이것은 산 전체의 이름이고 봉우리로 말하자면 12,000개의 봉우리가 있다.

　　우리나라의 명종, 선조 시대에 한 이인(異人)이 있어 골격이 토목(土木) 같고, 본성이 추위와 더위를 견디며, 바다 위를 걷고 산을 뛰어넘으며 두려워하는 것이 없었다. 진실로 이른 바 기화이초(奇花異草)요, 진금괴석(珍禽怪石)이었다.[40] 성은 이(李)요, 이름은 지함(之菡)이며, 호는 토정

(土亭)이었다. 만력 연간에 명산을 두루 노닐며 동으로 풍악산에 이르러 그윽한 곳을 탐방하였다. 한 높은 곳에 올라가 보니 그곳은 영계(靈界)였는데 해가 서산에 졌는데도 낮처럼 밝았으며, 선방(仙房) 하나가 암벽에 매달려 있었다. 토정이 이에 지팡이를 내려놓고 난간에 올라 처마에 몸을 기대자 마음과 정신이 피곤해져 자신도 모르게 잠이 들었다.

이곳에는 거처하는 승려가 한 사람도 없어서 법전을 수리하고 병풍을 치고 자리를 만들고 말하기를,

"여러 산들의 영령들과 명부(冥府)의 유사(有司)께서는 이곳에 강림하십시오."

하니, 말이 끝나기도 전에 촛불이 밝게 빛나며 위의가 찬란한 여러 신령들이 자리를 잡았다.

자리가 정해지자 삼각산 신령이 지리산 신령에게 묻기를,

"근래 천문을 살펴보니 장성(將星)이 요사스럽고 괴이해 남쪽에 있다가 북쪽을 지나니 이런 변고는 남쪽에 없었던 것입니다. 해외의 요사스러운 기운이 동남쪽에서 일어나는 것입니까?"

하니, 대답하기를,

"다만 천문만 요사스러운 것이 아닙니다. 오히려 인사(人事)를 통해서도 남쪽 오랑캐의 날뜀이 날로 심해지는 것을 헤아릴 수 있습니다. 조선이 평화를 지극히 누리다가 정히 위태로운 때에 놓여 있습니다. 천운이 이와 같으니 말해봐야 무엇하겠습니까?"

하니, 이에 풍악산 신령이 놀라 말하기를,

---

40 이 문장은 앞의 "12,000개의 봉우리가 있다." 다음에 놓여야 자연스러우나 저본에 따라 그대로 둔다.

"조선은 예의지국이고 남만은 금수의 나라입니다. 우리들이 예의지국에 몸을 의탁해 예의의 제사를 흠향하니, 이로부터 예의의 신이 됩니다. 그런데 저 흉악한 남쪽 오랑캐가 하루아침에 와서 거처하면 금수의 신으로 변하니 이 또한 욕되고 부끄럽지 않겠습니까?

하였다.

자리에 있던 신령들이 각기 깊은 생각에 잠겼는데, 구월산 신령이 이에 말하기를,

"남만의 땅이 조선의 세 배이고, 남만의 병력이 조선의 세 배입니다. 또 그 경솔하고 사나우며 잔인하고 폭력적인 성품은 조선이 대적할 수가 없습니다. 한 번 남해를 건너 승승장구하여 북쪽을 향하면 삼경(三京)이 무너지는 것을 어찌 피할 수 있고 팔도가 부패하는 것을 어찌 면할 수 있겠습니까? 이때가 되면 조선을 구할 수 있는 대책은 오직 명나라 황제에게 있습니다. 이는 묘향산 신령이 먼 앞일까지 헤아려 생각하신 것입니다."

하였다.

이때 묘향산 신령이 서쪽을 바라보고 탄식하며 말하기를,

"황제의 병력이 비록 미약하다 하나 한 번 사해를 통일하면 대사(大事)가 범과 같이 빛나서 성하니, 한 번 노하시면 저 오랑캐가 어찌 있겠습니까? 다만 일이 외국에 관계되고 변란은 이역[41]에 속하니 황제가 놀라 원병을 조발할 것인지는 확신할 수 없습니다. 어떻게 하면 황제를 진노하게 할 수 있겠습니까?"

하니, 좌중에서 말하기를,

---

41 저본은 '理域'인데 문맥상 '異域'으로 해석함.

"장수산(長壽山)은 형세가 들쭉날쭉하고 크기가 크며 그 영험함이 남다릅니다. 그 영험함으로 먼저 준비해둔 것이 없습니까?"

하니, 장수산 신령이 옷깃을 단정히 하며 말하기를,

"얕은 산의 작은 신도 선견이 없지는 않습니다. 내 안목은 불과 몇 년 뒤를 보는 것일 뿐이니 어찌 원대한 계책이 있겠습니까? 다만 사전에 변화를 살펴 나라 사람에게 알려줄 뿐입니다. 이제 황제를 격동시키는 일은 나보다 장산(長山) 신령이 더 나을 것입니다. 부디 장산 신령에게 권해 보시기 바랍니다."

하니, 말하기를,

"장산 신령이 누구입니까?"

하니, 대답하기를,

"여러 산신령들은 모두 남자입니다. 그 신은 유일한 이 장산의 낭자인데 본래부터 재주가 많고 신령함이 아주 뛰어나 구름을 뒤치고 비를 내리게 하는 것이 그 손에 달려 있습니다."

하였다.

이에 여러 신령들의 명령으로 맞이하려고 알리자 (장산신이) 녹색 저고리에 다홍치마를 입고 와서 오래 침묵하다가 말하기를,

"유독 저 남쪽 오랑캐의 속명(俗名)이 왜(倭)가 된 것은 여인이 벼를 머리에 이고 있기에 그때부터 왜가 된 것입니다."

하였다.

한문필사본 〈임진록〉

朝鮮東南有日本國, 東西六千里, 南北八千里, 八道六十六州, 各三十
五郡。自慶尙道東萊釜山界水路三千六百八十里。或云, 秦始皇帝[1]時, 徐
市[2]等與童男童女入海, 求三神山不死藥, 仍留是島, 子孫繁盛, 國號曰倭。

新羅王時, 倭國來侵, 名將石尤死焉。高麗王與之和親, 結爲婚姻, 而麗
之將末, 入寇海西, 我太祖[3]破之。逮至我朝, 改稱國號曰日本。當世宗[4]
朝, 倭寇濟浦[5], 都元帥[6]李從茂[7]擊却之, 四十年間, 湖南諸邑, 人民困苦。

---

1 秦始皇帝(진시황제) : 중국 秦나라의 제1대 황제(B.C.259~B.C.210, 재위 B.C.247~
B.C.210). 이름은 政이며, 기원전 221년에 천하를 통일하고 자칭 始皇帝로 군림함.
郡縣制에 의한 중앙 집권을 확립하고, 焚書坑儒를 일으켜 사상을 통제하는 한편 도량
형과 화폐를 통일시킴. 阿房宮과 만리장성을 축조하는 등 위세를 떨침.

2 徐市(서불) : 중국 秦나라 때의 사람(?~?). 진시황의 명으로 童男, 童女 3천 명을 데리고
不死藥을 구하러 바다 끝 三神山으로 배를 타고 떠났으나 다시 돌아오지 않았다 함.

3 太祖(태조) : 고려의 제1대 왕(877~?). 성은 王. 이름은 建. 자는 若天. 궁예의 부하로
있다가 부하들이 옹립하여 송도에 도읍하고 왕위에 오름. 재위 기간은 918~943년임.

4 世宗(세종) : 조선 제4대 왕(1397~1450). 이름은 裪. 자는 元正. 집현전을 두어 학문을
장려하였고, 훈민정음을 창제하였으며, 측우기·해시계 따위의 과학 기구를 제작하게
함. 밖으로는 6鎭을 개척하여 국토를 확장하고, 쓰시마섬[對馬島]을 정벌하여 왜구의
소요를 진정시키는 등 조선 왕조의 기틀을 튼튼히 하였음. 재위 기간은 1418~1450년임.

5 濟浦(제포) : 실제 지명은 薺浦. 제포는 경상남도 창원시 진해에 있었던 포구임.

6 都元帥(도원수) : 고려·조선 시대에, 전쟁이 났을 때 군무를 통괄하던 임시 무관 벼슬.

皇明嘉靖[8]間, 倭賊自江南入杭州, 州人朴世平死其亂。其妻陳氏, 姿色冠天下, 以故被拘, 而入于殺馬島, 爲平伸妻。在世平時, 已有娠矣, 及其解胎[9]之日, 陳氏夢, 黃龍捉胸。驚悟而視之, 異香滿室, 黃氣氳氳。乃生男子, 骨格奇俊, 龍顔虎口, 猿臂燕頷, 眞天下襀人之像也。名曰, 秀吉[10], 實朴氏之裔。三年不學而成, 兵書智謀兼備。自有四方之志, 遍遊山川, 見關伯[11]。關伯見氣像愛其子, 遂携而歸, 與語國事。倭六十州威服, 海中諸國四方聞風, 群雄如雲集。於是, 秀吉遂廢倭帝源氏, 稱以大黃帝, 建號天定[12], 并吞諸島。

時當我國宣廟[13]之初, 二百年昇平之餘, 人民不知兵革, 朝廷只貪富襀, 庶事叢脞。識者憂之, 十餘年內, 灾變疊出。

萬曆[14]戊寅三月, 觀象監[15]奏: "近觀天文, 將星自東經西數月矣。"上憂

---

7 李從茂(이종무) : 고려 말기·조선 초기의 무신(1360~1425). 1381년 강원도에 침입한 왜구를 격퇴하고, 1397년 옹진 萬戶로 있을 때 왜구의 침입을 물리쳤으며, 1419년 전함 227척을 거느리고 쓰시마섬[對馬島]을 정벌함.

8 嘉靖(가정) : 중국 明나라 世宗 대의 연호(1522~1566). 조선에서는 中宗·仁宗·明宗 대에 사용.

9 解胎(해태) : 태를 푼다는 뜻으로, 아이를 낳음을 이르는 말.

10 秀吉(수길) : 실제 이름은 豐臣秀吉[도요토미 히데요시]. 미천한 집안에서 태어나 織田信長[오다 노부나가]의 부장으로 무공을 세우고 국내를 통일하여 조선 침략의 야욕을 품고 임진왜란을 일으킴.

11 關伯(관백) : 옛날 일본에서 천황을 보좌하여 정무를 집행하던 관직.

12 天定(천정) : 天正의 오기. 天正은 1573년부터 1592년까지 쓰인 일본의 연호.

13 宣廟(선묘) : 조선의 제14대 왕(1552~1608). 이름은 昖. 初名은 鈞. 이이·이황 등의 인재를 등용하고 유학을 장려하는 따위의 善政에 힘썼으나, 임진왜란을 겪음. 재위 기간은 1567~1608년임.

14 萬曆(만력) : 중국 明나라 神宗 대의 연호(1573~1620). 조선에서는 宣祖와 光海君 대에 사용.

15 觀象監(관상감) : 조선 시대에 천문을 관측하고 曆書를 발간하며 시간을 알려 주는 등의 일을 담당하던 관서.

之, 群臣只以口縅彌縫已而。己卯以後, 太白[16]經天, 白虹貫日。庚辰年間, 大江絶流, 而東海水族輻湊西海, 延平魚産屯聚遼東。壬午, 猛虎入平壤城中, 多殺人民, 大同江紅白色相戰七日。戊子, 漢江水赤如血, 三日盪溢, 大魚浮死。竹山太平院後, 大石自立, 通津縣界, 僵柳復起。長壽山下, 神人大呼亂出者十餘日, 人民騷擾, 避亂者多矣。

西崖筵斥養兵

萬曆癸未, 栗谷[17]先生以兵曹判書[18], 建議欲預養十萬兵, 以備緩急[19], 否則不出十年, 將有土崩之禍。柳西崖成龍[20]乃曰: "無事而養兵, 是養禍也," 使不得行。

及至壬辰, 西崖語朝廷曰: "當時吾慮其騷動而非之, 到今見之, 李文靖公[21]眞聖人也. 若用其言, 國事豈至此境乎? 栗谷若在, 必能有爲於今日."

萬曆戊子, 重峯先生憲[22]上疏曰: "仰觀天文, 俯察人心, 天災時變[23],

---

16 太白(태백) : 太白星. 저녁 무렵 서쪽 하늘에 보이는 '金星'을 이르는 말. 금성이 午時까지 밝게 빛나는 것을 經天이라 하는데, 이는 재앙이 일어날 전조로 해석됨. 태백이 경천하면 반란, 전란 등 큰 변고가 발생한다고 함.

17 栗谷(율곡) : 조선 중기의 문신·학자인 李珥(1536~1584)의 호. 字는 叔獻. 호는 栗谷·石潭·愚齋. 호조, 이조, 병조 판서, 우찬성을 지냄. 서경덕의 학설을 이어받아 주기론을 발전시켜 이황의 主理的 이기설과 대립함.

18 兵曹判書(병조판서) : 조선 시대에 둔, 병조의 으뜸 벼슬. 품계는 정이품으로, 군사와 국방에 관한 일을 총괄함.

19 緩急(완급) : 일의 급함과 급하지 않음.

20 柳西崖成龍(유서애성룡) : 서애 유성룡. 조선 선조 때의 재상(1542~1607). 자는 而見. 호는 西厓. 이황의 문인으로, 대사헌·경상도 관찰사 등을 거쳐 영의정을 지냄. 임진왜란 때 이순신과 권율 같은 명장을 천거하였으며, 도학·문장·덕행·서예로 이름을 떨침.

21 文靖公(문정공) : 율곡 이이의 시호인 文成公의 오기.

22 重峯先生憲(중봉선생헌) : 중봉 조헌. 조선 선조 때의 문신·의병장·학자(1544~1592).

比古罕聞. 人心世道, 極盡無餘. 兵像已著, 亂堦方峙. 臣願預養軍兵,
不備以憂".[24]

疏入刑判[25]兪弘[26]啓曰 "太平盛代, 首唱妖言, 惑亂人心, 請極遠竄."
上久之[27], 遂配重峯于甲山府。

八倭偵探八路

平秀吉旣簒其國, 益肆睥睨[28], 自語心曰:

'生此海島杳杳久居, 則特一井底蛙耳. 寧擧百万精兵 北伐朝鮮, 長驅
中原, 以爭天下, 不亦快乎?' 大會謀士[29], 許令各陳所懷。

帳下有淸百世者, 趍出曰: "朝鮮禮義之邦, 素多賢人謀士, 不可輕議.
必欲加兵, 先遣智士于朝鮮, 察其强弱, 相其夷險 細審行師屯兵處, 然後
圖之未晚也." 秀吉然之, 乃下令曰: "誰能潛入朝鮮, 探知諸道形勢乎?"

言未畢, 平調益平調信安國史善江丁平義智景監老平秀憲等, 齊聲請行,
秀吉大喜而送之. 八倭卽抵釜山界, 遂着朝鮮衣服, 學得朝鮮言語, 各散

자는 汝式. 호는 重峯·陶原·後栗. 이이의 문인으로 임진왜란 때 옥천, 홍성 등지에서
의병을 일으켜 활약하였으나 금산에서 7백 의병과 함께 전사함.

23 時變(시변) : 시세의 변화. 또는 그때의 변고.

24 본문은 '不備以憂'인데, 不과 以 옆에 위치를 바꾸는 교정표시가 있음. 이를 적용해
보면 '以備不憂'임.

25 刑判(형판) : 刑曹判書. 조선 시대에 둔, 형조의 으뜸 벼슬. 품계는 정이품임.

26 兪弘(유홍) : 실제 이름은 兪泓으로 조선 선조 때의 대신(1524~1594). 자는 止叔. 호는
松塘. 종계 변무의 공으로 광국공신이 됨. 임진왜란 때에 세자를 시종하여, 뒤에 좌의
정에 오름.

27 上久之(상구지) : '上允之'의 오기.

28 睥睨(비예) : 눈을 흘겨봄.

29 謀士(모사) : 꾀를 써서 일이 잘 이루어지게 하는 사람. 책사.

八路, 盖在戊子歲也。我國倉廩之虛實, 軍丁之多少, 人才之有無, 地勢
之險夷, 將何以逃其耳目乎? 維是戰備空疎, 國勢之岌岌, 推此可知也。

重峯請斥倭使

秀吉旣探, 因遣使來覘, 擧朝惶惑, 無敢以斥絶爲言者。重峯以公州提
督, 慨然陳疏, 直斥秀吉簒弑之罪, 痛言其拒絶。疏末又論李山海[30]誤國
之罪, 故上大怒, 斥以人妖, 己焚其疏。時運所關 謂之何哉?

重峯再疏斥倭

万曆己丑, 秀吉再遣使來, 朝廷詰以前日入寇之狀。秀吉卽遣玄蘇等,
以我國逋亡爲向導者, 及同謀作賊數倭來獻。朝廷動色相賀, 將通信使[31]
回謝。

重峯方以言事, 在吉州配所, 上踈言極, 又伸斥絶之義。因方伯[32]上達,
上曰: "此人欲再踰磨天嶺乎?"

---

30 李山海(이산해) : 조선 선조 때의 문신(1539~1609). 자는 汝受. 호는 鵝溪・終南睡翁. 1561년 식년 문과에 급제하여 영의정에 올랐으며, 문장과 서화에 능했는데, 특히 大字 와 산수화에 뛰어남.

31 通信使(통신사) : 조선 시대에, 일본으로 보내던 사신. 고종 13년(1876)에 修信使로 고침.

32 方伯(방백) : 觀察使. 조선 시대에 둔, 각 도의 으뜸 벼슬. 그 지방의 경찰권・사법권・ 징세권 따위의 행정상 절대적인 권한을 가진 종이품 벼슬.

倭使來請假道

万曆庚寅, 八倭之偵探諸道者, 三年而歸國, 以獻朝鮮地圖于秀吉。秀吉大喜, 遣玄蘇平義智等, 以脅我國。其書略曰:「兩國接界而不通使臣, 心常缺然。今方入中國, 窃欲假道, 而兩國和親已矣, 不然則, 禍必先及, 抑將奈何? 天下四海, 指諸掌中, 蕞爾小國朝鮮, 安敢拒逆乎?」

上覽畢 令百官雜議之, 大臣李山海柳成龍等奏曰:"遣使日本, 回報和親, 兼察事機好矣。"兵判黃允吉[33], 漢城左尹[34]金誠一[35], 承旨許筬[36]等, 報使日本。

秀吉見書, 大怒曰:"朝鮮王親自入朝, 許通中國往來, 則可得無事。不然則, 吾且加兵。"因逐迫使臣, 書極悖慢, 不忍正視。

東黨西黨私意相爭

倭使始請假道時, 尹相斗壽[37]因朝稱極說, 不卽聞天朝, 後必生事。柳

---

33 黃允吉(황윤길) : 조선 선조 때의 문관(1536~?). 자는 吉哉. 호는 友松堂. 임진왜란 직전인 1590년에 통신사 正使로 일본에 다녀와 장차 일본의 침략이 있을 것을 보고하였으나 조정에 채택되지 않음.

34 漢城左尹(한성좌윤) : 조선 시대에, 한성부에 속한 종이품 벼슬.

35 金誠一(김성일) : 조선 중기의 문신·학자(1538~1593). 자는 士純. 호는 鶴峯. 선조 1년(1568)에 증광 문과에 급제하고, 1590년에 통신사 副使로 일본에 가서 실정을 살핀 후, 침략의 우려가 없다고 보고함. 임진왜란이 일어나자 경상우도 관찰사로 임명되어 의병 규합, 군량미 확보 등에 힘씀.

36 許筬(허잠) : 실제 이름은 許篈으로 조선 선조 때의 문신(1548~1612). 자는 功彦. 호는 岳麓·山前. 임진왜란 직전인 1590년 서장관으로 일본에 다녀와 일본의 침략 가능성을 바른대로 고함.

37 尹相斗壽(윤상두수) : 재상 윤두수. 조선 선조 때의 문신(1533~1601). 자는 子仰. 호는 梧陰. 문장이 뛰어났고, 글씨에도 文徵明體를 본떠 일가를 이룸.

相成龍謂, 不料末終, 而遽爾奏聞, 後必有戰處。於是, 一隊人主尹說,
一隊人主柳說, 爭論不決。朝講至夕時方罷, 如此大義分明處, 尙以私意
相爭, 尙他何論?

重峯請斬倭使

信使旣還。秀吉又遣玄蘇平義智, 聲言假道行軍西犯上國, 上下遑遑,
莫知所措。重峯自沃川詣闕, 請斬倭使, 有曰: "臣願借一節[38], 充備末价,
以玄平頭馘, 獻于天朝。" 疎意激切, 大槪如此。

待命于政院[39]門, 三日不報。因叩頭石礎, 流血被面。視此諸人, 或譏其
自若[40]。重峯曰, "明年竄山谷時, 必思吾言。" 因徹進上國奏文[41], 及論琉
球[42]對馬島日本遺民等, 書斬玄蘇罪目, 與嶺湖備倭之策。並上達其奏文,
略曰:「盖於源氏之衰, 有平秀吉抱釖入庭, 卽斬其王之頭, 因殺左右, 幾
至數百。其簒國之賊, 無疑而臣至於交使, 噬臍[43]何及? 其覆書極悖惡, 治

---

38 節(절) : '節鉞'의 오기. 조선 시대에, 觀察使·留守·兵使·水使·大將·統制使 들이 지
   방에 부임할 때에 임금이 내어 주던 물건. 절은 手旗와 같이 만들고 부월은 도끼와
   같이 만든 것으로, 군령을 어긴 자에 대한 生殺權을 상징함.
39 政院(정원) : 承政院. 승정원은 조선 시대에 왕명의 출납을 맡아보던 관아. 정종 2년
   (1400)에 중추원을 고쳐 도승지 이하의 벼슬을 두었는데, 고종 31년(1894)에 承宣院으
   로 고침. 銀臺; 喉院이라고도 함.
40 自若(자약) : 큰일을 당해서도 놀라지 아니하고 보통 때처럼 침착함.
41 奏文(주문) : 임금에게 아뢰는 글.
42 琉球(류구) : 동중국해의 남동쪽, 현재 일본 오키나와현 일대에 위치하였던 독립 왕국.
   100여 년간 삼국으로 분할되어 있던 것을 1429년에 中山國이 통일하여 건국. 류구국은
   중국이나 일본, 동남아시아 등과의 중계 무역으로 번성하였으나, 1609년에 사쓰마 번
   의 침공을 받은 이후, 여러 차례 일본의 침략을 받아 1879년에 일본에 강제로 병합되어
   멸망하였고, 오키나와현으로 바뀜.
43 噬臍(서제) : 배꼽을 물어뜯으려 하여도 입이 닿지 아니한다는 뜻으로, 후회하여도 이

兵無數, 謂將假道臣境作寇于上國。初要聘好, 終要不測之禍。緣臣無實,
以見賣於賊云云。」

金應男陳奏倭情

万曆辛卯, 倭使義智又入我國。語侵天朝, 大聲恐喝。我國不應, 義智
大怒歸國。

朝廷始決奏文之議

西崖一隊猶且爭執, 會聖節使[44]金應男[45], 必欲備陳, 爭以去就。於是,
將日本凶謀情節, 移咨禮部。先時, 倭賊以犯上國之言, 流布於琉球國,
且誣稱朝鮮亦已屈服。琉球以其言聞于天朝, 諸議以爲蠢玆島夷, 固不
足責, 而禮義朝鮮當先問罪。獨許兵部國以無是理救之, 仍致論死。皇帝
問國以生道, 對曰: "聖節使當來, 必奏倭情, 因納軍令狀[46]." 應男之行,
適及於此時, 天朝見本國咨文[47], 始知倭奴誣謾凶悖之狀, 降教諭[48], 仍
賜白金綵幣[49], 拜許國爲吏部尙書。我國又遣韓應寅[50]等, 備將日本書契

미 때가 늦음을 이르는 말.

44 聖節使(성절사) : 조선 시대에, 중국 황제나 황후의 생일을 축하하기 위하여 보내던
사절.

45 金應男(김응남) : 실제 이름은 金應南으로 조선 중기의 문신(1546~1598). 자는 重叔.
호는 斗巖. 우의정·좌의정을 지냈으며, 이율곡과 함께 당쟁을 막는 데 힘씀.

46 軍令狀(군령장) : 군령의 내용을 적어 시행하던 문서.

47 咨文(자문) : 조선 시대에, 중국과 외교적인 교섭·통보·조회할 일이 있을 때에 주고받
던 공식적인 외교 문서.

48 敎諭(교유) : 敎諭書. 임금의 명령을 적은 교서와 유서를 아울러 이르던 말.

及事情, 應男行陳奏皇。再造邦⁵¹實本於此。

倭賊擧兵越海

万曆壬辰, 秀吉選精兵八十万騎, 召淸正, 汝與平行長, 領四十萬兵出, 自釜山陸路行軍, 襲擊三南⁵², 乘勝逐北, 則朝鮮國王必棄漢陽, 出走平壤, 汝等入據漢陽, 送一枝軍兵, 往襲平壤。又召沈安屯馬多時曰: "汝等領四十万軍, 水路行軍, 歷自長山串沂, 至鴨綠江, 拒塞北路, 則朝鮮不敢請兵於中原矣. 因送一枝兵, 往襲平壤, 汝與淸正平行長夾攻, 則朝鮮王降矣, 汝等努力焉."

於是, 倭賊八十四万兵, 來迫釜山, 時壬辰四月十二日。

鄭鈸尹弘臣次第死賊

時釜山僉使鄭鈸⁵³獵向浦邊, 梟鷺烏鵲遍海飛來。鈸驚起眺望, 倭兵一陣⁵⁴, 已渡南海, 旗幟蔽空, 釰戟削日。炮聲震海, 舡若浮鴨, 水光不卞矣。

---

49 綵幣(채폐) : 무늬가 있는 비단.
50 韓應寅(한응인) : 조선 중기의 문신(1554~1614). 자는 春卿. 호는 百拙齋·柳村. 임진왜란 때 팔도 순찰사가 되어 공을 세워 호조 판서로 임명. 뒤에 선조가 위독할 때 유교 칠신의 한 사람으로 영창 대군의 보호를 부탁받았다가 광해군 때 계축옥사에 연루되어 관직을 삭탈당함.
51 再造邦(재조방) : 再造藩邦. 임진왜란 때 명나라가 군대를 동원하여 조선을 구원해 준 은혜를 말하는 것. 조선 선조는 친히 어필로 生祠堂 및 宣武祠 등에 '再造藩邦'이라 써 그 은혜를 기리었음.
52 三南(삼남) : 충청도, 전라도, 경상도 세 지방을 통틀어 이르는 말.
53 鄭鈸(정발) : 실제 이름은 鄭撥로 조선 선조 때의 무신(1553~1592). 자는 子固. 호는 白雲. 임진왜란 때에 부산진 첨절제사로 왜군과 싸우다가 전사함.

鈸蒼苂[55]而歸, 未及入城, 賊兵先鋒下陸, 屠掠殺伐之聲, 震動天地。於
是, 遂斬鄭鈸, 因陷釜山。移擊多大浦, 僉使尹弘臣[56], 忙着甲冑, 手曳長
鎗, 號令散卒, 左衡右突, 氣竭力窮, 遂死于賊, 多大浦亦陷。

泉谷殉節于東萊

賊將調益旣陷多大浦, 急促大軍, 直向東萊, 籠山絡野[57], 勢若泰山。
鏃丸雨下, 人民傷死以千數。左兵使[58]李珏[59]領百餘騎, 發向東萊, 爲賊
所逼, 退陣黃山驛。府使宋象賢[60], 未及統兵, 急上城門, 號令散卒, 殊死

---

54 一陣(일진) : 군사들의 한 무리.

55 蒼苂(창겁) : 蒼黃의 오기. 미처 어찌할 사이 없이 매우 급작스럽다는 뜻.

56 尹弘臣(윤홍신) : 실제 이름은 尹興臣으로 조선 중기의 무신(?~1592). 1582년 벼슬이
진천현감에 이르렀으나, 문자를 해득하지 못한다고 하여 파직되었고, 그 뒤 외직으로
전출되어 1592년 다대포첨사에 부임하였는데, 때마침 임진왜란이 일어나 변방 수령으
로서 앞서서 왜군과 싸우다 전사함.

57 籠山絡野(농산낙야) : 정전의 제도가 없어짐으로써 富强한 자들이 田地를 겸병하는
폐단을 뜻하는데, 白居易의〈議井田阡陌策〉에 "阡陌作則兼幷之門開 至使貧苦者無容
足立錐之地 富强者專籠山絡野之利(정전의 천맥을 무너뜨려 전지를 넓히는 일이 일어
나자, 겸병하는 길이 열려서, 심지어 빈곤한 자에게는 발을 세울 곳이나 송곳 하나
찌를 땅도 없게 하고, 부강한 자에게는 산과 들의 이끗을 멋대로 장악하게 하였다.)"
라고 한 데서 온 말이다.

58 左兵使(좌병사) : 左道兵馬節度使의 준말. 병마절도사는 조선 시대에 각 도의 육군을
지휘하고 감독하던 사령관. 줄여서 '병사'라고 부름.

59 李珏(이각) : 조선 중기의 관리(?~1592). 1592년 임진왜란 개전 당시 경상좌도 병마절도
사. 울산 북쪽 병영에 주둔했지만, 부산진 전투에는 시간 내에 도착하지 못하고, 동래성
전투에는 성 수비를 동래부사 송상현에 맡기고 탈출. 경주성 전투 전엔 임지와 군을
버리고 달아난 죄를 추궁 받음. 한성부 함락 이후엔 임진강에 주둔한 도원수 金命元의
진중으로 도주하다 체포되어 음력 5월 14일에 선조는 선전관을 보내 이각을 참수시킴.

60 宋象賢(송상현) : 조선 선조 때의 문신(1551~1592). 자는 德求. 호는 泉谷. 동래 부사로
서, 임진왜란 때 南門에 올라가 싸움을 독려하고 순절함.

而戰。賊兵四面衝突, 左右屠殺, 圍之重重, 勢如埒杤。象賢顧視城中,
或死或逃, 虛無人矣。只餘軍官金鑞衙奴英男而已, 亟取朝服着甲上, 仰
天痛哭曰: "象賢不忠, 職在防禦[61], 不能拒賊, 身死其難, 皇天后土[62]俯
鑑微悃。" 言訖, 割無名指[63], 血書其扇曰: 「君臣義重, 父子恩輕, 壬辰四
月十五日, 不肖子象賢書。」 遂付英男速速歸家。英男不忍別去, 握手痛
哭之際, 賊將調益曳釖而前, 拜于象賢。象賢見之, 則乃前日兵曹胥吏者。
象賢大驚曰: "汝以蠻胡瞞我朝鮮久矣, 今以凶計又殺我耶?" 調益曰: "我
雖爲賊, 久蒙君恩, 欲效項伯[64]救子房[65], 願明公服我衣出之。" 象賢罵曰:
"堂堂義士, 豈可依賊圖生乎?" 調益再三懇請, 象賢不聽, 仍問曰: "欲送
家僮于親屬, 倘能出汝陣中否?" 調益許諾, 遂英男出。

象賢殉節于賊, 金鑞手持長鎗, 左衝右突, 死者百餘人, 復上客舍, 毁
瓦亂投, 賊死者又百餘人。氣盡力竭, 中流丸而死, 東萊遂陷。象賢時年
四十二。義智等嘖嘖[66]嘆服, 戮賊之害象賢者。從行人辛汝櫓妾金蟾皆
死, 賊收尸伺瘞於東門外, 立木以標, 以詩祭之。自是譙樓[67]上常有紫氣
亘天, 數年不滅, 賊盖祇畏之。上聞之, 贈官旋閭, 遣官致祭[68]。

---

61 防禦(방어) : 防禦使. 조선 시대에, 나라의 방위를 위하여 군사 요지에 파견하던 종이품
   무관 벼슬.
62 皇天后土(황천후토) : 하늘의 신과 땅의 신.
63 無名指(무명지) : 약손가락.
64 項伯(항백) : 중국 전국시대 말~전한 초의 정치가(?~B.C.192). 伯은 字이며 이름은
   纏. 명장 項燕의 아들이며, 項梁과 형제. 劉邦과 협력하여 진나라를 멸망시키고 스스
   로 西楚의 霸王이 되었던 항우의 숙부.
65 子房(자방) : 張良. 중국 한나라의 건국 공신(?~B.C.168). 子房은 字. 한나라 고조를
   도와 천하를 통일하여, 소하·한신과 함께 한나라 창업의 三傑로 일컬어짐.
66 嘖嘖(책책) : 크게 외치거나 떠드는 소리.
67 譙樓(초루) : 譙樓의 오기. 궁문, 성문 따위의 바깥문 위에 지은 다락집. 門樓.
68 致祭(지제) : 임금이 제물과 제문을 보내어 죽은 신하를 제사 지내던 일. 또는 그 제사.

乙未, 家人請於朝家, 願得返葬。時賊尙據東萊徵上下, 道臣[69]諭賊將, 家人以入城中, 尋尸而歸。府民相率追拼, 號不忍捨, 賊將義智以下皆下馬致敬焉。一妾李亦被掠, 全節以歸, 懷公綵纓, 歸獻於夫人, 相持號哭, 聞者悲之。

朝廷命將南下

時, 東萊釜山已爲賊地。賊乘勝長驅[70], 密陽府使朴禎[71], 領百餘騎往漆原。賊兵先陷梁山, 移擊蔚山。執郡守李憲咸, 直向漆原, 朴禎軍望見賊勢, 四面逃散, 禎亦以匹馬避入山谷。賊移擊水營, 水使李珏軍兵一時逃散, 珏亦亡匿。慶尙監司金睟[72], 蒼忙惶怯, 不聚軍兵, 傳令各邑, 使之急急避亂, 所統鎭卒中路聞令, 皆入深山。金海府使李營元, 草溪郡守李有謙, 亦皆逃走。

慶尙道賊勢大熾, 屠殺人民, 尸積如山, 避亂之人又相蹂躪, 死者以億萬數。賊兵充斥, 無人禦止, 朝廷全然無聞矣。一日, 偵探軍回報曰:"倭賊白万渡海長驅, 先陷東萊釜山, 屠戮人民, 殆無有遺. 先鋒已到慶尙, 一枝軍兵且襲全羅. 守令蒼黃, 未及統兵, 或死于賊, 或多逃亡矣."於

---

69 道臣(도신) : 觀察使의 다른 명칭.

70 乘勝長驅(승승장구) : 싸움에 이긴 형세를 타고 계속 몰아침.

71 朴禎(박정) : 실제 이름은 朴晉으로 조선 중기의 무신(1560~1597). 임진왜란 초기 왜적과 싸운 장수 가운데 두드러진 인물 중 한 명. 1593년 밀양·울산 등지에서 전과를 올렸고, 1594년 2월에 경상우도병마절도사, 같은 해 10월 순천부사, 이어서 전라도병마절도사, 1596년 11월 황해도병마절도사 겸 황주목사를 지내고 뒤에 참판에 오름.

72 金睟(김수) : 조선 시대의 문신(1547~1615). 자는 子昻, 호는 夢村. 우참판·영중추부사를 지냄. 1592년 임진왜란 초기에 경상우감사로 적들을 막지 못해 진주에 머물다가 동래성이 함락되자 밀양, 함안을 거쳐 거창으로 성을 버리고 도망함.

是, 京師震動, 百官入侍, 以訓將[73]李鎰[74]爲慶尙巡邊使[75], 捕將[76]申砬[77]
爲忠淸巡邊使, 金誠一爲慶尙左兵使[78], 使之合兵禦賊。

李鎰軍敗尙州

鎰旣受將任, 拜辭[79]闕門, 着黃金甲冑, 乘千里馬, 直向嶺南, 傳令于
監司兵使, 急發各邑兵馬, 期會大丘。監司金睟見傳令, 蒼黃發關, 令聚
軍兵, 各邑守令已多逃亡, 留鎭守令督發散卒, 方向入矣。一時又不幸,
大雨連日, 道路不通, 軍裝盡濕, 賊勢漸近, 諸軍未會。先至者乘夜逃亡,
後至者亦皆遁去, 守令畏法, 次第亡匿。

時鎰晨夜倍行抵忠淸道界, 百姓扶老携幼遍野, 號哭之聲不忍聞。及
到慶尙, 閭閻空虛, 街道寂冥, 不見人形, 無處得食。馳入聞慶縣, 碎庫

---

73 訓將(훈장) : 訓鍊大將. 조선 시대에 둔, 훈련도감의 으뜸 벼슬. 품계는 종이품.

74 李鎰(이일) : 조선 중기의 무신(1538~1601). 자는 重卿. 1558년 무과 급제 후 경성판관,
   전라좌수사 등을 역임. 1592년 임진왜란이 발발하자 경상도 순변사로 상주에서 크게
   패하고, 충주에 주둔한 申砬의 군대로 도망. 신립마저 충주 탄금대 전투에서 패해 자결
   하자 황해도와 평안도로 도망. 1592년 5월 17일~5월 18일에 일어난 임진강 전투에
   참여했으나 또 다시 패배. 임진왜란이 끝나고 나서 함경도에서 벼슬을 받고 활동하다
   가 1601년 부하를 죽인 혐의를 받고 한성부로 호송되다가 사망.

75 巡邊使(순변사) : 조선 시대에, 왕명으로 軍務를 띠고 변경을 순찰하던 특사.

76 捕將(포장) : 捕盜大將. 조선 시대에 둔, 포도청의 으뜸 벼슬. 품계는 종이품으로, 좌우
   포도청에 각 한 명씩 있었음.

77 申砬(신립) : 조선 선조 때의 무장(1546~1592). 자는 立之. 한성부 판윤을 지냈으며,
   임진왜란 때 왜군을 막다가 전사.

78 兵使(병사) : 兵馬節度使. 조선 시대에, 각 지방의 병마를 지휘하던 종이품의 무관 벼슬.

79 拜辭(배사) : 예전에, 肅拜와 辭朝를 아울러 이르던 말. 숙배는 서울을 떠나 任地로
   가는 관원이 임금에게 작별을 아뢰던 일. 사조는 새로 임명된 관리가 부임하거나 외국
   의 사신이 떠나기에 앞서 임금께 하직 인사를 드리던 일.

而出米, 炊飯療飢, 直向大丘, 守令無一待命。鎰計無所出 欲斬判官[80]權
吉[81], 權吉泣曰: "請聚軍兵以奉將令." 鎰許之。

吉遂入山中, 略收避亂三百餘人, 或士族及老弱矣。鎰又開倉, 賑恤乞
人數百。鎰揮釖號令, 乞人惶怯聞令, 遂領數百人, 合權吉軍三百餘人。
出尙州城十里結陣, 整齊行伍, 幷立旗鼓, 以權吉及從事官[82]尹暹[83]察訪[84]
金揚 爲左右翼。送裨將[85]趙光佐, 以覘賊勢, 光佐直向賊陣, 爲伏兵所殺。
俄而, 賊勢彌滿, 砲聲大震, 鎰軍五百軍一時盡破。鎰匹馬騰出, 直向北
路, 賊將徐邊玄蘇等左右殺來。鎰免冑棄馬而走, 賊將蕭攝曰: "此乃飛將
軍也, 勿追焉." 鎰乃杖釖入山中, 小憩小菴中, 大虎來噬其趾。鎰以拳斥
之, 大虎疾聲, 超躍而死。翌日往, 入忠州申砬陣中。

申砬軍敗忠州

砬旣到任所, 仍入忠州, 甫聚散卒八千餘人, 欲守鳥嶺。忽聞鎰軍敗沒
大懼, 移兵忠州城下達川之上, 令夾水而陣, 諸將皆曰: "左右大水, 我師

---

80 判官(판관) : 고려·조선 시대에, 지방 장관 밑에서 민정을 보좌하던 벼슬아치. 관찰부,
유수영 및 주요 州·府의 소재지에 둠.

81 權吉(권길) : 조선 중기의 문신(1550~1592). 자는 應善. 權近의 후손. 1592년에 임진왜란
이 일어나자 순변사 이일의 군사와 합세하여 상주에서 왜적과 싸웠으나 패하여 전사함.

82 從事官(종사관) : 조선 시대에, 각 군영의 主將을 보좌하던 종육품 벼슬.

83 尹暹(윤섬) : 조선 선조 때의 문신(1561~1592). 자는 汝進. 호는 果齋. 1587년 사은사의
서장관으로 중국 명나라에 갔다가 이성계가 이인임의 후손이라는 잘못된 기사를 바로
잡고, 1590년 광국 공신 2등이 되어 용성 부원군에 봉해짐. 임진왜란 때 종사관으로
상주에 내려가 朴箎·李慶流와 함께 끝까지 싸우다가 전사함.

84 察訪(찰방) : 조선 시대에, 각 도의 역참 일을 맡아보던 종육품 外職 문관의 벼슬.

85 裨將(비장) : 조선 시대에, 監司·留守·兵使·水使·견외 使臣을 따라다니며 일을 돕던
무관 벼슬.

取積, 則入罌之蠅也, 無遺類矣." 砬曰: "昔韓信[86]背水而決勝. 吾亦置之亡地, 欲今殊死戰也." 諸將曰: "韓信僥倖耳, 今欲如之, 吾其魚矣." 砬大怒視釖, 諸將不敢復言.

時, 鎰杖釖來, 砬大喜開門迎入. 相與敍話之際, 鼓角震動, 旋旗飄飄, 兩路賊兵已抵連源驛矣, 乘勝長驅, 左右夾攻, 釖光蔽日, 喊聲震天. 申砬軍只懷, 圖生之計, 反生倒戈之計, 內相殺伐, 陣中大亂. 砬手曳長鎗, 殺入賊中, 爲流丸所中, 墜馬而死, 八千餘人并溺水死, 哭聲出自水中.

於是, 鎰以匹馬逃走, 爲賊兵所逼, 遂揮釖左衝右突, 賊死百餘. 賊不敢近, 回馬顧眄之際, 砲聲大震, 鎰馬蹉跌. 鎰下馬徒步而走, 賊將乘飛馬, 持戟而追之. 鎰急顧擧鎗刺胸, 奪馬騎之, 馳入扶餘縣, 上敗軍狀聞, 而向原州去.

大駕西狩平壤

時, 朝廷不知賊機, 晝夜焦惶已而. 四月二十八日夕時, 有背掛氈笠[87]曳杖而來, 直入東大門, 路傍人民爭聚問之, 則, "昨日巡邊使與賊, 兵戰于忠州城外, 將卒俱死, 忠州陷沒, 賊兵遍野直向京城, 吾巡邊使馬夫, 欲令家人避亂來耳." 於是, 城中震驚, 老少男女一時塡街, 痛呼之聲震動天地.

---

86 韓信(한신) : 중국 전한의 무장(B.C.?~B.C.196). 漢 고조를 도와 趙·魏·燕·齊나라를 멸망시키고 항우를 공격하여 큰 공을 세움. 한나라가 통일된 후 초왕에 봉하여졌으나, 여후에게 살해됨.

87 氈笠(전립) : 조선 시대에, 병자호란 이후 무관이나 사대부가 쓰던, 돼지털을 깔아 덮은 모자.

是日初更[88], 忠州狀[89]聞上達, 大內[90]震駭, 宮中號哭之聲, 宮人不能執燭. 體察使[91]柳成龍, 兵曹參議[92]李恒福[93], 判義禁[94]李德馨[95]卽於殿前, 明燭視之. 其狀, 「敗軍將, 臣李鎰冒死啓聞. 臣不忠無才, 必敗王師[96]. 然當初受服之日, 行關[97]于道, 臣督發軍兵, 使之待令于大丘. 臣晝夜馳入大丘, 則守令無一人來待. 臣計無所出, 號令避亂之人, 禦賊于尙州城下, 譬若一塊之肉拒猛虎之口, 不能對敵. 全軍陷沒, 臣僅保縷命, 直到申砬軍, 則是亦烏合之卒[98], 不能發一矢殲一賊. 申砬遂死, 忠州又陷. 臣到處敗軍, 待罪鈇鉞[99]之下.」

---

88 初更(초경) : 하룻밤을 오경(五更)으로 나눈 첫째 부분. 저녁 7시에서 9시 사이.

89 狀(장) : 狀啓. 왕명을 받고 지방에 나가 있는 신하가 자기 管下의 중요한 일을 왕에게 보고하던 일. 또는 그런 문서.

90 大內(대내) : 임금이 거처하는 궁전의 안.

91 體察使(체찰사) : 조선 시대에, 지방에 軍亂이 있을 때 임금을 대신하여 그곳에 가서 일반 군무를 맡아보던 임시 벼슬. 보통 재상이 겸임함.

92 兵曹參議(병조참의) : 조선 시대에, 六曹 가운데 군사와 郵驛에 관한 일을 맡아보던 관아의 정삼품 벼슬.

93 李恒福(이항복) : 조선 선조 때의 문신(1556~1618). 자는 子常. 호는 白沙·弼雲. 임진왜란 때 병조 판서로 활약했으며, 뒤에 벼슬이 영의정에 이르름. 광해군 때에 인목 대비 폐모론에 반대하다 北靑으로 유배되어 사망.

94 判義禁(판의금) : 判義禁府事. 조선 시대에 둔, 의금부의 으뜸 벼슬. 품계는 종일품. 판금오·판의금이라고도 부름.

95 李德馨(이덕형) : 조선 중기의 문신(1561~1613). 자는 明甫. 호는 漢陰·雙松. 1592년에 예조 참판에 올라 대제학을 겸임함. 임진왜란이 일어나자 동지중추부사로서 일본 사신 겐소(玄蘇)와 화의를 교섭하였으나 실패. 그 후 왕을 정주까지 호종하였고, 請援使로 명나라에 파견되어, 원병을 요청하여 성공을 거둠. 광해군 즉위 후에 영의정에 오름.

96 王師(왕사) : 임금이 거느리는 군사. 친왕병.

97 行關(행관) : 동등한 관아 사이에 공문을 보내던 일.

98 烏合之卒(오합지졸) : 까마귀가 모인 것처럼 질서가 없이 모인 병졸이라는 뜻으로, 임시로 모여들어서 규율이 없고 무질서한 병졸 또는 군중을 이르는 말.

99 鈇鉞(부월) : 출정하는 대장에게 통솔권의 상징으로 임금이 손수 주던 작은 도끼와 큰 도끼. 정벌(征伐), 군기, 刑戮을 뜻함.

上震驚, 命百官會議, 未及入侍, 偵探軍報曰: "賊兵又到廣州城矣."
於是, 領府使¹⁰⁰金貴榮¹⁰¹, 判府使¹⁰²盧植¹⁰³, 體察使柳成龍, 判義禁李德
馨, 兵曹參議李恒福等, 白上曰: "賊勢甚急, 請行平壤." 上召金貴榮, 涕
泣教曰: "由予不德遭此大患, 宗社¹⁰⁴岌岌, 骨肉分竄, 卿當護我于侄, 避
亂于咸興." 貴榮惑泣拜辭, 卽奉四王子, 遑忙出城.

上召李陽元¹⁰⁵爲守城將, 申恪¹⁰⁶爲副元帥¹⁰⁷, 使守都城. 是夜, 大駕¹⁰⁸
出西門, 天雨夜黑. 百僚未集, 中殿獨與侍女十人步出仁和門, 恒福執燭
前導, 及到碧蹄, 百官衛士稍稍來會. 衣裙濕盡, 寒氣逼骨, 呼哭之聲,

---

100 領府使(영부사) : 領府事의 오기. 영부사는 領中樞府事로 조선 시대에 둔 중추부의
으뜸 벼슬. 정일품의 무관 벼슬.

101 金貴榮(김귀영) : 조선 중기의 문신(1520~1593). 자는 顯卿. 호는 東園. 부제학, 대제
학 등을 거쳐 우의정에 오름. 임진왜란 때 적과 내통하였다는 의심을 받고 희천으로
유배되어 사망. 숙종 때 伸冤되었음.

102 判府使(판부사) : 判府事의 오기. 판부사는 判中樞府事로 조선 시대에 둔, 중추부의
으뜸 벼슬. 종일품 벼슬이며 관찰사나 병마절도사를 겸하기도 함.

103 盧植(노식) : 실제 이름은 盧稷으로 조선 중기의 문신(1545~1618). 임진왜란이 일어나
왕을 호종할 때 말에서 떨어져 다쳤으나 계속 성천의 행재소까지 달려가 병조참판에
임명되었고, 이어 개성유수가 되었음.

104 宗社(종사) : 종묘와 사직이라는 뜻으로, 나라를 이르는 말.

105 李陽元(이양원) : 조선 선조 때의 문신(1526~1592). 자는 伯春. 호는 鷺渚·南坡. 1591
년에 우의정이 되고 임진왜란 때에 楊州 蟹踰嶺 싸움에 승리하여 그 공으로 영의정에
오름. 義州에 있던 선조가 遼東으로 피란 갔다는 잘못된 소문을 듣고 단식하다가 8일
만에 죽음.

106 申恪(신각) : 조선 중기의 무신(?~1592). 임진왜란이 발발하자 부원수로 임명되어 김
명원, 이양원과 함께 한강 방어선에 주둔하였으나 패배하였고, 이양원과 이혼, 이시원
과 합세해 해유령에 매복해 있다가 加藤淸正의 선발대 70명을 몰살시켰는데 이것이
임진왜란 때 조선육군 최초의 승리임. 5월 17일 임진강 방어선이 무너지자 비변사는
신각을 적전도주자로 간주하고 정법하여 참형에 처함.

107 副元帥(부원수) : 戰時에 임명하던 임시 벼슬. 도원수나 상원수 또는 원수에 다음가는
군의 통솔자.

108 大駕(대가) : 御駕. 임금이 타던 수레.

然苦之狀, 不忍聞不忍見矣.

車駕旣渡臨津, 携夫皆散, 恒福步行泥濘中, 召集扈行. 三更[109]達東坡
驛, 坡州牧使許璡長湍府使具有賢略備酒餠, 以待大駕矣. 時衛士飢餒,
爭先奪食, 不得進御, 兩人無聊而逃亡. 上召恒福入待, 且趣召大臣及尹
斗壽問計, 恒福首言: "我國兵力無以當此賊, 惟有西赴, 乞援天朝耳."
上曰: "予意本如此."

五月初二日, 瑞興府使南德領軍來會, 扈行大駕. 初二日, 幸鳥嶺, 黃
海監司趙得仁領兵迎護, 進禦[110]精餐, 君臣上下始免飢渴. 夕時, 入松
都, 殿坐[111]南門, 大召軍民, 傳[112]曰: "汝等如有所懷, 悉陳無隱." 一人奏
曰: "前右議政臣鄭澈[113]謫在江界, 召與議國事." 上大悟, 召赴平壤, 特
拜體察使.

於是, 遂罷李山海相, 柳成龍尹斗壽兪弘爲三公, 李恒福爲吏曹參判,
封鰲城君. 初三日幸金川, 初四日幸平山, 初五日幸鳳山, 初六日幸黃
州, 初七日過中和幸平壤. 平壤監司宋言愼[114]領兵出迎大駕.

---

109 三更(삼경) : 하룻밤을 5경으로 나눈 셋째 부분. 밤 열한 시에서 새벽 한 시 사이.

110 進禦(진어) : 進御의 오기. 임금이 먹고 입는 일을 높여 이르던 말.

111 殿座(전좌) : 임금 등이 정사를 보거나 조하를 받으려고 正殿이나 便殿에 나와 앉던
일. 또는 그 자리.

112 傳(전) : 傳敎. 임금이 명령을 내림. 또는 그 명령.

113 鄭澈(정철) : 조선 명종·선조 때의 문신·시인(1536~1593). 자는 季涵. 호는 松江.
1562년 문과에 급제하여 관직은 의정부좌의정에 이르렀으며, 인성부원군에 봉군. 1591
년 2월에 왕세자 건저 문제로 왕의 노여움을 사서 파직되어 명천으로 유배되었다가
1592년 7월 임진왜란 때 부름을 받아 왕을 義州까지 호종. 1593년 5월 평양·개성·
서울을 회복한 일로, 조선에 5만 군사를 보낸 명나라 대한 사은사로 가서는 일본군이
철수했다는 가짜 정보를 올린 일로 사직하고 강화도에 우거하던 중 사망.

114 宋言愼(송언신) : 조선 중기의 문신(1542~1612). 자는 寡尤. 호는 壺峰. 1592년 사마
시에 합격하고, 그 뒤 평안도관찰사가 되었으나 임진왜란으로 공조참판이 되어 평안도
순찰사를 겸하다가 다시 함경도순찰사를 겸하면서 軍兵 모집에 힘씀. 1592년에 삭직

倭賊入據都城

倭賊旣陷忠州, 乘勝長驅, 平秀正以四十万兵, 結陣東大門外。平行長領四十万兵, 已過龍仁城, 副元帥申恪謂守城將李陽元曰:"百万倭兵勢如泰山, 吾等守城, 粮食已盡, 東門一開, 死無遺類矣. 莫若棄城西走, 直入咸興, 率兵禦賊, 終能收績, 則亡命之罪可以贖."陽元不聽, 恪開門潛出, 直向咸興。

時, 行長遂陷龍仁, 已渡漢江, 都元帥金命元[115]望見失色, 棄城損旗, 走向平壤。於是, 秀正合兵殺來, 陽元等登城望見, 惶怯落膽, 棄城逃走。賊遂入都城, 馳書本國, 請于關伯, 平秀吉又遣平秀寧安國史, 領兵助勢。列寨十里, 鼓角相應, 縱火都城倉庫, 灰燼宣靖兩陵[116], 禍及梓宮[117], 神人之痛, 益無餘地。

秀正居宗廟, 清正行長居仁慶宮, 宗廟社稷神靈震怒, 夜夜叱咤, 守卒惶怯, 暴死相繼。秀寧等遂燒宗廟社稷, 移居南別宮。

王師拒塞

都城旣陷, 清正謂行長曰:"朝鮮王方在平壤, 君若引兵而西, 急擊平壤則必走. 君遂入平壤, 送軍水路, 探知馬多時沈安屯消息, 備令行舡, 結陣鴨綠江, 以襲北軍, 則朝鮮王必走咸鏡道. 吾領精兵, 直入咸鏡, 屯

되었고, 1596년 東面巡檢使로 다시 등용된 뒤 대사간·병조판서·이조판서를 역임함.
115 金命元(김명원) : 조선 중기의 문신(1534~1602). 자는 應順. 호는 酒隱. 이황의 문인으로서, 임진왜란 때 팔도 도원수로 참여하고 좌의정에 이르렀음.
116 宣靖兩陵(선정양릉) : 宣陵과 靖陵. 선릉은 조선 성종과 계비 정현왕후의 능. 정릉은 조선 중종의 능.
117 梓宮(재궁) : 왕, 왕대비, 왕비, 왕세자 등의 시신을 넣던 관.

兵險處, 觀其形勢, 以通事機, 愼勿輕動." 又謂平秀江平義智曰: "領兵
入江原道, 各守險處, 俟我處置, 以爲相應." 義智等將向江原, 謂諸將
曰: "愼勿縱兵三陟, 三陟有神人云, 盖李土亭之菌[118]也." 義智之潛入我
國也, 爲土亭所困幾死, 乞免歸故云。

清正行長令調寧調信, 守都城燒宮闕, 引兵北來, 尹斗壽李恒福奏曰:
"遣將臨津, 以塞西路好矣." 於是, 以都元帥金命元副元帥申吉[119]率京畿
咸鏡軍, 拒塞臨津, 韓應寅領關西[120]兵三千, 屯兵在後, 以應申吉。

申恪獻捷寃死

王師旣向臨津, 兪弘啓曰: "前副元帥申恪棄城先走使京城陷沒, 請斬
申恪, 以懲諸將." 傳曰: "依允."[121]

時, 恪逃入安邊, 發兵向楊州, 遇賊大破之。斬首六十餘級, 射殺賊將
李由, 上捷書[122], 引兵還嘉山, 爲禁郞所斬, 軍兵痛哭, 一時遽走。捷書
旣上, 上震悼大罵兪弘, 亟令承傳, 赦宥申格, 而已無及矣。

---

118 李土亭之菌(이토정지함) : 토정 이지함. 조선 선조 때의 학자(1517~1578). 자는 馨仲·
   馨佰. 호는 土亭·水山. 벼슬은 抱川, 牙山의 현감을 지냄. 서경덕의 문인으로, 醫藥·
   卜筮·天文·地理·陰陽에 능통함.

119 申吉(신길) : 실제 이름은 申硈로 조선 중기의 무신(1555~1592). 자는 仲堅. 임진왜란
   이 발발하자 함경남도병사가 되어 선조를 호위하고, 한강을 지키는데 파견되었고, 이후
   京畿守禦使에 임명되어 도원수 김명원·도순찰사 한응인 등과 함께 臨津을 지키다가
   5월 17일 임진강 하류에 숨어있던 왜적과의 전투에서 패하여 목숨을 잃음. 임진왜란
   당시 三道都巡邊使로서 충주 탄금대에서 왜군과 전투를 벌인 신립의 동생임.

120 關西(관서) : 마천령의 서쪽 지방. 평안도와 황해도 북부 지역을 이르는 말.

121 依允(의윤) : 신하가 아뢰는 청을 임금이 허락함.

122 捷書(첩서) : 싸움에서 승리한 것을 보고하는 글.

申吉敗績臨津

時, 金命元申吉等結陣臨津, 泊舡于岸, 整齊行伍并立旗幟。賊將義智領千餘兵, 立寨江邊, 欲渡無舡, 挑戰不應。賊遂縱兵江邊如戮辱狀, 申吉褊將[123]俞克男以片箭[124]越射, 賊兵中目而死。賊卽移軍幕, 堅避不出。

一日, 義智令曰: "今日燒撤軍幕, 以示退去, 則彼見我走, 必縱兵追我, 我合力夾擊, 自是良計," 拔幕而退, 未至十里而伏兵, 通于淸正行長, 未至三十里伏兵。乃偃旗休兵, 鼓角不聞, 吉下令: "方今賊兵退去, 我軍乘夜渡江, 襲擊其後, 則賊必破矣," 克男曰; "賊謀難測, 不可輕動, 堅壁而臥, 以觀賊勢好矣," 吉拔釼怒叱曰: "違令者斬," 克男不得已杖釼從之。吉令韓應寅守本鎭, 領精兵三千, 乘夜渡江, 賊陣虛矣。吉乃喜追至三十里, 忽然喊聲大震, 淸正行長驅兵殺來, 火光冲天, 夜如淸晝。吉大驚回軍, 欲渡臨津, 忽然鼓角齊鳴, 義智伏兵自上流殺來, 奪舡渡江, 襲擊本陣。吉無舡可渡, 無翼可飛, 蒼黃[125]之際, 兩路伏兵左右衝突, 氣竭力盡, 中流丸而死, 三千精兵芟如草木。克男仰天痛哭曰: "若聽吾言, 豈至此境乎?" 乃棄馬而走, 斜依絶岸, 射殺百餘賊, 弓絃遂絶, 乃自刎[126]而死。金命元韓應寅留在本鎭, 與義智竭力死戰, 全軍陷沒, 乃脫身而遽入于平壤。

西崖射却敵陣

臨津旣陷, 賊將行長領八十万衆, 乘勝長驅, 直向平壤, 結陣江口, 縱

---

123 褊將(편장): 偏將의 오기. 대장을 돕는 한 방면의 장수.
124 片箭(편전): 아기살. 작고 짧은 화살. 날쌔고 촉이 날카로워 갑옷이나 투구도 잘 뚫음.
125 蒼黃(창황): 미처 어찌할 사이 없이 매우 급작스러움. 창졸.
126 自刎(자문): 스스로 자신의 목을 베거나 찌름. 또는 그렇게 하여 죽음.

兵偵探。體察使柳成龍令碧丹萬戶任郁景, 移舡泊于岸上, 縱兵城角, 隱
身而射之, 賊兵退陣江外最遠處。

韓克咸敗績鐵嶺

時, 淸正自臨津領八十万衆, 將向咸鏡道, 至東坡驛。有二人出自山谷,
淸正駐馬問路, 其一人曰: "朝鮮之人肯爲盜賊指路乎?" 淸正遂斬之, 後
一人見其斬, 畏其死遂指路。自谷山踰鐵嶺, 向安邊德源, 日行數百里,
旌旗[127]蔽空, 鼓角喧天, 一路震動, 守令逃亡。

北兵使[128]韓克咸[129]發慶源慶興會寧鍾城穩城富寧兵, 出自北營, 道遇
淸正。相距七八里而結陣, 號令一軍, 乘機齊發。北道軍兵素習騎馬, 弓
釰飛揚, 健馬蹂躪, 賊死者二万餘人。淸正大敗, 退陣昌平之野, 克咸乘
勝追之。淸正不敢敵, 堅壁不出, 克咸退軍結陣。

於是, 賊將景監老領兵四十万, 功陷明川, 方向安邊, 聞淸正大敗, 急
向昌平, 合兵功之。克咸出其不意, 莫能抵當, 敗屯鐵嶺。是夜初更, 傳
令軍中, 方炊夕飯, 賊兵乘昏踰嶺, 一時放火, 喊聲震動。克咸大驚, 急
促軍兵, 冒火督戰, 氣盡力竭, 引兵南走, 乃陷大澤中。賊軍殺來, 如刈

---

127 旌旗(정기) : 旌과 旗. 정은 깃대 끝에 새의 깃으로 꾸민 장목을 늘어뜨린 의장기.
128 北兵使(북병사) : 조선 시대 함경도의 '북도병마절도사'를 줄여 이르는 말.
129 韓克咸(한극함) : 실제 이름은 韓克誠으로 조선 중기의 무신(?~1593). 慶源府使를
  거쳐, 1592년 임진왜란 때 함경북도병마절도사로 海汀倉에서 加藤淸正의 군사와 싸웠
  는데, 전세가 불리하자 臨海君과 順和君 두 왕자를 놓아둔 채 단신으로 오랑캐마을
  西水羅로 도주하였다가, 도리어 그들에게 붙들려 경원부로 호송, 가토의 포로가 되었
  고, 앞서 포로가 된 두 왕자 및 그들을 호행하였던 대신 金貴榮·黃廷彧 등과 다시
  안변으로 호송되었다가 이듬해 4월 일본군이 서울을 철수할 때 허술한 틈을 타서 단신
  으로 탈출, 高彦伯의 군진으로 돌아왔으나 처형당함.

腐草, 須臾兵無遺類矣。克咸脫身東走, 射殺追束, 賊兵遂入咸興, 清正又向南兵營, 兵使李殷莫敢迎敵, 遁走甲山。

亂民納降倭賊

克咸旣敗, 清正總咸鏡一道, 差出守令, 轉輸倉穀, 以爲根本, 勢如泰山。鏡城將校鞠敬仁[130]語其徒曰: "國運已盡, 不如圖生. 如執四王子, 降于清正, 清正必喜而封賞, 乘亂崛起[131], 不亦宜乎?" 乃伏兵于大澤中, 入告王子曰: "方今賊兵彌滿城下, 請入山中, 以避賊鋒." 四王子及領府使金貴榮參判黃廷彧[132]監司柳永立[133]兵使韓克咸蒼黃出城。時當昏夜, 敬仁引路大澤畔, 左右伏兵一時結縛, 投降清正。清正大喜, 以敬仁爲鏡城府使, 甲山座首朱起男聞而艶之。時南兵使李殷方在甲山, 起男乘其醉宿, 挾匕刺之, 以獻清正。清正起男爲吉州牧使, 因問曰: "彼結縛人中有汝親知者乎?" 起男指柳永立曰: "此吾恩人, 可令生還否?" 清正遂令解縛而出之, 永立遽入于平壤。

---

130 鞠敬仁(국경인) : 실제 이름은 鞠景仁으로 조선 선조 때의 반란자(?~1592). 1592년에 임진왜란이 일어나자 무리를 모아 반란을 일으키고, 회령에 피란 와 있던 두 왕자 임해군, 순화군을 왜군에 넘겨준 뒤 유생들에게 살해되었음.

131 崛起(굴기) : 기울어 가는 집안에 훌륭한 인물이 남을 비유적으로 이르는 말.

132 黃廷彧(황정욱) : 조선 선조 때의 문신(1532~1607). 자는 景文. 호는 芝川. 임진왜란 때, 왕자 순화군을 수행하여 강원도와 함경도 지방에서 의병을 모집하다가 왜장에게 붙잡힌 일이 있는데, 후에 이 일 때문에 탄핵을 받고 유배되었음.

133 柳永立(유영립) : 조선 중기의 문신(1537~1599). 자는 立之. 1586년 경상도관찰사, 1588년 전라도관찰사, 1591년 함경도관찰사를 역임하고 이듬해 강원도관찰사가 되었음. 임진왜란이 일어나자 산 속으로 피신하였다가 加藤清正 휘하의 왜군에게 포로가 되었다가 뇌물을 바치고 탈출하였으나, 국위를 손상시켰다는 이유로 대간의 탄핵을 받고 파직당함.

李鎰射却賊陣

先時, 鎰入原州, 城中空矣。透迫向咸鏡界, 倭賊遍過, 三水甲山。自
陽德孟山入于平壤, 衣裳纈縷, 行裝凄凉, 只餘兵符[134]長釰而已, 百官見
之, 莫不寒心焉。左議政尹斗壽及鎰與二百, 使守永久樓下。鎰行至万頃
坮, 賊將秀孟領兵千餘, 方欲渡灘。鎰結陣江西, 督令軍兵舍矢, 軍皆惶
怯莫敢射。鎰乃擁盾而射之, 秀孟懼而退軍。

大駕又幸寧邊

臨津失守, 群議請幸咸興, 尹斗壽李恒福曰："此城不可守, 則當幸寧
邊. 若一踰北嶺, 使屬上國[135], 更何以望."賊逼貝水[136], 李德馨請乘舡,
往見玄蘇調信, 謀緩兵事。若不諧, 暗帶勇士, 斬二首來。恒福止之曰：
"堂堂國家豈可行盜賊謀計乎?"遂已。

柳成龍啓曰：「倭將行長陣于長林口, 輸運正方山城倉穀. 請兵都城據
賊云, 平壤之危非朝卽夕. 請幸義州, 遣使請兵于天朝.」

於是, 上命金命元尹斗壽李元翼[137]守平壤, 大駕出普通門。判府使盧

---

134 兵符(병부) : 發兵符. 조선 시대에, 군대를 동원하는 표지로 쓰던 둥글납작한 나무패.
　　한 면에 '發兵'이란 글자를 쓰고 또 다른 한 면에 '觀察使', '節度使' 따위의 글자를
　　기록함. 가운데를 쪼개서 오른쪽은 그 책임자에게 주고 왼쪽은 임금이 가지고 있다가
　　군사를 동원할 때, 敎書와 함께 그 한쪽을 내리면 지방관이 두 쪽을 맞추어 보고 틀림
　　없다고 인정하여 군대를 동원하였음.
135 使屬上國 : '便隔上國'의 오기. 『월사집』의 '領議政鼇城府院君贈諡文忠李公墓誌銘'
　　에 유사한 기록이 있는데, 이 부분은 '便隔上國'이라 기록되어 있음. 『월사집』의 기록
　　이 문맥에 상통함.
136 貝水(패수) : 대동강의 옛 이름.
137 李元翼(이원익) : 조선 중기의 명신(1547~1634). 자는 公勵. 호는 梧里. 1569년 문과

植扈中殿及宮人, 從大駕後, 城中騷動, 百姓屯聚, 遮罵盧植曰: "汝不竭
力守城, 奉上何之?" 因曳杖撞之, 植遂墜馬, 從者莫能禁。 監使守言
愼[138]急令將校, 斬其魁首二人, 亂民遂散。

大駕到寧邊, 遣使于遼東, 乞援于天朝。

漢陰乞援遼東

車駕旣至寧邊, 鰲城君李恒福請赴遼東求援。判義禁李德馨亦請自往,
沈忠謙[139]言: "李恒福方判中兵, 不可去朝, 遣德馨。" 鰲城送至西門, 解
駿與之曰: "兵不出, 君當索我於重獲[140]." 漢陰曰: "兵不出, 吾當棄骨於
盧龍[141]." 聞者亦容。

鰲城鳴谷請從大駕

時江灘[142]軍潰, 賊鋒漸近, 上召群臣議內附, 敎曰: "父子同渡鴨水, 國
事無可爲, 世子宜奉廟社主分往. 予帶群僚入義州, 從予者誰?" 群臣莫對,
兵判李恒福, "臣旣無父, 又無疾病請從." 李山甫亦請從行, 上爲之動色。

에 급제하여 우의정, 영의정을 지냄. 임진왜란 때 대동강 서쪽을 잘 방어하여 扈聖功臣
이 되었으며 대동법을 시행하여 貢賦를 단일화하였음.

138 守言愼 : 宋言愼의 오기.

139 沈忠謙(심충겸) : 조선 선조 때의 문신(1545~1594). 자는 公直. 호는 四養堂. 임진왜
란 때 병조 참판으로 왕을 수행하였고 군량미 조달에 크게 활약함.

140 重獲(중획) : 부모 형제가 함께 죽어 주검이 겹겹이 쌓인 것을 말함. 『春秋左傳』宣公
12년 조에 "모두 죽어 나무 밑에 있다.[皆重獲在木下]"에서 인용된 말.

141 盧龍(노룡) : 盧龍嶺. 중국에서 우리나라로 오는 국경의 고개 이름.

142 江灘(강탄) : 대동강 상류의 왕성탄(王城灘).

崔應淑扈濟駕御[143]

大駕行次博川界, 將渡淸川江, 會大風雨, 橋梁壞三間。輩夫溺死者十
六人, 扈從群臣罔知所措。上仰天嘆曰: "先王基業盡入倭賊, 又至此境,
復誰怨咎?" 忽一人排軍, 入水如踏平地, 急奉大駕, 移御于岸, 還越丁
橋, 左右挾五六人。而越江者二十餘, 且百官衛士無事渡江。上壯其義
勇, 速令入侍, 問汝何在姓名誰耶, 對曰: "臣載寧崔應淑[144]." 上特拜鐵
山府使, 亂已移拜豊川 封和順君

柳永立入奏敗報

大駕旣到博川, 咸鏡監司柳永立自遁賊中。上問咸興陷故, 永立泣奏
曰: "爲鞠景仁所陷, 四王子及臣等被執于賊. 甲山座首朱起男又殺南兵
使李殷, 降于淸正。臣與起男相知故, 爲起男所救脫而逃. 中路聞則, 淸
正送王子于日本云。世上豈有如此時節乎?" 因放聲痛哭, 上悲悼不已。

倭賊入據平壤

行長移陣大洞江南岸, 尹斗壽謂諸將曰: "賊屯城底, 其志可知。愼勿
放心, 堅守城門。" 令監司宋言愼守大同門, 兵使李允德守浮碧樓, 益山
郡守李有弘守長慶門, 李鎰守普通門。各持鎗釰, 時鳴鼓角, 賊不敢向城
門, 列陣二十餘處, 羅立紅白旗。四五倭兵時出江邊, 或遊沙汀, 或放鳥

---

143 駕御(가어) : 御駕의 오기.
144 崔應淑(최응숙) : 조선 선조대의 호종공신. 3등 공신.

銃, 中普通門鍊光亭, 人或被中而無傷處, 大抵其才妙矣。

一日, 貳箇倭兵搴軍服于沙上, 以手鼓臂向大同門, 如戮辱之狀。監司軍官柳師碩, 以片箭潛身射之, 矢穿手而入于臂。由是, 賊兵不敢出入矣。於是, 行長謂諸將曰:"大同江無紅不可渡, 平壤城如鐵不可破, 莫若枉到順安, 自陽德孟山往守鴨江, 會馬多時可也。"時金命元劃策曰:"今賊兵退而不出, 必請援兵而然, 乘此昏夜, 潛渡黃城灘[145], 急擊倭可破也。"卽令甑山縣令高彥博碧丹万戶任郁景領三千精兵, 三更時, 分直下大同院, 賊陣二十餘寨, 列若某鋪, 將卒穩宿。高彥博高擧長鎗, 亂擊首寨。賊出於不意, 不卞東西, 四面潰散, 行長惶怯乘馬。放炮一聲, 列炬數千, 號令各屯, 圍之重重。彥博郁景左衝右突, 殺倭三百餘人, 奪賊騎百有餘疋。俄而, 喊聲震天, 鉦鼓掀地, 無數倭兵揮釰殺來。高任兩將死於賊鋒, 三千精兵只餘三十餘騎, 爲賊所逐, 回渡黃城灘。賊始知水淺, 遂領大軍踵武濟。尹斗壽金命元遂開城門, 直走順安。行長入據平壤, 人民無所害焉。

大駕發向定州

平壤失守, 中軍崔源急走博川, 奏平壤陷報。上聞而大驚, 促駕夜發, 扈臣多逃亡。會天雨晦瞑, 兵判李恒福慮有倉卒疾驅, 徒導行至嘉山, 郡守任愼景奏曰:"有官庫白米一千石, 伏請留御 以觀事機。"言未已, 報曰:"倭兵一枝已犯嘉山界。"大駕卽向定州, 登湖生嶺望見, 則先鋒已入嘉山。郡守任愼景殊死戰, 盡失倉穀, 脫身逃走。大駕到定州, 恒福請住數日, 以待賊報, 先發一使 慰諭義州父老, 且移咨文遼東, 備陳賊勢, 上之。

---

145 黃城灘(황성탄) : 실제 지명은 王城灘.

大駕進住義州

駐定州數日, 大駕過宣川幸義州, 登統軍亭, 東向痛哭曰; "先王二百
年基業大東三千里境土盡入賊人手, 宗社誰依, 寡人何歸?" 於是, 左右
侍女莫不失聲痛哭.

是日, 移文[146]鳳凰城將曰:「寡人國不辛, 遭此南蠻之患, 骨肉分竄, 只
守一城. 願入中國, 爲大明之民, 此意上達皇帝陛下.」城將報于遼東府
使, 轉報于兵部尙書, 入啓于天子.

大駕初至, 人民驚散, 兵判李恒福請修掃公廨[147], 示久住意. 數日稍稍
還集, 得成行宮[148]模樣. 恒福又言: "漢南諸路, 必謂車駕已渡遼, 煽動思
亂. 宜急發使, 諭以起兵勤王." 自此朝廷命令得通湖嶺, 官軍義兵, 頻修
奔問, 國勢賴振.

天使來覘

時, 遼左訛言謂, 朝鮮導倭入寇天朝. 兵部遣黃應暢來覘, 始甚疑之.
李恒福在京時已慮及此, 自取辛卯倭酋慢書以來, 及時見之. 黃見其書,
叩膺大痛曰; "藩國爲中朝遞被兵禍, 反受惡名. 歸報石尙書星[149], 痛陳
實狀." 東援之議始決.

---

146 移文(이문) : 중국 漢代의 공문서 가운데 같은 등급의 관아 사이에 주고받던 공문서.
　　때로는 檄文과 더불어 포고문의 성격을 띠기도 하였음.

147 公廨(공해) : 관가의 건물. 공청.

148 行宮(행궁) : 임금이 나들이 때에 머물던 별궁.

149 石尙書星(석상서성) : 상서 석성. 중국 명나라의 문신(?~1597). 자는 拱宸. 호는 東泉.
　　병부 상서를 지냈고, 임진왜란 때는 원군을 조선에 파병하여, 일본과의 화의를 추진하
　　였음.

遣使乞援

天朝黃應暢旣歸, 柳成龍李恒福奏曰; "雖移文鳳凰城, 莫若遣使中國
請兵于皇帝," 上然之, 命送吏曹判書申點兵曹參議鄭卓等, 晨夜倍道[150],
馳入皇城, 盡夜痛哭, 懇乞援兵. 皇帝特憐淸勢, 詔令遼東都督[151]祖承
訓[152], 領本府兵全軍, 遊擊將[153]史儒[154]領鎬軍二万, 合力救之. 命禮部尙
書薛秉, 以大段[155]五百匹銀子一万兩, 慰問朝鮮國王, 時 壬辰十月也.

天將敗績平壤

祖承訓史儒等領四十万軍, 發向義州, 旗旄釰戟連亘三十里, 牌文[156]先
入義州. 於是, 李元翼守順安, 金命元守肅川, 柳成龍守安州, 輸運各邑
軍粮, 以待天兵. 天將旣渡江, 上親幸江邊, 迎入州城, 禮畢請曰: "願將
軍維揚戎武擊彼賊兵, 恢復寡人之國, 遠暢天朝之威, 區區望也."

---

150 倍道(배도) : 倍道兼行. 이틀에 갈 길을 하루에 걸음.
151 都督(도독) : 중국의 관직명. 州의 刺士가 그 지역 군사령관을 겸임하였음. 魏나라
    文帝 때 군사권을 장악한 이후 당나라 때까지 군대의 실권을 장악하였고 당나라 중기
    이후 절도사로 개칭함. 원나라와 명나라에서도 五軍 都督府 등을 두었음.
152 祖承訓(조승훈) : 임진왜란 때 명에서 파견된 장군 가운데 한 명. 파병 당시 직위는
    摠兵. 1592년 7월에 기마병 3천을 거느리고 평양을 공격하게 하였으나 이기지 못한
    채 퇴각하여 요동으로 되돌아갔다가 12월에 다시 부총병 직위로 이여송 군대와 함께
    다시 와서 평양성을 수복함.
153 遊擊將(유격장) : 遊擊將軍. 종5품 하 무관의 품계.
154 史儒(사유) : 중국 명나라의 유격장군(?~1592). 임진왜란 때 구원병으로 조선에 왔다
    가 평양성에서 전사함.
155 大段(대단) : 大緞의 오기. 중국에서 나는 비단의 하나. 漢緞이라고도 함.
156 牌文(패문) : 조선 시대 조선과 중국 상호간에 사행의 각종 정보를 수록하여 사전에
    전달하였던 공문.

於是, 承訓等由定州歷順安, 五更[157]時, 分抵平壤城, 會風雨大作, 門
無守卒, 承訓喜曰:"果然倭賊知天兵之來, 怯而不出." 令史儒爲先鋒,
碎門而入, 賊故不出. 俄而放炮一聲, 左右伏兵殺來夾攻, 天兵大敗, 死
者万餘人. 承訓大驚退軍, 天又大雨, 軍中寒疲. 翌日占考, 則死者八万
餘人, 而副將史儒等皆死矣. 承訓收餘軍還遼東. 於是, 李元翼退守甑
山, 令李賓守順安, 金億秋守大同下流.

李鎰破兵斜賊

平壤失守, 遁出安岳, 領避難兵百餘人, 又入山寺, 發僧軍五十餘人. 仍
往九月山城, 收軍器而出, 中路一人薦文化人金命璉曰:"向者, 倭舡數百
入于結城浦, 此人以數百軍大破倭舡, 斬首數百. 眞勇士. 君欲向平壤, 則
與之俱去." 鎰大喜, 乃與命璉偕往, 至洪水院, 倭賊屯聚者百餘人. 鎰遂
陣山谷, 謂命璉曰:"君掃除此賊否?" 命璉率百餘人, 又得鎭卒[158]四百, 陣
于洪水院. 製倭服以着軍卒, 各授草蕭一技曰:"今夜三更入倭陣, 各唱草
蕭, 無蕭者斬之." 時, 倭賊數百自南而來, 合陣洪水院. 鎰以告命璉, 命璉
曰:"將軍勿慮焉." 是夜三更, 領兵入賊陣, 乘其穩宿, 督兵擊之, 賊兵大
亂相失. 於是, 各唱草蕭, 而無蕭者亂斬之, 死者四百餘人, 賊大敗而走.
鎰大喜以將薦拜, 命璉爲慈山郡守, 引兵向平壤, 入李元翼陣中. 時 壬辰
十一月也.

---

157 五更(오경) : 하룻밤을 다섯 부분으로 나누었을 때 맨 마지막 부분. 새벽 세 시에서
　　다섯 시 사이.

158 鎭卒(진졸) : 각 鎭營에 속한 병졸.

道敕回完平

李鎰旣還平壤, 與李元翼以察賊勢。一日, 元翼謂諸將曰: "我觀賊將
驕兵怠則敗. 乘此擊之, 庶幾收績." 與李鎰引兵向外城, 行長遣力將宗
一以敵鎰。鎰與宗一戰十餘合, 氣盡力竭, 知非敵手, 回馬走。宗一乘勝
逐之, 已失鎰處, 至圍元翼。元翼一敗塗地[159], 元翼旣被執, 忽有一道士
立於空中, 持玉瓶濾赤水于賊陣。賊兵數百手足戰慄, 精神昏潰, 欲言不
能, 欲行不得。宗一大 惧, 至開城門而入, 元翼收餘軍而歸陣。

金應瑞夜殺賊將

李元翼旣歸語諸將: "宗一天下名將, 我國無敵, 安得勇士以殺宗一?"
忽有一騎士對曰; "小卒洞內有兩班金應瑞[160], 驍勇[161]無比. 有猛虎踰垣
而入, 盡吞一麂, 應西[162]飜身騰空, 右手執其項, 左手捉四足, 撑地而斃
之. 小卒所見, 此兩班爲當今第一人矣." 元翼喜問曰; "汝何在?" 對曰:
"龍崗也"

元翼往見應西而請行, 應西曰: "衰麻[163]在身, 情勢難處矣." 元翼曰:

---

159 一敗塗地(일패도지) : 싸움에 한 번 패하여 간과 뇌가 땅바닥에 으깨어진다는 뜻으로,
여지없이 패하여 다시 일어날 수 없게 되는 지경에 이름을 이르는 말. 한 고조 유방의
말로서『사기』의 〈高祖本紀〉에 나오는 말.
160 金應瑞(김응서) : 조선 중기의 무신(1564~1624). 자는 聖甫. 임진왜란 때 많은 무공을
세우고, 포도대장, 북로 방어사 등을 지냈으며, 명나라의 요청으로 후금을 치기 위하
여 출정하였다가 강홍립이 항복할 때 함께 포로가 되었음. 敵情을 기록하여 조선에
보내려다 발각되어 처형되었음. 임진왜란 이후 金景瑞로 개명함.
161 驍勇(효용) : 사납고 날쌤.
162 應西(응서) : 應瑞의 오기.(이하 동일)
163 衰麻(최마) : 부모, 증조부모, 고조부모의 상중에 아들이 입는 상복인 베옷.

“主上分竄, 生民塗炭, 以子之勇, 豈忍坐視? 且況許身國家, 削平倭賊, 榮顯父母, 則豈非忠孝之兼全乎?”應西遂哭於靈几, 從元翼而來。一軍皆喜, 大饗十餘日, 日食三斗米三斗酒矣。

至是, 應西請元翼曰: “今夜越城而入, 斬宗一歸. 願將軍令一枝軍, 預待城外.”三更時, 分手持靑蒲釰, 飛越內城。潛到關門, 門卒四人倚釰而宿。遂斬之, 踰門而入, 流眄關中, 燈燭照耀, 衛卒皆宿。應西躊躇彷徨之際, 一妓女適出帳外, 驚問: “將軍以何事入死地乎?”應瑞曰: “爾雖賤物, 亦朝鮮人也. 必有秉彝之心, 豈無爲國之誠乎? 吾之此來, 欲闖倭將之首. 汝能爲周旋否?”女曰: “倭將宗一居處, 關中周回錦帳, 四掛鐵鈴, 人或出入, 鈴聲擾聒. 高臥金床, 左右夾鈹, 三更以前宿以耳, 三更以後宿以目, 四更則耳目俱宿. 願將軍愼勿以虛疎圖大事.”應瑞曰: “然則奈何?”女曰: “小人先入, 探知穩宿後, 以綿充鈴耳, 而出以告之, 將軍圖之.”遂褰裳而入, 久而不出。

應瑞將信將疑, 竦身而待, 俄而, 妓女出而請入。應瑞堅執靑蒲釰, 飛入門內, 諸妓女一時擧帳。應瑞眄視之, 宗一手持龍泉釰, 鼻息如雷, 遂入斬之, 飛空樑上, 無頭宗一揮釰擊樑, 應瑞衣裾落地。俄而, 宗一跌仆, 血流帳中。應瑞左手執宗一頭, 右手持靑浦釰, 披帳而出。妓女泣而請行, 應瑞不忍舍之, 携妓而出。俄而, 關中篇盜, 賊兵四圍, 炬若星鋪, 釰如雨脚。應瑞背負妓女, 左右衝突至城下, 賊將義智張目大叱: “汝以奸計, 殺我名將, 我且報讐. 爾速迎刃!”應瑞騰身揮釰, 斬賊將百餘人, 越城而出。賊將秀孟伏於城下, 擧釰斬妓, 又犯應瑞。應瑞斬秀孟, 潰而南出。元翼裨將安一鳳伏兵以待, 遂護應瑞而歸。元翼大喜, 設大宴, 懸宗一頭旗。賊將行長令軍士登城, 號曰: “汝不以義智相鬪, 徒以奸謀入我帳中, 斬我爪牙[164]之將, 此讐如何不報! 亦當如此如此!”

重峯殉節錦山

先是, 重峯聞東南聲如臣雷, 驚曰: "此大鼓也, 賊必渡海已而." 賊踰鳥
嶺, 募得鄕兵數百。往報恩之車嶺, 力戰却之, 仍移擊嶺湖, 以募義。旋爲
巡察尹先覺[165]所阻, 僅得募義, 自赴者一千六百餘人。與僧靈圭[166]進攻淸
州西門, 重峯親冒矢石, 士卒皆致死。賊大敗入保, 義兵將登城, 忽有驟
雨, 天地晦暝, 重峯嘆曰: "古人云, 成敗在天, 信然." 乃鳴金小退。是夜,
賊焚其尸, 從北門潛入[167], 乃八月初一日也。自是, 湖左諸屯賊望風皆走。

以故多被所囚, 麾下稍稍散去, 願從者只七百人[168]。重峯慨然, 移軍向
錦山, 已抵郡十里地。賊詗知兵無來助, 分其衆爲三迭, 出而肆之, 重峯
令曰: "今日只有一死. 死生進退無愧義字." 士皆唯合力戰。

良久, 賊三圯幾潰, 而義兵矢盡[169]。日且暮, 兩軍不相見, 吏士皆無人

---

164 爪牙(조아) : 손톱과 어금니를 아울러 이르는 말로 매우 쓸모 있는 사람이나 물건을
비유적으로 이르는 말.
165 尹先覺(윤선각) : 尹國馨. 조선 중기의 문신(1543~1611). 윤선각은 初名. 자는 粹夫,
호는 恩省 또는 達川. 1592년 충청도관찰사가 되자 왜적의 침입에 대비하여 무기를
정비함. 임진왜란이 일어나 왜적을 막아 내다 패하여 파직당하였으나 다시 기용되어
충청도순변사가 되었고, 판결사·병조참판·동지중추부사 등을 거쳐 備邊司堂上이 되
어 왜란 뒤의 혼란한 업무들을 처리하였으며, 광해군 초에 공조판서를 지냄.
166 靈圭(영규) : 조선 선조 때의 승병장(?~1592). 속성은 朴. 호는 騎虛. 임진왜란이 일어
나자 승병을 모아 청주를 수복하고, 금산에서 왜군과 격전 끝에 전사함.
167 是夜, 賊焚其尸, 從北門潛入 : 이 장면은 『연려실기술』에는 "是夜 賊焚其屍 火三日不
滅 從北門潛遁"으로 기록되어 있음. 문맥상 '從北門潛遁'의 오기로 보임.
168 以故多被所囚, 麾下稍稍散去, 願從者只七百人 : 이 장면 앞에 조헌과 윤선각의 갈등
내용이 빠져있어서 문맥이 자연스럽지 못함. 『연려실기술』에 기록된 해당 부분에서
이 장면 앞에는, 윤선각이 조헌을 방해하므로 조헌이 윤선각을 책망하는 글을 보냈고,
이에 윤선각은 조헌의 휘하로 응모하여 간 의병의 부모와 처자를 모두 가두게 하고
관군에게는 응원해 주지 못하게 했다는 기록이 있음.
169 良久, 賊三圯幾潰, 而義兵矢盡 : 이 장면은 『연려실기술』에 "良久 賊兵三北而我軍失
盡矣"으로 기록되어 있는 것으로 보아 '圯'는 '北'의 오기로 보임.

色, 而重峯意氣自若, 督戰益急。賊悉銃攻之, 遂入帳下, 褊裨數人力挽請跳, 重峯笑解馬鞍曰: "此吾殉節地." 遂援枹鼓之。士爭趨死, 至張空拳相搏, 而卒無一人倖免者[170], 乃十六日也。

遂衆寡不敵, 全軍覆沒。賊死亦過半當, 收餘兵還陣, 哭聲震騷, 運尸三日猶不盡, 乃積而焚之。遂與茂朱諸屯賊皆遁走, 湖西南賴而得全。

三道兵陷沒龍仁

車駕旣到義州, 始下勤王[171]之命。於是, 全羅監司李珖[172]忠淸監司尹國賢[173]慶尙監司金睟等合兵五万人, 將向京城, 至龍仁界。賊兵二千餘人屯于山谷, 李珖以白光行爲先鋒, 往擊賊屯。光行領百餘騎, 直向賊陣。賊將安國史堅壁不出, 數挑戰而猶不應。至夕時, 安國史大開陣門直走, 光行軍芰如草木。光行戰數合敗死, 全軍陷沒, 三道盡棄旗鼓而走。

---

170 士爭趨死, 至張空拳相搏, 而卒無一人倖免者 : 이 장면은 문맥이 통하지 않는데, 『연려실기술』에 기록된 "士卒趨死, 至張空拳相搏, 而不離次竟與同死無一人倖免者"라 해야 문맥이 자연스러움.

171 勤王(근왕) : 임금이나 왕실을 위하여 충성을 다함.

172 李珖(이광) : 실제 이름은 李洸으로 조선 중기의 문신(1541~1607). 자는 士武, 호는 雨溪散人. 임진왜란이 일어나자 전라감사로서 충청도관찰사 尹先覺, 경상도관찰사 金睟와 함께 관군을 이끌고 북상해 용인의 왜적을 공격하다가 적의 기습을 받아 실패하자 다시 전라도로 돌아옴. 용인 패전의 책임자로 대간의 탄핵을 받고 파직되어 백의종군한 뒤, 의금부에 감금되어 벽동군으로 유배되었다가 1594년 고향으로 돌아옴.

173 尹國賢(윤국현) : 실제 이름은 尹國馨으로 초명은 尹先覺임.

金誠一擊走凡卓

勤王命既下 摠戎使[174]金誠一率千餘兵, 將向京城行至富平。賊將凡卓身長八尺, 虎頭龍顔, 舞鎗而出, 聲如霹靂。誠一軍望見惶怯, 四面逃走, 誠一大怒, 擧釼擊地曰: "不聽將令, 專思逃亡, 何能恢復王城乎?" 責裨將李從一曰: "汝平時自謂莫能當, 今見小賊逃走也." 從一乃張弓, 而肅射殺數百餘賊, 誠一又殺百餘人。凡卓大敗, 拔寨而走

李舜臣攻破馬多時

全羅道水軍大將李舜臣[175]字汝諧。文武兼備, 智勇絶倫, 太公氏[176]法子房玭訣, 無不曉解。年十七中武科, 辛卯爲全羅左水使, 到營後卽統三道水軍, 鍊習武陣, 連日行賞, 武藝射技, 日就月長。舜臣早觀乾象[177], 知倭賊作亂, 造舡四百隻狀如龜。背以片鐵被其上穿穴無數如蜂室, 矢鏃鐵丸足以出入, 名曰貫玉舡。每日聚壯士, 鍊習水戰。

是時, 馬多時沈安屯等領八十万衆, 水路行軍, 入全羅道右水營。水使李億基[178]元筠[179]等急促戰舡, 領軍鼓角出。賊兵亦鼓角殺來, 彼此鉦鼓

---

174 摠戎使(총융사) : 조선 시대에 둔, 오군영의 하나인 총융청의 으뜸 벼슬. 종이품 무관 벼슬임.

175 李舜臣(이순신) : 조선 선조 때의 무신(1545~1598). 자는 汝諧. 시호는 忠武. 32세에 무과에 급제한 후에 전라좌수 수군절도사가 되어 거북선을 제작하는 등 군비 확충에 힘씀. 임진왜란이 일어나자 한산도에서 적선 70여 척을 무찌르는 등 공을 세워 삼도 수군통제사가 되었으나 정유재란 때 노량 해전에서 적의 유탄에 맞아 전사하였음.

176 太公氏(태공씨) : 중국 주나라 초기의 정치가인 太公望(?~?). 성은 姜. 이름은 尙. 속칭은 姜太公. 무왕을 도와 은나라를 멸하고 천하를 평정하였음.

177 乾象(건상) : 하늘의 현상이나 일월성신이 돌아가는 이치.

178 李億基(이억기) : 실제 이름은 李億祺로 조선 선조 때의 무신(1561~1597). 자는 景受.

之聲湖湧波沸。舜臣送裨將, 謂元筠曰: "此地甚狹, 不可水戰, 引出大海, 與決勝負, 則庶有利矣. 吾若佯敗而走, 君亦踵我而退."

於是, 舜臣退舡而向南海, 筠等亦退舡而走。多時望見笑曰: "舜臣等惶怯遁走, 可以追之."與安國史急促戰舡而來。舜臣遂回戰舡, 號令軍士, 向賊射之。元李二將左右夾攻, 殺伐之聲震盪水國。貫玉舡四百隻又入倭陣, 左衝右突, 大放火砲, 烟焰漲天, 倭舡燒盡, 賊死者五万餘人。多時敗以東走, 中火炮噴水而死, 餘軍四面逃散。舜臣引戰[180]入老浪浦, 大饗士卒, 重賞諸將。時, 壬辰九月十五日也。

舜臣攻破馬得時

舜臣入老浪浦[181], 休兵數日。多時弟得時領戰舡三百隻守本陣, 聞其兄敗死大憤, 三更時, 分領戰舡二十隻, 直向舜臣陣。舜臣已知其至, 令軍中曰: "今夜三更, 賊兵必來, 爾等努力以戰."乃備大丸鼓二十柄。俄而得時果大喊殺來。舜臣令軍士放大丸鼓, 倭舡片片而碎, 軍皆溺水死, 只餘得時所乘一舡, 急回本陣。舜臣亦退陣泗上, 大饗軍士。

時 東南風急, 舜臣大驚曰: "今夜順風[182], 盜賊必火攻我陣, 爾等預備器

임진왜란 때에 전라우도 수사로 이순신을 도와 玉浦, 唐浦 등의 海戰에서 크게 승리함. 정유재란 때에 한산도 싸움에서 전사함.

179 元筠(원균): 실제 이름은 元均으로 조선 선조 때의 무신(1540~1597). 자는 平仲. 임진왜란 때 경상 우수사로, 왜군이 침입했을 때에 이순신의 도움으로 승리하였으나 이순신이 삼도 수군통제사가 된 것에 불복하여 충청도 병마절도사로 좌천되었음. 정유재란 때 적의 유인 전술에 말려들어 漆川島에서 부대가 전멸되고 자신도 전사함.

180 戰: '戰船'의 오탈자로 보임. '戰船'이어야 문맥이 통함.

181 老浪浦(노랑포): 실제 지명은 鷺梁浦(노량포)

182 順風(순풍): 배가 가는 쪽으로 부는 바람. 또는 바람이 부는 쪽으로 배가 감.

械."乃以戰舡十餘隻又載草人數千, 立靑龍旗, 鼓噪而進, 陣于昨日陣處,
召李億基曰:"君領戰舡五十隻, 至紫根島, 伏兵而待賊舡, 過老浪浦, 出兵
擊之."召元筠曰:"君領水軍三千, 至五里許, 埋伏東島林中, 賊舡過此島,
襲擊之. 吾則引兵南出, 以塞賊路, 而急擊之, 計無所出. 諸君勿違約束."

於是, 得時見東南風急, 果大喜曰:"風勢甚好, 天與我便. 以火擊之, 必
報我雙."遂督戰舡十餘隻載乾柴與火藥, 又以戰舡百餘隻載兵從後. 俄
而賊兵果乘風而來, 放炮縱火, 矢石交飛, 舜臣陣中少不搖動. 賊怪而孰
視之, 乃草人也, 大驚回走之際, 喊聲大起, 左右疾呼曰:"奸賊紗計破碎
無餘, 汝升天乎入地乎? 速速就降!"於是, 火砲及震天雷及片箭一時齊發.
得時雖欲拒敵, 矢箭鐵丸盡於草人, 計窮力屈, 延頭受箭, 全軍陷沒. 得
時收百餘軍, 蒼黃南歸, 忽見水上, 無數戰舡泛若鳧鴨. 前立大旗而書曰:
「朝鮮水軍大將李舜臣」. 得時大驚惶怯, 欲退躊躇. 舜臣左執龍釖, 右執
長鎗, 超入倭舡, 疾聲急擊, 瞬息之間, 賊兵無遺. 舜臣亦爲得時流丸所
中傷左肩, 歸陣血透戎衣. 諸將大驚, 解衣視之, 鐵丸入肩二寸. 舜臣痛
飮旨酒, 令諸將掘丸而出之, 顔色不變, 言笑自若, 見者酸鼻. 諸將請穩
臥調理, 舜臣曰:"大丈夫以么麼傷處臥而調理, 則軍中豈不驚動乎."遂
領戰舡, 過寒山島[183], 下陸結陣, 大饗賞士卒. 時 壬辰九月十八日也.

李舜臣擊走沈安屯

舜臣旣下陸結陣, 天地明朗, 月光如畵, 諸將放心雷夜. 舜臣亦依釖而
眠, 夢一老人語舜臣曰:"盜賊方來, 將軍何以睡爲? 吾乃此島神靈故來

---

183 寒山島(한산도) : 실제 지명은 閑山島.

告."舜臣覺而異之。乃拍案而歌, 歌聲淸愴, 諸將軍士一時驚起。舜臣
令軍中曰: "今夜盜賊知吾放心, 必來惻我, 爾等預備器械, 以應賊兵."
諸將皆不信, 佯應曰: "諾"

果至三更, 倭賊隨月陰, 行舡潛形殺到。舜臣令諸將, 放炮而出, 賊應
炮而來。鼓角之聲, 殺伐之勢, 震動天地。舜臣令諸將, 左右夾攻, 賊大
敗南走。元筠裨將李英男[184]追之, 奪倭舡一隻, 擒賊兵五十人而歸, 獻于
舜臣。舜臣高坐將坍[185], 號令賊兵曰: "汝中有朝鮮人乎?"有一人泣曰:
"小人巨濟金大容也. 爲賊所執, 仍爲賊兵, 幸賴威令, 生還故國. 將軍之
恩天地罔極."舜臣曰: "然則汝知賊陣幾微乎? 悉陳於我."大容曰: "卽
今倭舡四百隻在安骨浦. 沈安屯必欲合舡西入, 而不敢動者, 以將軍在
此也. 願將軍急之[186], 以樹不世之勳."

於是, 舜臣令武士, 幷斬五十倭賊, 調發戰舡五十隻, 潛向當陽浦, 選精
兵百餘騎, 令曰: "爾等陸路而行, 見我舡入當陽浦, 放火軍幕, 襲擊倭
賊."遂至促戰舡, 疾向當陽浦口, 忽見浦口火光沖天, 鼓角震海, 盖倭兵
過當陽浦入安骨浦矣。舜臣督戰舡襲擊之, 陸路軍百餘騎又縱火夾攻。賊
兵無所歸, 或投水或赴火, 倭舡百餘隻一時陷沒。舜臣入安骨浦, 安屯大
驚, 合餘兵收戰舡, 直走南海。舜臣與筠及億基還寒山島。上勝軼狀聞于
義州行在[187]。

---

184 李英男(이영남) : 조선 중기의 무신(?~1598). 1592년 임진왜란 때 옥포만호로서 원균
을 도와 적을 방어하고, 이어 정유재란 때 가리포첨절제사로서 조방장을 겸임하여 삼
도수군통제사 이순신의 휘하에서 진도해전에 공을 세움. 이어 노량싸움에서 적을 섬멸
하다가 전사함.

185 將坍(장담) : 將坮의 오기(이하 동일). 將臺. 장수가 올라서서 명령·지휘하던 대. 城,
堡 따위의 동서 양쪽에 돌로 쌓아 만들었음.

186 急之 : 문맥으로 보아 '急擊之'가 되어야 함.

187 行在(행재) : 行在所. 임금이 궁을 떠나 멀리 나들이할 때 머무르던 곳.

曺好益倡義討賊

義兵將曺好益[188]昌原人。弱冠[189]登第, 仕宦于朝, 言事獲譴, 謫居江東。無可依賴, 會學徒三十餘人, 訓誨二十餘年, 四十餘川士人, 咸服其行。至是, 好益憤賊勢之跳踉, 悲大駕之播越, 晝夜痛哭曰﹕"丈夫當亂世, 草野度歲月? 安得一枝兵, 掃蕩百万賊?" 盖好益雖無武藝, 忠義之氣溢於辭表故, 境內人士感應者二百餘人。好益遂與二百人入祥原郡, 收軍器而將向尙州, 會大風起不得行役故, 轉入山谷, 得閭閻而偃息矣。是夜三更, 有一人大呼山上曰﹕"此南十里許有大邱, 倭賊三百屯聚其中, 將軍盍往擊之?" 好益令武士請來. 至則無人。好益曰﹕此鬼神指我也。" 急領二百軍, 南行十里, 果有一大邱。時又大風, 乃因縱火, 吶喊而出, 賊兵大駭, 四面離散。好益督兵射之, 賊大敗而走。翌日檢視之, 則死者二百餘人。以賊所掠軍糧及牛馬大饗軍士, 引向慶源府。

鄭文孚倡義討賊

倭兵旣向咸鏡, 惠山僉使高景晉甲山府使李惟一亡入白頭山。其他守令或死或逃, 咸鏡一路已作賊地。淸正入據咸興, 而二十七官守令任意差出, 志痛庸有極乎此? 北評事[190]文孚[191]切齒腐心, 晝夜痛哭, 而特以匹

---

188 曺好益(조호익)﹕조선 선조 때의 문신(1545~1609). 자는 士友. 호는 芝山. 임진왜란 때 소모관이 되어 中和·祥原 등지에서 전공을 세웠으며, 정유재란 때에도 江東에서 의병을 일으킴.

189 弱冠(약관)﹕스무 살을 달리 이르는 말.

190 北評事(북평사)﹕조선 시대에, 함경도에 있는 북병영에 속한 정육품 무관 벼슬. 함경도 병마절도사의 보좌관.

191 文孚(문부)﹕鄭文孚. 조선 선조 때의 문신·의병장(1565~1624). 자는 子虛. 호는 農

夫計無所出。一日, 思惟曰: "山中避難之人, 或有節義之士, 則豈無慷慨
興起之心乎?" 因上白頭山, 各各推尋, 行至一處, 有百餘人釀酒屠牛, 宴
樂方張。文字上座禮畢 問曰: "如此亂世, 宴樂何事? 方今宗社無依, 大
駕播越, 二百年禮義之邦一朝爲倭人之有。凡我血氣之類, 寧不慷慨奮
起? 我則前北評事鄭文字也。願爲國家以雪會稽之恥[192], 而獨掌難鳴, 荏
苒[193]至此。幾遇忠義之士, 則將欲同心而同力, 今日幸逢君輩。君輩亦壯
士也, 忠義之心, 秉彝之性, 豈合屯聚山谷, 虛度歲月乎?" 蓋景晉自稱義
兵將, 誘脅避亂之人, 潛聚山中, 虜掠人畜, 惟以宴樂爲事, 聞文字之言,
心無聊不能答。

文字復說曰: "昔齊湣王[194]失七十餘城, 保莒卽墨, 而卽墨人田單[195],
身操版鍤, 與士卒同苦, 以復七十餘城, 迎湣王於莒。才不借於異代[196],
美奚專於古人, 君若與我同心, 馳除倭賊, 保全宗社, 則勳銘彝鼎[197], 名
垂竹帛[198]。雖或不克, 忠義之名豈不光於天下後世乎? 君等熟思之。" 言

圖. 임진왜란이 일어나자 의병을 일으켜 鞠景仁 등의 반란을 평정하였음.
192 會稽之恥(회계지치) : 會稽山의 치욕을 씻었다는 뜻. 중국 戰國 시대 월나라 왕 勾踐
    은 절강성 회계산에서 오나라 왕 夫差에게 패하여 사로잡힌 몸으로 갖은 수모를 당하
    고, 겨우 본국으로 돌아가 20년간의 고생 끝에 오나라를 멸망시켜 회계산의 수치를
    씻었다는 고사. 『史記』〈越世家〉에 그 유래가 전함.
193 荏苒(임염) : 차츰차츰 세월이 지나거나 일이 되어 감.
194 湣王(민왕) : 중국 전국 시대 齊나라의 제6대 왕(?~B.C.284). 재위 기간은 B.C.300~
    B.C.284임.
195 田單(전단) : 중국 전국 시대 제나라 사람. 燕나라 昭王이 樂毅의 계책을 받아들여
    莒와 卽墨 두 성만 빼고 제나라의 성 70여 개를 함락시켰는데, 소왕의 뒤를 이은 惠王
    이 참언을 듣고 악의 대신 騎劫을 등용하여 전투하는 사이에 전단이 火牛의 陣을 이용
    해 연나라를 격파시키고 이전에 잃어버린 땅을 수복했음.
196 異代(이대) : 시대를 달리함. 또는 다른 시대나 세대.
197 彝鼎(이정) : 종묘 제향에 쓰는 솥과 술동이.
198 竹帛(죽백) : 서적. 특히, 역사를 기록한 책을 이르는 말. 종이가 발명되기 전에 대쪽

未已, 景晋等一時起拜曰:"將軍之言頓開蒙昧. 從今以後 誠心聽令."

文孚遂與景晋等修整軍器, 其軍百餘人。又各得避亂人, 合五百餘人。乃築坮致祭于上下。其文曰:「維[199]某年月日, 某官鄭文孚齋沐虔禱于日月星辰后土神靈. 今國運不幸, 南變釀亂, 禮義之邦垂亡. 文孚等與五百義士, 欲勦盪倭賊, 恢復宗社. 伏惟上下神靈俯鑑微誠, 使之戰勝功取.」祭畢, 入于前府使尹金盖大家, 出明紬十餘匹, 以製旗幟, 書曰:「義兵將鄭文孚」, 軍士戰笠書曰:「忠臣義士」, 引兵向會寧。

會寧官屬俟義兵, 若大旱之望雲霓, 是日見文孚軍, 給告倭將鄭監老曰:"義兵十万方至坡外."監老聞之大驚, 未遑統軍, 以匹馬出城。百姓爭射監老殺之, 迎文孚入城。

鄭文孚克賊復城

文孚旣入會寧, 馳檄各邑曰:"義兵將鄭文孚, 與忠臣義士同心同力, 擊破倭賊, 拯民[200]水火, 則豈不有光於禮義邦云云."於是, 聞風至者如歸市, 慶源慶興穩城鍾城吉州明川北青等府, 莫不響應。景晋入鏡城, 斬鞠敬仁, 將向洪原, 軍卒二万餘人。李惟一領千餘兵, 將向咸興, 晝則登山頂而鳴鼓, 夜則列炬數十里, 以示形勢。

時, 淸正知義兵四面而起大驚, 每日登高察勢。旣十餘日, 文孚景晋等統義兵三万餘人, 各持軍器, 來至咸興十里而結陣。文孚坐將坮, 令諸將曰:"高景晋率五千人, 爲先鋒犯東門. 吾爲後軍 縱火南門, 則賊必開西

이나 헝겊에 글을 써서 기록한 데서 생긴 말.
199 維(유) : 維歲次. '이해의 차례는'이라는 뜻으로, 祭文의 첫머리에 관용적으로 쓰는 말.
200 拯民(증민) : 蒸民 또는 烝民의 오기. 뭇 백성, 또는 모든 백성.

門而出. 急驅兵襲擊, 則必踰大文嶺, 孰能伏兵嶺上, 攻破賊兵乎?"一人自薦曰: "小將可以當此任." 是李惟一也. 遂與三千兵, 送之于大文嶺, 三更犒軍, 四更行師.

急報曰: "南門火起, 殺無數軍兵." 淸正大驚, 欲移救南門. 咸興官屬燒盡軍器, 殺守門將, 開門迎義兵, 景晋遂擧長鎗, 斬賊百餘名, 長驅城中如刈蓬麻. 文孚火燒南門, 直入勦擊. 淸正力竭死戰, 終不堪. 時, 西門惟寂寂, 收敗兵出西門, 直走大文嶺. 東方已明, 忽然嶺上鼓角亂鳴, 吶喊大震. 軍中齊呼曰: "義兵將李惟一待汝已久. 蠢爾窮寇且勿奔走!" 遂擧長鎗, 左衝右突, 卽令諸軍一時捨矢. 賊兵死者太半. 淸正潰圍而出, 急收餘軍, 晝夜促行入據安邊城.

体靜倡起僧軍

賊將善江丁陷朔州洪川安峽, 殺琅川縣令, 入據淮陽, 盜掠閭里. 又入金剛山寺, 升坐法堂, 號令僧徒, 出置財物. 或有不肯, 引出斬之, 諸僧惶怯, 一時出置于月坮[201], 須臾積如丘山. 有一法師名休靜[202], 自號西山大師者. 自外曳節入, 合手拜佛後, 向倭將而揖. 倭將熟視之, 虎眼獅頰, 鬚長尺餘, 容貌非常, 動止安靜. 鎗軍釰士左右擁衛, 而小無畏怯之態. 賊將知非俗僧, 起而答揖, 休靜曰: "小僧此寺主持僧也. 將軍万里行役, 未及祇迎山門[203], 自壞僧体. 願將軍寬假之." 自袖中出一小瓶, 函松

---

201 月坮(월대) : 月臺. 궁궐의 正殿, 묘단, 향교 등 주요 건물 앞에 설치하는 넓은 기단 형식의 대.

202 休靜(휴정) : 조선 선조 때의 승려(1520~1604). 俗姓은 崔. 자는 玄應. 법호는 淸虛·西山. 임진왜란 때 僧兵의 총수가 되어 서울을 수복하는 데 공을 세웠으며, 유·불·도 3교 통합설의 기반을 마련하고 敎宗을 禪宗에 포섭하였음.

茶于瓢子, 以進賊將曰: "山中無別味, 只有松栢茶, 以待將軍, 將軍無怪
焉. 且山僧無他財物平生, 平生涯山上白雲而已, 將軍如欲求索, 則將彼
白雲而去." 倭將見其氣像晏然, 言語脫俗, 乃起拜曰: "仙師非凡僧, 眞
佛僧也. 要與同歸."

入安邊, 薦于淸正曰: "此異僧也. 可善遇之." 淸正以禮厚待, 相論古
今, 胸次豁然如海之無涯. 淸正心刼奇之, 一日, 休靜謂淸正曰: "倭國與
朝鮮隣國也. 今不知交隣之道. 何故侵虐之滋甚耶?" 正曰: "朝鮮不呈其
力, 違拒我命故, 已至此境. 曲在朝鮮, 從今以後, 永悛舊習, 爲我先鋒,
擊破大明, 朝貢日本, 則乃歸所侵, 撤兵而還. 不然則朝鮮黎人無遺類
矣." 休靜勃然變色曰: "日本關伯以賤孼, 陰畜不軌, 放殺其主, 自立爲
王, 天下之賊也. 焉有堂堂, 禮義之國朝鮮貢於天下之賊乎?" 因大罵不
已. 正怒甚促令武士, 引出斬之于轅門[204]之外. 左右武上一時殺來, 休靜
略無懼色, 天然笑曰: "將軍淺深吾欲斟酌而然也. 豈以一人之言爲聖人,
一人之言爲盜賊乎? 天下皆謂聖人而后爲聖人, 天下皆謂盜賊而后爲盜
賊也. 將軍無奈小丈夫也." 因琅笑。正反甚無聊, 急出轅門, 牽手而入,
坐定謝曰: "緣我輕躁有此妄擧, 願禪師無介於懷, 安心以處."

翌日, 休靜告淸正曰: "吾聞善江丁往朔寧云, 必殺京畿監司沈岱[205]. 吾
平生與沈岱分密, 請往救之." 正曰: "何由知善江丁殺沈岱." 休靜曰, "男
兒此世, 雖不見万里外, 豈不料千里事乎? 將軍觀人若朽木之蠹, 吾處此

---

203 山門(산문) : 절 또는 절의 바깥문.
204 轅門(원문) : 軍營이나 營門을 이르던 말.
205 沈岱(심대) : 조선 전기의 문신(1546~1592). 자는 公望, 호는 西墩. 임진왜란이 일어
　　나자 근왕병 모집에 힘썼고, 그 공로로 우부승지·좌부승지를 지내며 승정원에서 왕을
　　가까이에서 호종함. 경기도관찰사가 되어 서울 수복작전을 계획하여 도성민과 내응하
　　며 朔寧에서 때를 기다리던 중, 왜군의 야습을 받아 전사함.

無益." 仍軒笑不止。俄而, 善江丁勝戰表文入于安邊, 沈岱果死。正大驚,
急請休靜, 謝曰: "禪師非此世界人. 風塵場中不合久留, 請還歸寺中."

休靜還金剛山, 召寺中諸僧曰: "吾輩朝鮮之僧也. 猶義吾邦幾爲賊地,
倭僧二字不亦愧乎? 方欲僧軍以破倭賊, 爾等如不用命斬之." 諸僧一時
應聲曰: "諾" 於是, 竪大旗書曰: 「朝鮮國僧軍都元帥休靜」. 卽使諸僧各
製戎服, 發通各刹, 取合僧軍, 二十餘日, 會者二千餘人。遂入高城縣,
收軍器而出, 自谷山過孟山陽德, 向義州而去。

鄭南邊應井討倭殉國

倭兵踰嶺, 分掠諸邑。金堤郡守鄭南, 海南縣監邊應井[206]領兵五百, 陣
于長水。賊將平正成以二万兵, 分路殺來, 南與應井, 號令軍兵, 一齊發
矢, 倭兵傷死者不可勝數。於是, 兩將高擧長釖, 突入賊陣, 斬殺二百餘
軍。正成敗歸南走, 道遇安國史軍兵万餘人, 合兵復來, 與邊鄭終日相敵。
邊鄭軍矢盡不得射, 兩將或曳長鎗, 或携鐵椎, 左右突擊, 函沒蹂躪, 倭兵
傷死, 血流浮尸。兩將亦氣盡, 嘔血而死, 全軍遂陷。

翌日平明, 正成見之惻然, 令軍士掘土成墳, 斫木書之曰: 「朝鮮忠臣邊
應井鄭男之墓」, 遂與國史引向全州。大靜人李廷咸率收僕及隣里民人,
急入州城, 號令官屬與邑民, 竪猙旗城上, 亂鳴鼓角。倭兵望見疑惧 乘夜
遁去 全州賴安。

---

206 邊應井(변응정): 조선 전기의 무신(1557~1592). 자는 文淑. 해남현감으로 재직 중
임진왜란이 일어나자 관내의 소요를 진정시키는 한편, 격문을 돌려 의병을 규합함.
금산에서 趙憲과 합류하여 공격할 것을 약속하였으나 행군에 차질이 생겨 조헌이 전사
한 뒤에 도착, 육박전으로 왜적과 싸워 큰 전과를 올렸으나 적의 야습을 받아 전사함.

元緯邊應誠領兵禦賊

賊拒都城, 分兵充斥, 助防將元緯伊川府使[207]邊應誠[208]領五千軍, 以禦賊兵。時賊將秀正領六万軍守忠州, 賊將徐守領四万軍守原州。時時縱兵, 殺掠人畜, 連七八百里, 竹山楊州龍仁楊根廣州陽智等邑日被侵掠矣。元緯以精兵三千伏于要路。賊將吉元傑領數千軍向楊州, 伏兵齊起襲擊之, 元傑大敗, 脫身獨走。

應誠以三百軍霧中行舡, 至驪州馬灘, 賊兵數千餘名方虜掠人家, 遂督麾下射殺殆盡。自是賊兵不敢復向楊州界矣。江原監司柳永立令元緯往守春川, 緯領五千軍向春川, 中路飢渴, 引入閭家, 息兵炊飯。倭將善江丁乘時襲擊, 緯軍一時潰圍而走, 爲賊將所殺, 軍官七人, 亦死于賊。

郭再祐擊却安國史

高靈郭再祐[209]字季綬, 文章名智過人。時丁喪亂散財交人, 募得二百軍, 又得倉穀二百石爲軍粮。入草溪郡收軍器, 誘加德僉使丁應南爲軍官。發淸州田稅一千石, 賑恤飢民, 十餘日內, 軍民會者二万餘人。遂整旗幟, 潛送探軍, 以察賊勢。賊將安國史率甲兵[210]八万, 欲渡靜津伐宜寧。靜津

---

207 伊川府使(이천부사) : 利川府使의 오기.
208 邊應誠(변응성) : 실제 이름은 邊應星으로 조선 중기의 무신(1552~1616). 자는 機仲. 임진왜란이 일어나자 慶州府尹에 임명되었으나 일본군이 먼저 경주를 점령하여 부임하지 못하고, 이듬해 경기방어사가 되었고, 利川府使가 되어서는 여주목사와 협력하여 남한강에서 적을 무찌름. 광해군 때에 훈련대장과 판윤에까지 승진함.
209 郭再祐(곽재우) : 조선 중기의 의병장(1552~1617). 자는 季綬, 호는 忘憂堂. 임진왜란 때 宜寧에서 의병을 일으켜 큰 공을 세웠고, 정유재란 때 다시 의병장으로 출전함. 그 뒤 진주 목사, 함경도 관찰사 등을 지냄.
210 甲兵(갑병) : 갑옷을 입은 병사.

渡口盖有大澤, 國史潛建標木, 以爲行軍時避路計。再祐瞯知, 使人潛拔標木, 移建他所, 伏兵于澤畔以俟之。果於是夜, 國史領二万軍, 潛渡靜津, 自陷大澤中。伏兵急出擊之, 賊兵大敗沒死, 國史僅免而逃。

翌日, 再祐築將垱, 列旗幟, 着紅衣, 乘白馬, 令諸將曰: "國史必引兵襲我, 諸君努力以敵!" 乃選十將着紅衣, 伏于右邊, 又選十將, 伏于左邊山谷, 敎曰: "賊將過此, 出以擊之, 佯敗而走。" 於是, 再祐高坐將垱, 特書大旗曰:「紅衣將軍郭再祐」隱隱玉壘[211], 凜凜英風, 足以壓倒國史。

翌日, 國史果領五万軍, 直向再祐陣前, 再祐堅壁不出。賊數挑戰而不應, 及至夕陽, 再祐開陣門, 着紅衣, 乘白馬而與國史戰十餘合, 佯敗而走, 入于山谷。賊追之不及, 失再祐躊躇之際, 紅衣白馬將軍自左邊出, 戰數合而又敗走。追之七八里, 又失躊躇之際, 紅衣白馬將, 自右邊出, 戰數合亦敗走。賊追之百餘步, 又失之, 如是者十餘, 國史始疑見瞞, 領軍急走。忽然林中喊聲大震, 左右夾攻, 賊兵大亂, 死者万餘人。國史收餘而逃。

再祐整陣軍伍, 幷立旗幟, 以力將沈大承白孟曺次男爲先鋒, 權蘭爲軍器監官, 鄭仁爲後軍將。兪卓守龍仁, 沈器一守靜津, 安棋守幽谷。縱軍探知, 互相往來, 賊由是不敢窺兵於湖右[212]。

李廷馣守城却賊

招討使[213]李廷馣[214]字仲薰。亂初吏曺參議, 追聞大駕西行, 馳及松都。

---

211 玉壘(옥루) : 문맥으로 보아 '玉骨'의 오기로 보임. 옥골은 같이 희고 깨끗한 골격이라는 뜻으로, 고결한 풍채를 이르는 말.

212 湖右(호우) : '충청북도'를 달리 이르던 말.

其弟廷馨²¹⁵, 時爲留守, 請於朝同事。廷黿知松都難守, 負其母過延安, 府民喜曰："是我舊使君²¹⁶也." 時賊將善江丁來, 諭海西列邑曰："迎者賞逃者斬." 吏民以牛酒歸如市。廷黿傳檄遠近, 諭以順逆, 仍招義旅。金德諴趙廷堅等來會, 遂得數千官兵。世子聞之便宜, 拜招討使。遂入延安城, 建大將旗, 書奮忠討賊四字。賊乘未備, 悉收諸屯賊來攻, 烟焰漲天。人皆勸避, 廷黿罵曰："經握²¹⁷老臣旣不執勤從君, 則當乘一障以效死. 豈可苟活? 況諭民人入邑, 何忍棄之?" 遂下令曰, "不顧者皆²¹⁸." 令奴積草而坐曰："城陷, 汝便火之." 城中皆感奮。

　賊遂四合圍之, 聲震天地, 廷黿益安閑無怖色。夜半, 令吹角, 諸軍及老弱男女皆吶喊以應之, 若將出戰。賊疑懼乃作飛樓²¹⁹, 俯臨城中, 廷黿以火砲中碎之。賊又積草塡塹, 四面蟻附²²⁰, 廷黿預作灼鐵火炬, 一齊投下。忽東門作烟焰衝發, 賊大挫却。廷黿簡銳突出斬獲甚多。賊遂百道攻城, 廷黿隨機應變, 殺傷無數。賊不能支, 焚尸宵遯, 廷黿遣兵追之,

---

213 招討使(초토사) : 조선 시대에, 변란을 평정하기 위하여 중앙에서 임시로 보내던 벼슬아치.

214 李廷黿(이정암) : 조선 중기의 문신(1541~1600). 자는 仲薰, 호는 四留齋·退憂堂·月塘. 임진왜란이 일어날 때 이조참의였는데, 선조가 평안도로 피난하자 뒤늦게 호종했으나 이미 체직되어 소임이 없었음. 그 뒤 황해도로 들어가 招討使가 되어 의병을 모집해 延安城을 지킨 공으로 황해도관찰사 겸 순찰사가 되었음.

215 廷馨(정형) : 李廷馨. 조선 중기의 학자·문신(1549~1607). 자는 德薰. 호는 知退堂·東閣. 임진왜란 때 좌승지로 임금을 모시고 평안도로 가다가 송도에서 의병을 일으켜 적을 막았으며 만년에는 성리학을 연구하였음.

216 使君(사군) : 명을 받들고 사신으로 가는 사람.

217 經握(경악) : 經筵. 고려·조선 시대에, 임금이 학문이나 기술을 강론·연마하고 더불어 신하들과 국정을 협의하던 일. 또는 그런 자리.

218 不顧者皆 : 이 구절은 문맥으로 보아 '不願留者皆去'가 되어야 함.

219 飛樓(비루) : 나는 듯이 높이 세운 누각.

220 蟻附(의부) : 개미 떼처럼 달라붙거나 모여듦.

獲其所掠, 以與士卒。自是, 遠近聞風皆據營壘[221]而禦賊。賊退據白川,
自秋至翌年春, 日來索戰, 知不可犯, 遂棄白川而遁去。

金德齡聚兵走倭

光州儒生金德齡[222]領才人軍三百, 馬上立軍, 盖才人軍, 着五色斑衣。
往來湖西南, 若遇賊兵, 手持鎗釰, 平地騰躍, 馬上立軍, 則或倒立馬上,
或橫臥馬鞍。倭兵見其服色才技, 相謂曰: "此則神兵也, 不可與戰. 逢必
遁逃."

義兵四起禦賊

倭變之初, 守令或棄城而亡命, 軍民皆入山而圖生。至是, 義兵四面蜂
起。霽峯高敬命[223]以前牧使, 倡義討賊, 殉節于尙州。健齋金千鎰[224]以前
使, 糾義禦寇, 留屯于晉州。軍威座首張士進[225]督率義兵, 斬賊百餘名。

---

221 營壘(영루) : 堡壘. 적의 침입을 막기 위하여 돌이나 콘크리트 따위로 튼튼하게 쌓은
　　구축물.
222 金德齡(김덕령) : 조선 중기의 의병장(1567~1596). 자는 景樹. 임진왜란이 일어나자
　　의병을 일으켜 왜병을 크게 무찔러 翼虎將軍의 호를 받았고, 이듬해 의병장 곽재우와
　　함께 여러 차례 왜병을 격파하였으나 1596년에 무고로 고문을 받고 옥사함.
223 高敬命(고경명) : 조선 시대의 문인·의병장(1533~1592). 자는 而順. 호는 霽峯·苔軒.
　　1558년 문과에 급제한 뒤 校理, 東萊府使) 등을 지냄. 1592년 임진왜란이 일어나자
　　의병을 이끌고 錦山에서 왜군과 싸우다 전사함.
224 金千鎰(김천일) : 조선 선조 때의 의병장(1537~1593). 자는 士重. 호는 健齋. 임진왜
　　란 때에 나주에서 의병을 일으켜 경기·경상·전라·충청 4도에서 활약하였으며, 진주
　　성이 함락되자 자결함.
225 張上進(장사진) : 실제 이름은 張士珍으로 조선 선조 때의 의병장(?~1592). 경상도

禁衛軍趙雄[226], 自領義旅百餘軍。湖西僧奎運率僧軍, 入淸州城, 殺倭將
吉仁傑及千餘軍。出身[227]洪啓男[228]聚邑民入水原府, 斬賊兵百餘。湖城
監[229]入新溪縣, 大破倭兵。進士李雷精募閑散軍[230], 克斬五十倭兵。奏捷
相繼, 國勢賴振。

遣使請兵于天朝

先時, 天將祖承訓領兵東來, 朝廷依之, 獨李恒福言:"祖將躁而無謀,
軍必敗矣." 果敗而遁還遼東, 反誣我助倭。恒福請遣大臣陳卞, 且請催
發大兵。以申點[231]鄭崑壽[232]爲使, 倍道朝天朝, 痛哭奏曰:"臣國運零替,

군위의 유생으로, 임진왜란 때 의병을 일으켜 왜적과 싸우다가 전사함.

226 趙雄(조웅) : 실제 이름은 趙憲으로 조선 중기의 무신·의병장(?~1592). 호는 白旗.
1591년에 별시 무과에 급제하였으며, 趙憲의 천거로 선전관이 되었음. 임진왜란 때
스승인 趙綱을 따라 청주에서 의병을 일으켜 공을 세워 충주목사에 임명되었으나 이미
왜군에게 포위되어 사망함.

227 出身(출신) : 조선 시대에, 과거의 무과에 급제하고 아직 벼슬에 나서지 못한 사람.

228 洪啓男(홍계남) : 실제 이름은 洪季男으로 조선 시대 수원판관, 영천군수, 첨지 등을
역임한 무신(?~?). 임진왜란이 일어나자 아버지를 따라 안성에서 의병을 일으켜 인근
의 여러 고을로 전전하며 전공을 세워 僉知로 승진되었음. 1596년에는 이몽학의 반란
을 평정하는 데 공을 세우기도 하였음.

229 湖城監(호성감) : 성명은 이주(李柱)이며, 본관은 전주(全州). 임진왜란이 일어나자
의병 활동을 벌였으며, 선무일등공신 호성군(湖城君)에 봉해졌음.

230 閑散軍(한산군) : 고려 후기 지방에 있는 전직 관리들을 징발하여 조직한 군대.

231 申點(신점) : 조선 시대 도총관, 강릉부사, 판의금부사 등을 역임한 문신(1530~1601).
자는 聖與. 1592년에 謝恩使로 명나라에 파견되어 燕京에 체류하다 임진왜란의 발발
을 알게 되었고, 이에 명나라의 병부상서 石星의 도움을 받아 병부와 예부에 계속 아뢰
어 위급함을 호소함. 그 결과 副摠兵 祖承訓, 遊擊將 史儒 등에 의한 요동병 3,000명
의 파견이 있었음.

232 鄭崑壽(정곤수) : 조선 선조 때의 문신(1538~1602). 초명은 逵. 자는 汝仁. 호는 柏谷·
慶陰·朝隱. 강원도와 황해도 관찰사를 지내면서 대기근을 구제하였으며, 임진왜란

倭賊跳踉, 八路蕭然, 人烟斐絶, 國王奔竄, 寢食俱廢. 且義州一城非朝
卽夕, 願陛下命送名將勇士, 擊退倭賊, 以救水火之民, 以副雲霓之望."
皇帝答曰: "朕先送遼東將往爾國, 爾國不給饋饗故, 大軍顑頷[233]敗而還
歸, 今雖復送大軍, 爾國將何以調饋乎? 士卒不食而能戰者未之有也. 且
中國, 連遭凶荒, 人民顚連, 不可輕易興師. 爾國情境雖甚矜惻, 事勢如
此, 抑將奈何? 然而朕且商量, 姑爲退待." 點等待命於玉華關, 御賜飮食
就極豊美, 不敢下箸. 晝夜痛哭, 繼之以血, 以手掘地, 手亦胼胝, 華人
觀者, 莫不感動. 荏苒數月, 天音猶邈.

一日, 皇帝夢, 無數女人頭戴禾束, 自朝鮮來, 斥去天王, 直坐龍狀. 皇
帝大驚而覺之, 輾轉反側, 潛語於心曰: '朝鮮逢倭亂請兵故, 夢如是不吉
歟?' 旣悟而曰: "倭字卽人邊禾下女也, 果倭竪欲圖中原, 而先擊朝鮮也.
然則朕何不力救也?" 明日, 皇帝御玉華關, 傳敎朝鮮使臣曰: "大國固難
興師, 而感汝忠誠, 竊欲救濟. 汝等速速旋歸, 告汝國王." 崑壽等頓首百
拜謝, 晝夜倍道還, 白上曰: "皇帝特許援兵, 願殿下勿煩聖慮, 速令大臣
預備軍糧." 上大喜, 命柳成龍尹斗壽李恒福輸運倉穀, 以備軍粮.

賊將移擊義州

時, 賊將行長久據平壤, 馳檄義州曰: 「引建瓴之兵, 乘破竹之勢, 進擊
義州. 爾國比若驅群羊, 而攻孟虎, 安敢抗鋒? 斯速決降.」 於是, 城中男
女扶老携幼而出。 上大驚, 命百官會議, 或言渡鴨綠江, 以避賊鋒可也,

때에는 중국 명나라에 가서 구원병을 청하여 오는 등 큰 공을 세움.
233 顑頷(함함) : 함함하다. 몹시 굶주려 부황이 나서 누르퉁퉁하다.

或言死則死耳, 世守之國不可去也, 或言姑待天兵, 商量進退可也。朝議
多岐, 不能執一, 上寢不安食不甘, 或有風聲之自遠, 疑其賊兵喊聲, 時
時搔擾, 驚動王體。

皇帝命將東征

時, 皇帝下詔, 調發西蜀江南精兵。以楊元爲左攝大將軍, 領王維翼王
維信王維正李如梅王昭先查大受李寧葛逢夏元黃等九將。張世良爲右攝
大將軍, 領祖承順吳有忠[234]趙之牧王必迪張應良樂相知[235]谷守良池方哲
高颺等九將。李如栢爲後軍大將軍, 領任子方李方春高承金世令石金朱
弘謨方時輝王文麻貴等九將。以李如松爲諸都督大元帥, 以方時忠柳黃
裳爲軍器都督, 西有言爲軍粮都監, 輸運山東小米二万石, 以助軍粮, 以
銀子三千兩, 賻給國王, 時壬辰八月也。

皇帝詔誘朝鮮

壬辰九月, 皇帝遣使, 降勅慰諭曰:「爾國世守東藩, 素效恭順, 衣冠文
物, 號稱樂土。[236]近聞倭奴猖獗, 大肆侵凌, 攻陷王城, 掠占平壤, 生民
塗炭, 遠近騷然. 國王西避, 海濱奔越, 草莽念玆淪湯, 朕心側然. 昨傳

---

234 吳有忠(오유충) : 실제 이름은 吳惟忠.
235 樂相知(낙상지) : 실제 이름은 駱尙志. 낙상지는 중국 절강성 출신으로 임진왜란 때
  명나라 원군 이여송의 좌참장으로 참전해 평양성 탈환에 공을 세움. 천근이나 되는
  바위를 집어 올릴 정도로 용력이 대단했다고 알려짐.
236 樂土(낙토) : 늘 즐겁고 행복하게 살 수 있는 좋은 땅.

告聲息, 已勅邊臣, 發兵救援, 因特差行人薛藩, 齎飭諭爾國王. 當念爾
祖宗世傳基業, 何忍一朝輕棄. 亟宜雪恥除凶, 力圖匡復. 更當轉諭該
國. 文武臣各堅報主之心, 大奮復讐之義. 朕今遣文武大臣云, 具統率遼
陽各鎭精兵十万, 往助討賊, 與該國兵馬, 前後夾攻, 預期勦滅凶殘, 俾
無遺類. 朕受天命, 君臨華夷, 万國咸寧, 四溟肅淸, 蠢玆小醜, 輒敢橫
行, 復勅東邊海諸鎭, 幷宣諭[237]琉球, 暹羅[238]等國, 集兵數千万, 同往日
本, 直搗巢穴, 令鯢授首, 海波晏然, 爵當茂典, 朕何愛焉. 夫恢復先世
土宇, 是爲大孝, 急救君父患難, 是爲至忠. 該國君臣索知禮義, 必能仰
軆, 朕心匡復故, 物俾國王奏凱還都. 仍保宗廟社稷, 長守藩屛, 庶慰朕
恤遠字小之意. 欽哉.」上率百官, 迎于江上, 失聲痛哭哀動, 左右群臣皆
哭. 上謂勅使曰: "倭奴將犯上國, 小邦抗義斥絶, 罹此喪敗. 天朝若見
倭奴書契, 可知此賊情狀矣.

十一月, 皇帝特賜白金二万兩, 上受而感泣. 分賜扈從諸臣, 及陣中將士.

天將領兵渡江

十二月, 提督李如松[239]領四十四万, 辭鳳門過燕京抵鳳凰城. 移牌文
于朝鮮, 上大喜, 以恒福爲接伴使, 出候鴨綠江. 如松至江上, 有白鷺飛
自朝鮮而來. 如松卽於馬上, 抽矢而誓曰: "天使討賊勝戰, 則中此白鷺."

---

237 宣諭(선유) : 임금의 訓諭를 백성에게 널리 알리던 일.

238 暹羅(섬라) : 태국의 옛 이름.

239 李如松(이여송) : 중국 명나라의 무장(?~1598). 자는 子茂. 호는 仰城. 임진왜란 때에
　　병사 4만을 이끌고 우리나라를 도우러 와서 小西行長[고니시 유키나가]의 군을 무찔렀
　　으나, 벽제관 싸움에서 小早川隆景[고바야카와 다카카게]에게 크게 패함.

遂發矢, 弓絃鳴處, 空中白鷺落於馬。如松大喜, 促軍渡江。上親迎江邊, 四十四万兵三日渡江。陣于義州城外, 旗旄鈒戟列于六十里。

如松入義州城, 坐統軍亭, 召朝鮮體察使。時百官惶忙, 體察使柳成龍未及待令, 如松星火督促。兵判李恒福紛紛遑遑, 整着軍服, 而鄭忠臣立其傍, 以朝鮮地圖納之于恒福。恒福懷之, 從武士入見。如松踞胡床, 下令曰：“吾以援兵來, 當爲後軍, 朝鮮壯士當爲先鋒而導路. 汝國準備器械否.” 恒福蒼黃莫對, 卽於懷中出地圖而進之。如松歎曰：“國運不幸, 雖當此亂, 有如此人才, 朝鮮不亡.” 仍曰：“汝國王來住此城云, 吾欲見之.” 言未畢, 承傳報曰：“國王入來.” 如松卽下床相揖。禮畢坐定, 望見國王氣像, 亂離中播越之餘, 龍顔安得不然憔乎。上旣還行宮, 如松急召恒福, 大責曰：“朝鮮國王無帝王氣像, 汝等以何奸計姑試我耶? 謾我如此, 我不救矣.” 卽下退軍令, 鉦錚錚矣。滿朝臣僚盈城人民一時痛哭, 哭聲震動。恒福伏地太息曰：“禮義之國終底淪喪. 天乎天乎! 此何人哉?” 放聲大哭, 感動宸衷[240], 上又痛哭。聲徹于外, 如松聞而大驚[241] “是誰哭聲也?” 諸將對曰：“以援兵退歸故, 朝鮮王痛哭耳.” 如松喜曰：“是龍藏蒼海之音, 不亡其國矣.” 卽日問安于國[242], 大饗士卒。

天將獲斬衫郞吉兵牌

李如松到義州, 翌日, 引兵至順安。金命元李元翼李時平等入見, 如松召湖城監李時平高忠京等分付曰：“汝等各率三千精兵, 擊逐列邑賊兵.”

---

240 宸衷(신충)：임금의 마음이나 고충.

241 大驚：문맥상 ‘大驚曰’의 오기로 보임.

242 國：문맥상 ‘國王’의 오기로 보임.

召李如栢分付曰："汝與朝鮮將高彦伯金應瑞曹好益僧軍將休靜入成興, 擊逐淸正. 平壤賊行長吾自當之." 卽令二十万軍向平壤, 召軍官李眅曰: "來日巳時, 倭將必送探知軍, 觇我形勢. 來則結縛以獻."

時, 行長聞天兵至順安, 問偵探軍曰: "中國大將誰也?" 對曰: "李如松也." "孰能入中國陣中 察其虛實而歸?" 言未已, 二將拜辭而出, 卽衫郎吉兵牌也. "愼行勿現捉, 好察形勢而來." 一將[243]挾匕首, 乘肥馬入順安. 如松方解陣而出, 陣中騷擾. 衫郎吉兵牌換着中國軍服而入. 李眅杖釖立軍門, 見衫郎結縛, 兵牌懼揮匕首飛空中, 不得捉, 只獻衫郎. 如松大罵而斬之, 命葛逢夏. "來日午時擒吉兵牌以待." 逢夏乘綾州馬, 持八尺龍釖, 向肅川而去. 翌日, 如松領大軍至肅川, 逢夏已縛兵牌獻于將坮. 如松大罵曰: "么麼倭蠻酋敢侮天將, 突出陣中, 譏弄乃爾耶?" 引出斬之, 留宴三日, 休息軍馬, 令柳成龍尹斗壽大饗軍士.

天將克復平壤

李如松到肅川四日, 領軍至平壤城下. 時, 行長已令義智率五千兵, 結陣以待, 如松令大將楊元領鎗軍二万, 圍牡丹峯. 賊大放鳥銃, 浙江鎗軍素多勇力, 盡若鐵甲, 鐵丸不入. 遂鳴鼓角, 左右蹴踏, 義智全軍沒死, 身又被鎗, 僅僅逃生. 於是, 楊元等三十五將分路而進, 急圍外城, 大丸鼓鴻翼炮天震雷一時交放, 普通七星兩門遂碎. 行長義智調益玄蘇等登城設紅旗, 竪長鎗大釖, 揚矢石放鳥銃, 聲震天地. 天兵以火砲火箭一時接戰, 火光沖天, 喊聲震地. 天將夢云相地形卑下處穿穴灌水, 城中人多溺

---

243 一將 : 문맥상 '二將'의 오기로 보임.

死, 賊兵急上高埠。天將樂相知吳有忠加着水銀黃金甲, 號令諸軍, 竭力
以戰。賊將亦以長鎗大釖, 殊死以戰, 互相頡頏[244], 未決勝負。如松召恒
福曰:"以朝鮮軍士爲先鋒. 吾當爲後軍." 卽退陣于老松院。於是, 金億秋
金命元等各率五千兵, 鼓噪而進, 以爲先鋒。賊兵鐵丸如雨下, 城外不敢
入。如松急督軍兵, 乘健馬持鐵椎以進, 以先鋒軍塡充溝壑而越城殺入,
左右衡突。賊兵惶怯, 中鐵椎而死者, 不知其數, 踏馬足而死者, 又不知
其數。行長兵勢大挫, 退入內城。如松退軍而陣, 議諸將曰:"賊雖敗入內
城, 不可輕敵. 徐觀形勢, 以收奇功." 令柳成龍大饗將士, 休息軍馬。

　行長入內城, 謂諸將曰:"李如松用兵天下英雄. 其鋒不可當, 計將安
出." 調益等對曰:"閉城門移泊江舡, 屯兵險處, 以至累月, 則唐兵自然
退去. 去則縱兵襲後, 唐兵可破矣." 行長曰:"不然. 今大明朝鮮同心同
力, 粮如丘山, 勢如盤石, 屯兵城外, 經年不解, 則一片孤城許多軍兵何
以飼之 何以飮之. 莫如損棄平壤, 急走漢陽守都城上策也." 遂占考軍
兵, 乘夜開大同門而走。於是. 如松入平壤城, 人民飢死, 屋宇皆空, 若
干餘民形如魁魖。

義兵迎擊平行長

　時, 義兵將高忠京李時平湖城監等橫行海西, 擊逐倭屯。先是, 善江丁
陷咸興平山, 又襲延平, 敗走載寧廣水院。信川郡守李德男文化縣監崔稷
白川郡守崔有遠合兵擊之, 不克而死。江丁入九月山城, 湖城監引兵至城
下, 四無人跡彷徨。中路會衲子三人, 出城過去, 監召問曰:"汝以何僧出

賊中?"對曰: "小僧本以江原道僧, 爲善江丁所獲, 仍作炊飯僧故, 尋常出入. 今日幸逢將軍, 將軍活我焉."監曰: "汝爲炊飯, 自有妙計."遂給毒藥一斗, 曰: "犒軍時以此藥和飯饋之."僧唯唯而去, 監進軍城下. 日暮僧出語曰: "賊兵面色青黑矣."於是, 監督兵擊之, 江丁軍士死者已太半, 江丁大驚, 開城出走. 監乘勝逐北, 江丁遂入載寧.

時 高忠京來自鳳山, 李時平來自安岳, 合兵擊之. 江丁大敗, 自刎而死. 三將義兵引過鳳山, 適會行長棄平壤而走. 至釗水驛, 軍士飢餒, 足繭扶杖, 落後者, 不能行. 三部義兵襲而擊之, 斬首千餘, 書報平壤.

天將進到松都

萬曆癸巳, 李如松領大軍, 出大同門. 由中和至金川, 鼓角喧天, 旌旗蔽空. 黃海江原咸鏡分據賊兵聞之大懼, 盡聚于畿內. 行長令諸將, 各屯險處, 互相救援. 如松入開城府, 召巡察使權晋水使李賓長湍府使韓德源, 徒杠于臨津. 晋令伐大木及細枏以成橋, 廣二十步, 天將見之, 稱歎不已. 又令黃海監司柳永慶朔州府使金應瑞, 轉運軍粮, 以給大軍. 時正月二十四日也.

天將移軍坡州

時, 天將查大受我國將高彦伯上禮城嶺, 以察賊勢, 賊將衫聖亦率三百軍而來. 大受迎賊擊破之, 衫聖爲彦伯所殺. 遂送其頭於開城府, 如松大喜, 引兵而東, 陣于坡州. 翌日, 如松親率三千精兵, 踰惠陰峴, 至碧蹄驛, 以察賊勢, 倭兵數百自石峴殺來, 急圍如松. 如松大怒, 令銃軍勦擊之, 鎗軍中流丸而皆靡。如松遂自當擊之, 賊將又率三千兵來, 合勢圍之。
如松雖勇力過人, 獨掌難鳴, 殆乎岌岌[245]。天將柳黃裳時在本陣, 都督久
不歸, 大驚懼以匹馬急, 上惠陰峴, 望兒碧蹄, 則數千軍馬急圍都督, 殺伐
之聲, 震動天地。黃裳走馬殺入, 大聲叱號曰:"么麽賊子敢害都督耶? 柳
黃裳在此耳!"時, 徐邊以短兵[246]接于如松, 黃裳遂彎角弓射徐邊。徐邊墮
馬而死, 又射殺四百餘賊, 賊四面潰散。黃裳遂護如松而歸。明日, 如松
盛備酒肉, 燕饗將士, 仍令大受忠京守臨津, 李賓彥伯守開城府。

權慄擊走平秀正

時, 都巡使權慄[247]守杏州山城, 賊將秀正以四萬軍向山城殺來。慄得大
車百餘, 厚載瓦石, 置諸城上 堅閉城門, 偃旗停鼓, 以示勢弱。賊兵長驅
至城, 圍之三币。慄乃鼓角, 轉下石車, 賊兵壓死者以万數, 賊陣擾亂。慄
遂開城門, 出兵擊之, 秀正大敗, 南走入于京城。慄引至坡州, 見如松, 設
陣于前。如松曰:"雖太公兵法蔑以加矣."

兩國賑恤飢民

査大受踰馬山峴, 有穉兒其母已死, 而抱乳呱呱慘不忍見矣。都城街路

---

245 岌岌(급급) : 급급하다. 형세가 몹시 위급함.
246 短兵(단병) : 칼이나 창 따위의 길이가 짧은 병기. 흔히 가까운 거리에서 적과 싸울 때 사용함.
247 權慄(권율) : 조선 선조 때의 명장(1537~1599). 자는 彦愼. 호는 晩翠堂·暮嶽. 임진왜란 때 우리나라의 군대를 총지휘하였으며 행주 대첩 등에서 크게 이겼으며, 정유재란 때 병사하였음.

尸積如山, 而或有餘民爲賊使嗅, 痛號之聲夜以繼日。圻內之民不能支接, 飢餒顚仆, 遍野嗷嗷。體察使柳成龍令裨將安敏 移全羅道皮穀七千石, 作饘粥飼之, 猶不足。天將李如松出軍粮三十石[248]繼恤焉。會大雨三日, 山野之中號哭之聲, 如六七月蛙鳴。翌日雨晴後見之, 無一人生者。如松憐之, 令軍士掘土深而瘞之。

天將到祭山川

時, 中國陣中癘役[249]大發, 壯士及牛馬死者五十餘人二万餘匹。如松大懼, 令柳成龍李恒福設坍具祭需, 如松親操祭文, 祭于山川, 而癘疫遂止。

天將獲除刺客

時, 如松送辯士沈惟敬[250]出身李益忠, 入倭陣議和親。盖如松驅馳戰場, 不得梳洗者已累月。於是, 始得閑隙, 坐帳中梳頭。賊將清正方對万里鏡, 見如松梳頭大喜, 召刺客興賢曰: "卽今唐將閑坐梳頭, 將士皆放心. 汝挾匕首入唐陣, 闖唐將首級而來, 破唐陣易如反掌矣. 事成後爵封汝." 興賢拜辭而出。時如松梳櫛未畢, 而麾下諸將種種穩眠, 門士急報曰: "有若銀塊狀, 來自賊陣, 飛向我壘者二箇也." 如松以手握髮而眺望

---

248 三十石(삼십석) : 문맥상 '三千石'의 오기인 듯함.

249 癘役(여역) : 癘疫의 오기.

250 沈惟敬(심유경) : 중국 명나라의 사신(?~1597). 임진왜란 때 조선에 와 일본과의 화의를 위하여 여러 차례 일본을 왕래하였으나 실패함. 이런 사실을 숨기고 화의가 성립되었다고 보고하였다가 정유재란이 일어나자 처형되었음.

之, 二箇刺客, 無鎗而來。如松愕然, 卽命人釼, 刺客已入帳中。如松擧
釼迎之, 倏忽閃鑠, 而不見其人矣。如松召諸將曰:"急出阿物." 諸將觀
之, 二箇首落在帳中, 而流血湖帳外。諸將賀曰:"帳中狹隘故; 小將等不
得入護. 不亦危殆乎?"如松笑曰:"倭賊闊處習藝故, 卒入隘地, 不得任
意遊刃, 而爲我戮也. 若出帳外對敵, 則幾乎難矣."諸將皆呼萬歲。

沈惟敬入賊陣議和

時, 沈惟敬往入賊陣, 說行長曰:"方今朝鮮名將勇士四面蜂起, 忠臣
義士不期而會, 不亦可畏乎? 況大明天子援兵絡繹, 重若千鈞[251], 勢如泰
山, 窃恐不利於將軍. 爲將軍計莫若兩國相親, 永結兄弟之好, 引兵旋
歸, 以亨富貴之樂, 於意何如."行長曰:"有我關伯不能擅, 便當遣人本
國, 以奏事實, 而和可議也."惟敬曰:"中國甲兵拒塞三路, 朝鮮勇士堅
守兩西, 則將軍不敢出兵, 守此都城, 粮道已盡, 飢餒無策, 內相殺食,
雖以將軍之智, 亦將末如之何. 歃血定從, 收兵歸國, 上怡父母, 下綏妻
子, 不亦宜乎? 若又遲緩, 則朝鮮山靈, 中國憤盃 宣洩必議陰誅, 將軍孰
思之, 得無悔焉."行長曰:"然則吾亦回兵, 自大明朝鮮先遣使臣, 以議
和親可也."惟敬曰:"當如敎矣. 且倭國還歸四王子諸大臣然后, 和可成
也."行長許諾, 惟敬還歸本陣。

行長請淸正, 以惟敬言言之, 正曰:"此李如松之計也. 今吾儕無故回
國, 不亦取笑於天下兒童乎? 寧死於朝鮮, 不必往歸. 敢言歸者, 當如此
如此."行長不敢復言。

---

251 千鈞(천균) : 매우 무거운 무게 또는 그런 물건을 비유적으로 이르는 말.

都城東門關王顯聖

李薈忠亦入倭陣議和, 是夕入關王廟[252], 焚香酌酒, 再拜告曰: "今爲倭人所滅, 宗社山川鬼神無依無托. 伏惟尊靈顧念漢陽, 符義且奮大關之英風, 敷威顯聖, 挫縮賊勢. 則不但有報精禋之禮, 抑亦伸義於天壤之中矣." 祭畢又再拜, 如是十八日。

時, 都城五六十里, 不樹木故, 賊兵不得柴卓, 將至飢餒, 城中搖亂。行長令玄蘇秀江, 移舡運來湖南柴艸。玄蘇等領八万兵, 出東大門, 忽然大風揚沙, 黑雲蔽路, 白日晦冥, 不卞咫尺。無數軍兵各指鎗釰, 乘風驅雲, 齊聲大喊, 其中一人乘赤兎馬, 亘三角鬚, 執靑龍偃月刀, 張目大叱。賊兵怯於威風, 太半已死。而神兵奮迅, 風嘶雷殺, 瞬息之間, 八万倭兵無一人遺。玄蘇秀江僅僅得生, 忙入都城, 以告行長。行長聞之, 大驚曰: "此古關雲將[253]英靈也. 頃者, 沈惟敬以中國人鬼必陰誅爲言, 果然不誣矣. 若今遲滯, 則雲將英靈必復襲之, 將何以敵之." 遂占考軍兵, 急出城門, 渡漢江而走。淸正玄蘇等亦不得已次次渡江, 直向嶺南, 嶺南復震動矣。

天將入據都城

李如松領大軍, 遂入都城。餘民塗炭, 神形鬼狀, 坊坊谷谷尸積如山, 腐臭盈鼻所不忍視。如松領軍士, 荷出其尸, 盡瘞城外。是日, 令李如栢

---

252 關王廟(관왕묘) : 중국 삼국 시대 촉한의 장수 관우의 靈을 모시는 사당. 조선 시대에 서울에 동묘, 서묘, 남묘, 북묘가 있었음.

253 關雲將(관운장) : 關羽. 중국 삼국 시대 촉한의 무장(?~219). 자는 雲長. 장비·유비와 의형제를 맺고 적벽전에서 조조의 군대를 격파하는 등 많은 공을 세웠음. 뒤에 위나라와 오나라의 동맹군에게 패한 뒤 살해되었음.

率二万兵, 渡漢江而南追賊兵。賊兵敗甚生毒, 遇行人殺之, 見墳墓掘
之, 燒人屋宇, 掠人牛馬, 南中諸郡又益蕭然。

天子加兵平亂

天將旣復平壤, 上自義州發向永桑, 登城樓西向皇都, 行望闕禮²⁵⁴而行。
至四月在永桑, 聞收復京城, 又與臣民行望闕禮, 以謝皇恩。

至六月, 如松遣使行在, 請還都城。於是, 大駕卽詣平壤, 遣鄭徹尹斗
壽, 謝恩於天朝。皇帝大喜, 又令大將劉綎, 領西蜀金甲軍二万, 與使臣
偕來, 合李如松兵, 擊破餘賊。又以冕²⁵⁵一件緞五匹慰賜國王, 詔曰:「朕
聞漢陽之地, 金城湯地, 且多堅甲利兵, 何故都城失守, 爲賊所有? 或者,
日事遊觀, 不修軍政而然耶? 自今以後, 親賢遠奸, 臥薪嘗膽, 以雪會稽
之恥.」

大駕駐蹕海州

都城旣復, 賊兵漸遠, 大駕自江西將向海州。盖州城亦被焚燒, 惟芙蓉
堂邀月堂中設堂敬簡堂 葷²⁵⁶得免焉。先作行宮於芙蓉堂之西, 大廳二間。
東西房各三間, 南面圍以長廊, 北接邀月, 東連芙蓉, 西迫州城, 不甚宏壯。
又刱宗廟六間于栢林亭舊址, 圍以長籬三面, 虹門階下, 立草家三間, 以

---

254 望闕禮(망궐례) : 정월 초하룻날 임금이 신하들을 거느리고 중국의 궁전을 향하여 절
하던 일.
255 冕(면) : 冕服. 면류관과 곤룡포를 아울러 이르던 말.
256 葷(근) : 僅의 오기.

爲齋宮²⁵⁷直宿之所。

癸巳八月十六日，大駕到海州，見山川之美，意欲留居之，從臣力爭。
乃於九月二十三日，發向京城，而中殿率後宮諸嬪，御諸王子，仍留于
此，上命大臣以下，分司諸臣扈衛焉。越三年乙未 乃命奉翟儀還京，令
都承旨趙仁得爲扈行。以十一月初三日，離海州次媤城村，至十日入京。

時，元宗²⁵⁸在龍潛²⁵⁹，寓於州民禹命長家，乃以乙未十月初七日，誕我
仁祖。仁獻王后²⁶⁰臨産，忽有紅光照耀，異香滿室。后母申氏夢見赤龍在
后側。又有人書諸屏曰：「貴子喜得，千秋旣悟。」已而誕，聖朝中興大業
實肇於此。

休靜迎駕還都

先是，休靜杖釰西行，謁于龍灣²⁶¹行在，上曰："世亂如此，爾可弘濟
否？"休靜泣而拜："今國內緇徒²⁶²之不任行伍者，臣令在地焚修以祈神
助，其餘臣皆領率，悉赴軍前，以效忠孝."上義之，命爲八道十六宗都揔

---

257 齋宮(재궁)：齋室. 능이나 종묘에 제사를 지내기 위하여 지은 집.
258 元宗(원종)：조선 14대 임금 선조의 아들이며 인조의 아버지(1580~1619). 이름은 李
　　琈. 1587년 定遠君에 봉해지고, 1604년 임진왜란 중 왕을 호종하였던 공으로 扈聖功臣
　　2등에 봉해짐. 인조반정을 계기로 大院君이 되었음.
259 龍潛(용잠)：潛邸. 나라를 세우거나 임금의 친족에 들어와 임금이 된 사람의, 임금이
　　되기 전의 시기. 또는 그 시기에 살던 집.
260 仁獻王后(인헌왕후)：조선 16대 임금 인조의 어머니(1578~1626). 1590년에 선조의
　　다섯째 아들인 정원군과 혼인하여 連珠郡夫人으로 봉해졌고, 인조반정으로 인조가
　　즉위하자 府夫人에 봉해짐. 1632년 정원군이 원종으로 추존됨에 따라 인헌왕후로 추
　　존되었음.
261 龍灣(용만)：평안북도 의주시의 옛 지명.
262 緇徒(치도)：僧徒. 수행하는 승려의 무리.

攝, 諭方岳禮遇之.

於是, 其弟子惟正[263]率七百餘僧起關東, 處英等一千餘僧起湖南. 休靜率門徒及自慕僧一千五百, 合千餘名, 會于順安法興寺. 與天兵爲先鋒, 以助聲勢, 戰牧丹峯, 斬獲甚多.

天兵旣向京城, 京城賊宵遁. 至是, 休靜以勇士百餘人迎大駕, 還京都. 天將李如松送帖嘉獎, 有爲國討賊, 忠誠貫日, 不勝景仰之語. 又贈詩曰: 「無意圖功利, 專心學道仙, 今聞王事急, 揔攝下嶺」諸將官送帖贈遺. 賊退, 休靜啓曰:「年垂八十, 筋力盡矣. 請以軍事屬於惟正及處英. 臣願納揔攝印, 還香山舊樓.」上嘉其志憫其老, 賜號國耶都大禪師都揔攝扶宗樹敎普濟登堦尊者.

金命元病遞元帥

壬辰變初, 金命元起復[264]爲八道都元帥, 退守臨津, 形勢稍張. 朝廷疑其持重, 遣使督之. 諸將渡江, 遇賊伏兵, 申硈劉克良[265]旣死. 命元收餘兵左次, 又駐箚順安, 以衛行在. 防禦使金應瑞知朝廷之戎, 進兵累捷請戰. 命元思而許之, 巡察使李元翼愕然曰: "何不稟於朝, 而輕許戰耶?"

---

263 惟正(유정) : 실제 이름은 惟政으로 조선 중기의 승려(1544~1610). 속명은 任應奎. 자는 離幻. 호는 四溟堂·松雲·鍾峯. 유정은 법명임. 승과에 급제하였으며, 임진왜란 때는 승병을 이끌고 왜군과 싸워 공을 세우고, 1604년에 사신으로 일본에 건너가 전란 때 잡혀간 3,000여 명의 포로를 구해서 돌아왔음.

264 起復(기복) : 起復出仕. 어버이의 상중에 벼슬자리에 나아감. 상중에는 벼슬을 하지 않는다는 관례를 깨고 벼슬을 하는 것을 이름.

265 劉克良(유극량) : 조선 전기의 무신(?~1592). 자는 仲武. 노비 출신으로 무과에 급제. 임진왜란이 일어나 竹嶺을 방어하다가 패배하자, 군사를 영솔해 방어사 신할의 밑에 들어가 그 부장이 되어 임진강을 방어하다 전사함.

命元不應。旣而應瑞出兵，徘徊不見賊還。命元亦不之問，但私謂元翼曰：“此子心腸不直，愼勿輕信。”元翼吐舌。天兵之來，偕薄賊窟，使之宵熠，天將依重。至是，以病辭遞。

主上享宴天將

九月，上還都，城郭殷圮，閭閻空虛，滿目灰燼，人迹絶稀。上左右顧眄，歎息流涕。翌日，設大宴，請李如松，享以上賓，命李恒輻柳成龍大饗士卒。如松令諸將奉詰，賜冕服禮物，獻于主上。上奉香燭，西向謝恩。命樂工鼓樂，以娛嘉賓。如松出桂虫二十箇，獻于上曰：“西蜀瓠子國所貢，而爲天下至寶。服此則雖未必延年，庶可必消病却老。是故，天子賞賜寵臣及藩，必以桂虫一介。今皇帝款愛朝鮮王，有此厚賞，王試嘗之。”以箸挾其腰，五色輝煌，頭有四聲又奇異。上見之，不忍下箸，如松笑而先嘗曰：“如此興味不知嘗食，王何又拙耶？”上笑而不答。

恒福潛出帳外，召承傳[266]命生落只七介，承傳奉盒以進。上以其箸挾其頭而嘗之，展其蹄而着箸，又交交于龍鬚，初見者莫不酸鼻。上乃勸如松，如松動身搖頭，不忍正視，上笑曰：“桂虫落只皆爲土産，豈以小國無味乎？”如松大笑。訓練正金應瑞拜手于如松曰：“今之宴無以爲樂，請釖舞以助歡。”如松許之。

應瑞手持長釖，立於殿庭，周回折旗。倏忽閃鑠，但見白日靑虹，橫亘于天，應瑞之身不見其處，中國壯士本朝搢紳[267]莫不歎賞。應瑞擲釖再

---

266 承傳(승전) : 임금의 뜻이나 명령을 받아 관계관에게 전달하는 일. 承政院과 承傳色이 담당하였음.

267 搢紳(진신) : 홀을 큰 띠에 꽂는다는 뜻으로, 모든 벼슬아치를 통틀어 이르는 말.

拜曰: "小將與古關雲長若何?" 如松笑罵曰: "迂闊哉, 汝言也. 汝類十人
不能當樂相知一人. 樂相知十人不能當我一人. 我等十人不能常遇春²⁶⁸
一人. 常遇春²⁶⁹十人不能當關雲將一人矣. 汝斬賊將一人, 自謂天下無
能敵, 有此危殆之言? 不亦誤耶? 應瑞心甚無聊, 面色如土而出.

賊兵攻陷晋州

倭兵之棄漢陽向嶺南也。都元帥權慄往守咸安, 倉穀蕩盡, 軍粮已乏,
軍中飢餒, 遑遑罔措。此際, 賊兵遂陷金海, 又句咸安。慄大懼遂與李賓
等引兵向全羅道。是日, 賊兵過咸安, 急擊晋州, 義兵將高從厚²⁷⁰忠淸兵
使韓進²⁷¹尙州判官成守等登城禦賊, 不克而死。賊乃支解韓進尸以循曰:
"向年此城敗軍時, 屠殺吾兵者此人也. 今以後快雪吾兵之讐." 時, 義兵
將崔慶會²⁷²金千鎰痛哭自刎而死。賊遂入晋州城, 屠殺人民, 燒盡屋廬,
前後殺者合六万餘人。積尸柴上, 縱火焚之, 臭聞五六十里。

---

268 不能常遇春 : 문맥으로 보아 '不能當常遇春'의 오기인 듯함.

269 常遇春(상우춘) : 중국 명나라의 개국 공신(1330~1369). 자는 伯仁. 안휘성 출신으로
　　주원장의 수하에서 각종 전투에서 큰 공을 세웠음. 북방 정벌에 나서 원나라 수도를
　　함락시킨 다음 원나라 順帝를 북쪽으로 몰아냄.

270 高從厚(고종후) : 조선 시대의 의병장(1554~1593). 자는 道冲. 호는 隼峯. 임진왜란
　　때 아버지 高敬命을 따라 의병을 일으켰으며, 진주성이 왜병에게 함락되었을 때 남강
　　에서 자결함.

271 韓進(한진) : 실제 이름은 黃進으로 조선 선조 때의 무신(1550~1593). 자는 明甫. 호는
　　蛾述堂. 통신사 황윤길을 따라 일본에 다녀온 후 일본의 내침에 대비, 스스로 병법을
　　연마함. 임진왜란이 일어나자 충청 병마절도사로 왜군을 무찌르고 진주성을 사수하다
　　가 전사하였음.

272 崔慶會(최경회) : 조선 시대의 의병장(1532~1593). 자는 善遇. 호는 三溪, 日休堂.
　　1593년 6월의 2차 진주성 싸움에서 창의사 金千鎰·충청병사 黃進·복수의병장 高從厚
　　등과 함께 진주성을 사수하였으나 9일 만에 성이 함락되자, 남강에 투신자살하였음.

郭再祐擊走平調信

賊將遂陷靈山, 引兵長駈[273]。義兵將再祐促發麾下, 縱火軍幕, 賊陣擾亂。再祐裨將柳雲龍[274]縱馬大喊, 左右衝突, 倭兵不敢逼。再祐號令軍兵, 以火箭及震天雷片箭六路襲擊後, 賊兵大敗, 向泗川而去。

金誠一喝逐平調信

揔戎使金誠一聞賊將調信向泗川, 領咸陽丹城山陰三邑兵馬, 拒路結陣, 令軍士疾聲大喝曰: "吾軍卽晋州死亡人子侄也! 今日決死報讐, 爾等速出迎刃!" 倭兵出問曰: "汝上將誰也?" 答曰: "姓名金誠一也. 勇若關雲長, 智同諸葛亮." 調信笑曰: "朝鮮豈有如此人乎?" 明日試戰, 則可知也." 然而賊陣惶怯, 皆欲遽走。調信乘夜引兵, 直向三嘉而去。

洪戎男金德齡擊敗平調信

義兵將洪戎男翼虎將軍金德齡共守二嘉, 聞調信殺來, 急督軍兵, 竪紅白旗于山上, 以草人指鎗釰, 結陣前[275]。令才人軍具五色斑衣, 結陣於後, 馬上立軍, 飛躍空中, 倒立馬上, 以示神異之狀。賊窃怪之, 堅壁不出, 戎男德齡各指鎗釰, 直詣賊陣前, 齊聲大叱曰: "無禮賊漢不識天時,

---

273 長駈(장구) : 長驅의 오기. 말을 몰아서 쫓아감.
274 柳雲龍(유운룡) : 조선 선조 때의 牧使(1539~1601). 자는 應見. 호는 謙庵. 유성룡의 형으로, 1572년에 전함사 별좌를 지냈으며, 임진왜란 때 사복시 첨정을 거쳐 풍기 군수·원주 목사를 지냄.
275 結陣前 : 문맥으로 보아 '結陣於前'의 오기인 듯함.

妄侵土地, 殺掠人民, 吾與爾賊誓不共立. 今日內卽戮, 而但與汝決雌
雄. 旣與汝陣已有和親之議約, 爾加兵亦所不忍故, 姑爲斟酌矣. 然汝欲
鬪力乎? 鬪才乎? 今日與汝決雌雄." 賊答曰:"願先鬪才." 仍選烏銃軍二
百名, 列立陣前以督戰. 德齡遂抄馬上立軍爲先鋒, 才人軍爲後軍, 與戎
男持釖在後. 賊兵一時放銃, 馬上立軍, 鐵丸而到, 婓于馬鞍, 一時復起,
馳馬殺到, 以鐵椎亂擊. 戎男德齡直入嘶殺, 俄忽之間, 賊兵太半死矣.
賊大惧相議曰:"此神兵不可敵, 莫如乘夜遽亡矣."

平調信敗歸日本

三嘉之戰, 賊兵已坦, 而裨將金弘亮馳馬賊陣大聲叱呼曰:"蠢爾賊將
斯速出戰! 如不敢敵, 迎我鋒刃!" 賊將不能答, 是夜向草溪走. 天將吳有
忠適守草溪, 急督軍兵, 整立旗幟, 鳴鼓而進. 賊兵旣敗於三嘉, 終日馳
驅之餘, 又逢有忠迎擊, 不勝飢渴, 無生之氣. 遂退軍入釜山, 宣言曰:
"俺等不忍降于朝鮮, 寧歸我國, 請和于大明." 遂還日本.

天將圍棋制勝

上旣還都, 李如松召諸將, 各守險處. 令休靜守州[276], 吳有忠守善山,
劉綎祖承順葛逢夏守南原, 王必珪樂相知守慶州. 使李賓李元翼運兩國
軍粮.

如松與上圍棋, 椎枰而喜曰:"今日朝鮮勝戰矣." 上曰:"將軍何以知

---

276 守州 : 문맥으로 보아 '守星州'의 오기인 듯함.

之."如松曰:"吾非着棋也. 潛察兩國形勢耳, 來日申時, 勝戰狀聞必入
來矣."果翌日申時, 狀聞馳到, 略曰:「倭賊不能扶持, 奉書請和, 還歸
日本云.」如松大喜, 仍請上, 遣徐一光成再容報書平秀吉, 以申和議.

王子大臣來謝天將

和使之行, 李如松致書于平秀吉曰:「貴國誠欲和親, 卽送王子大臣于
本國. 不然則和不可成也.」秀吉見之, 內雖不悅, 外假顔色卽送四王子
諸大臣. 於是, 王子諸臣得脫虎口, 還向青丘[277], 山川動色, 草木向榮.
晝夜倍道, 馳入京城, 滿朝百官長安父老遠出祗迎, 皆呼万歲. 王子諸臣
謁于上, 卽謝如松曰:"皇帝德澤將軍威令掃斥强賊, 俾保殘喘, 還歸古
國, 復見天日, 雖銘心而鏤肝, 摩頂而放踵[278], 不足以報再生之恩也."卽
舊宮城營建草屋, 上寓貞陵洞行宮, 日敎該官曰:"不可長處閭閻, 卽舊
宮城內略搆草家, 欲爲移寓. 昔衛君[279]爰舍于漕古, 亦有爲草屋而居之
者, 此誠何時欲居大廈乎?"天將有以營建王宮爲言, 上曰:"深讐未報,
何以家爲?"天將歎服.

---

277 靑丘(청구) : 예전에, 중국에서 우리나라를 이르던 말.
278 摩頂而放踵(마정이방종) : 자신의 몸을 돌보지 않고 분골쇄신하는 것을 이름.《孟子》
〈盡心上〉에서 맹자가 "묵자는 겸애하니 정수리를 갈아서 발꿈치까지 이르게 하는 일
이라도 천하를 이롭게 할 수 있으면 그것을 하였다.[墨子兼愛 摩頂放踵 利天下 爲之]"
라고 한 데에서 유래함.
279 衛君(위군) : 위나라 文公(?~B.C.635)을 지칭함.

天將領兵西還

万曆甲午, 倭酋秀吉遣玄蘇等, 奉獻降書于皇帝。提督李如松卽領大軍還歸中國, 上餞弘濟院 百官餞于高陽縣, 時十月日。

嗚呼! 三年兵火厄運未盡, 旱蝗荐酷, 癘疫又熾, 經亂餘民飢病而死, 十里許不見人家矣。

天使南下日本

倭使曺攝玄蘇等入天朝獻降書, 天子大罵倭使, 下詔曰:「今以三件事定和親. 其一, 封汝舊君爲和順王. 其一, 無一人留朝鮮. 其一, 永永勿侵朝鮮. 如是和可成也, 不然則不可成也. 爾等語關伯.」於是, 遣兵部尙書李宗成吏部尙書楊方亨, 與蘇等偕往日本, 以報和親。宗成等入朝鮮留漢陽, 送言於倭陣曰:"吾奉天子威命, 往于爾國, 爾等急急旋歸." 於是, 能屯倭四万兵一齊乘舡 還歸本國。時万曆乙未六月也。

平行長淸正還歸本國

先是, 行長等旣棄漢陽, 數困於天兵。自蔚山入生浦洞, 分屯東萊巨濟金海等地, 爲久留之計。至是, 天使李宗成等行到釜山, 留連數日, 送人于行長陣中, 諭以回軍之意, 行長淸正等一時總兵歸于日本。時万曆丙申三月也。

天使國使遞歸

時, 朝廷用天使李宗成之言, 遣司憲府[280]掌令[281]黃愼[282]軍器寺[283]僉正[284]李逢春[285], 與天使同往日本。吳山接天, 宮闕宏麗, 珊瑚鉤, 眞珠簾, 水晶襴, 雲霧屛, 眞天下奇觀也。秀吉依琥珀枕, 對琉璃案, 左右前後, 立五色侍女, 各五十人。頭戴八封圖黃金冠, 身着五色龍袍, 左手執蓮花三枝戟, 右手執白玉如意笏, 高坐玉榻, 以迎天使。會地震移時, 大闕傾倒, 秀吉堇堇脫身, 移坐他所以接天使, 問左右曰: "朝鮮使臣與其國王幾寸親也?" 曺攝對曰: "朝鮮未官黃愼李逢春。" 秀吉怒曰: "吾不殺朝鮮國王子侄, 生還本國, 其恩莫大矣。朝鮮王當遣其子侄, 以謝恩德, 而乃反遣其微官以塞其責, 輕蔑甚矣! 明日必殺黃愼。" 朝鮮人金勣聞之, 來告於愼。愼自以不傳國書, 爲辱命以死自誓。會秀吉跌待天使, 天使大怒, 不告而歸, 諭愼同還。愼不得已從之, 然倭人服其處誼, 至比鄭圃隱[286]。旣還, 臺諫以恇威不竣事[287]効之, 上賜待賜待[288]慰諭特加嘉善, 仍曰: "竣

---

280 司憲府(사헌부) : 정사를 논의하고 풍속을 바로잡으며 관리의 비행을 조사하여 그 책임을 규탄하는 일을 맡아보던 관아.

281 掌令(장령) : 사헌부에 속한 정사품 벼슬.

282 黃愼(황신) : 조선 선조 때의 문신(1562~1617). 자는 思叔. 호는 秋浦. 선조 때 통신사가 되어 명나라 사신과 함께 일본을 왕래하였고, 뒤에 계축옥사 때에 무고를 입어 옹진으로 유배된 후 사망함.

283 軍器寺(군기시) : 병기・기치・융장・집물 따위의 제조를 맡아보던 관아.

284 僉正(첨정) : 각 관아의 낭청에 속한 종사품 벼슬.

285 李逢春(이봉춘) : 조선 중기의 문신(1542~1625). 자는 根晦, 호는 鶴川. 1576년 문과 급제한 후, 成均館學諭로서 典籍에 올랐으나 관직에 나아가지 않았고, 1581년 부친상을 치른 후에도 벼슬에 뜻을 두지 않고 산림에 은거함.

286 鄭圃隱(정포은) : 鄭夢周. 고려 말기의 충신・유학자(1337~1392). 초명은 夢蘭・夢龍. 자는 達可. 호는 圃隱. 삼은의 한 사람으로, 오부 학당과 향교를 세워 후진을 가르치고, 유학을 진흥하여 성리학의 기초를 닦았음. 명나라를 배척하고 원나라와 가깝게 지내자는 정책에 반대하고, 끝까지 고려를 받들었음.

事與否, 非所當問." 盖上意以和親不成爲幸也。

東人西人各主私意

黃愼等使日本也, 入其境, 作舡造箭戰具方備。入其國, 街童市卒莫不
迎笑曰: "加兵不遠, 報和何使." 及其回啓, 黃愼則悉陳, 以作舡造箭, 街
市迎笑之狀。逢春則只對, 以咆哮之外, 別無動靜之語。盖相臣柳成龍方
主和議故, 金玄成[289]一隊或恐和事之不成, 趙穆[290]一隊斥以秦檜[291]之販
國。逢春所對亦以此也。於是, 一隊人生趙, 一隊人主柳, 曰是曰非, 傾軋
轉甚東西局。上送月消日, 而六百倭舡已泊南海。如此明驗立至處, 尙以
私意相爭, 他尙何說?

皇帝申命討賊

先是甲午, 天朝侍郎顧養謙遣胡騰將, 移咨我國曰:「中國兵疲力竭, 勢

---

287 竣事(준사) : 사업을 끝마침.

288 賜待(사대) : 賜對의 오기. 임금이 신하를 불러서 묻는 말에 대답하게 하는 것. 參下官까
지 불러 時事 등을 듣는 輪對와는 달리, 신하가 面對를 요청하였을 경우와 또 임금이
특별히 불러서 대하는 경우 등이 있음.

289 金玄成(김현성) : 조선 시대 봉상시주부, 양주목사, 동지돈녕부사 등을 역임한 서화가
(1542~1621). 자는 餘慶, 호는 南窓. 시·서·화에 두루 능하였는데, 그림보다는 글씨
에 뛰어났으며 특히 시에 능하였다고 함.

290 趙穆(조목) : 조선 시대 봉화현감, 군자감주부 등을 역임한 문신·학자(1524~1606).
자는 士敬, 호는 月川. 1594년 군자감 주부로 잠시 있으면서 일본과의 강화를 강력하
게 반대하였음.

291 秦檜(진회) : 중국 남송 시대 高宗의 재상(1090~1155). 岳飛를 무고하게 죽이고, 主戰
派를 탄압하여 金나라와 굴욕적인 화친을 체결한 姦臣.

當姑聽倭和, 與貴國共養兵力, 以爲後圖. 備此形勢而上奏云.」其時, 倭
賊屯據慶尙沿邊十三邑, 日肆搶掠, 全羅一道獨免凶鋒。兵單粮匱, 賊至
則無可爲, 廟堂計無所出。欲曲從顧啓, 而群議攻和甚峻。柳相成龍要牛
溪[292]同對稟決, 上回顧奏當否。牛溪以爲國勢危如一髮, 須小緩兵鋒, 庶
圖自强, 而顧侍郎手握大兵, 高下在心, 方主退守鴨江, 議我國不能戰,
又不能守, 只禁中朝之和似是失策。上不答, 然不得已從顧意, 上奏以
故, 皇朝與倭許和, 遣使行封。盖秀吉所求, 不止封貢, 而皇朝則許封貢。
沈惟敬與行長欲彌縫成事, 而終不能諧。

及至丙申, 使楊方亨回自倭中。皇上以關酋負朝廷大恩, 戮殺官兵, 桼
毒朝鮮將, 石星下獄, 拿治惟敬。發水陸兵二万, 以討倭賊。天兵未及出
彊, 而倭軍已迫西湖。盖和事主上本意, 而皇帝之命若此截嚴故, 累降斥
和之教。由是三司又交章攻和。然而東人攻意在牛溪, 西人攻意在柳相。
如此兵火之中, 尙容黨論, 則平時排擊, 何可勝道哉?

倭兵再擧越海

天使與國使旣還, 秀吉大會諸將, 更謀興兵, 時万曆丁酉二月也。選六
十六州丁壯兵馬, 又請海中諸國軍, 令行長淸正各領八十万騎。戰舡六
百餘隻, 至釜山生浦, 分路下陸, 肆憤逞毒, 專殺人掘塚爲事。遇名山則
立石以絕其脉, 見空室則衝火以敷虐, 慶尙全羅了遺生靈死無餘矣。

---

292 牛溪(우계) : 成渾의 호. 조선 선조 때의 유학자(1535~1598). 자는 浩原. 호는 牛溪 ·
默庵. 성리학의 대가로 기호학파의 이론적 근거를 닦았음.

李舜臣討倭賊船

時, 統制使李舜臣知倭賊復入, 預選兵令曰: "賊入生浦躱全羅計. 當陽浦下有水宗[293], 水宗甚高, 不見前後, 以鐵推交竪水宗之下, 則數百倭舡一時可滅矣." 仍鳩聚鐵物, 亟令大匠造鐵椎, 合數万有餘. 使堅竪於水宗之下. 與水使李億祺元筠等乘舡下當陽浦, 召裨將分付曰: "汝領戰舡二十隻, 向釜山下, 則必遇賊兵於當陽浦下, 相與交戰, 戰數合佯敗走, 向千西南." 於是, 舜臣結陣于寒山島, 坐與億祺等, 飮酒大醉, 以望賊勢矣. 時, 義智謂行長曰: "前日之敗, 以小得窮擊全羅故也, 且有舜臣而然也. 今番先擊全羅, 則舜臣可擒. 得舜臣, 則朝鮮憂也." 行長曰: "然君與平調信領戰舡二百隻, 過水宗而去, 襲擊全羅. 吾守本陣, 而觀形勢而行." 於是, 義智等將向當陽浦, 至寒山島, 忽於海中風浪大作, 雲霧四塞, 鉦鼓之聲自遠以近. 義智大驚望見, 則戰舡數十隻, 自雲霧中, 而有一大將高聲大叱曰: "無禮蠻酋試聽我言! 旣結和親又興軍兵, 是何道理? 我國信汝言, 已罷屯兵, 不備軍機, 今猝如此, 吾當決死於汝!" 遂進兵戰數合, 佯敗南走. 義智大笑曰: "朝鮮人遽走伎倆也. 么麽小卒何敢作戲, 於行軍使之遲緩耶?" 遂督戰舡, 直抵水宗, 激如水波半浮空中. 許多倭舡隨波而上順勢而下, 貫鐵椎次次滅破. 二百隻舡一時陷沒, 只餘所乘一舡義智, 大驚惶怮[294], "海神含怒, 而有此變怪耶?" 急回本陣. 時, 舜臣坐松亭, 望見太息曰: "億万人命一時淪陷, 吾不得令終." 汪然垂淚, 仍與元筠等整勅軍兵, 還歸當陽浦本陣.

---

293 水宗(수종) : 물마루.

294 惶怮 : 문맥으로 보아 '惶怮曰'의 오기인 듯함.

元筠猜陷李舜臣

元筠見舜臣智略皆倍於渠, 功業必在於己右。素以猜忌之性, 復生陰毒之計, 請囑于大臣與近習, 行賂於監兵守令, 搆陷舜臣, 無所不至。而舜臣知若不知, 只恃有命之天時。

義智以償軍狀回報行長, 行長曰: "此舜臣謀計也. 天旣生舜臣於朝鮮, 又何生我於日本?" 嗟悼不已, 中夜不寢, 遽生計曰: "獲舜臣然後, 大事可圖也." 乃遣辯士瑤池, 見慶尙兵使金應瑞曰: "方今和事之不成, 淸正之所爲也. 吾與淸正交分雖好, 殺淸正然後, 可得罷兵. 而此吾所願也. 卽今淸正對羅陽下陸爲計, 令善水者潛伺以縛, 則兩國無事." 應瑞以聞於朝, 兵參尹謹[295]奏曰: "不可失也. 此機也. 卽令舜臣移陣羅陽浦口, 以俟淸正之至羅陽." 上許之。舜臣聞之曰: "倭賊素多巧, 何可取信乎?" 朝廷累次督命, 而稱病不去。於是, 瑤池復見應瑞曰: "朝鮮可謂無人之境. 如此機會那忍坐失耶? 淸正今將下陸, 乘縛一力士耳." 因咄歎不已。

應瑞以此意又聞於朝, 元筠令玄風人朴惺[296]上疏, 請斬舜臣。至於三司[297]合啓, 以請拿鞫。上戀其功勞, 不忍加法, 使司諫[298]南以信[299], 廉察軍

---

295 尹謹(윤근) : 실제 이름은 尹瑾으로 생졸년 미상. 자는 敬孚, 호는 愚泉. 임진왜란 때 유배 중이던 스승 曺好益이 풀려나 의병활동을 하자, 그와 함께 여러 곳에서 활동함. 의병활동한 공으로 관직을 제수받았으나 나가지 않음.

296 朴惺(박성) : 조선 시대 학자·義士(1549~1606). 자는 德凝, 호는 大菴. 임진왜란이 일어나자, 초유사 김성일의 참모로 종사했고, 정유재란 때 趙穆과 상의해 의병을 일으켜서 체찰사 이원익의 막하에 들어감. 임진왜란이 끝난 뒤 世子師傅로 임명되었으나 부임하지 않음.

297 三司(삼사) : 조선 시대에, 임금에게 직언하던 세 관아. 사헌부, 사간원, 홍문관을 이름.

298 司諫(사간) : 조선 시대에, 사간원에 속한 종삼품 벼슬.

299 南以信(남이신) : 조선 중기이 문신(1562~1608). 자는 自有, 호는 直谷. 1590년 문과에 급제한 후 사간원헌납, 병조참판, 경기도관찰사, 안변부사, 대사간 등을 역임함.

情。奉命下寒山島, 許多軍民無論男女遮馬以泣曰: "李使道爲忠誠, 恤民
之惠, 千古一人也. 伏願先生達榻前, 特使無罪, 使道以禦盜賊以鎭万
民." 以信還白曰: "臣到寒山島, 詳探軍情, 則莫不以舜臣爲無狀, 而逆謀
方急, 且淸正下陸時, 有一力士之事, 而舜臣絡謀避云矣." 上震怒, 拿召
舜臣, 刑訊一次, 下于義禁府。時, 舜臣兄義臣³⁰⁰堯臣已死, 八十老母居于
牙山, 聞而大痛曰: "我有三子, 二子先死, 今又舜臣無罪濱死, 吾生何
爲?" 因自縊沒。舜臣兄子薈³⁰¹入京養獄, 一日, 義楚胥吏謂薈曰: "方有好
機, 若銀二百兩, 則可圖也." 薈以告舜臣, 舜臣曰: "大丈夫寧死, 肯以苟
且之計圖免倘來之禍耶?" 終不撓動矣。遂因左議政李元翼判中樞³⁰²鄭琢³⁰³
伸救, 減死削爵, 降于水軍, 送于都元帥權慄營中。舜臣行過牙山, 道中
成服, 旣到營中, 顔色之慽, 哭泣之哀, 一軍感動, 莫不流涕。

元筠償軍亡命

元筠代舜臣爲統制使, 移易舜臣法制, 與愛姜玉仙居運水堂。遮籬二
匝, 令諸將軍士不得窺見, 日日淫酗, 亂打軍民, 營中蕭然, 思亂轉深。
時, 行長又送瑤池, 語金應瑞曰: "方今淸正之弟淸肅領戰舡二百隻, 自

---

300 義臣(의신) : 실제 이름은 羲臣으로 이순신의 맏형임.

301 薈(공) : 실제 이름은 芬. 李芬은 이순신의 맏형 이희신의 아들로, 정유재란 때 이순신
의 곁에서 군중 문서를 맡아보며 명나라 장수를 접대하는 일을 보았음. 이순신 사후
이순신의 行錄을 씀.

302 判中樞(판중추) : 判中樞府事. 조선 시대에 둔, 중추부의 으뜸 벼슬. 세조 12년에 판중
추원사를 고친 것으로 종일품 벼슬이며 관찰사나 병마절도사를 겸하기도 하였음.

303 鄭琢(정탁) : 조선 선조 때의 문신(1526~1605). 자는 子精. 호는 藥圃·栢谷. 좌의정을
지냈으며, 임진왜란 때 왕을 호종한 공으로 西原府院君에 봉하여짐.

日本殺來, 朝鮮以水軍窺待以擊, 則淸肅可擒." 筠卽領戰舡數百隻, 以
敵倭兵, 令左水使李億基右水使裵桂³⁰⁴結陣岸上。筠移舡大洋, 倭舡或
浮或泊, 勢如零星。筠進兵督戰, 賊愈示勢弱。終日苦戰, 軍士甚於飢
渴, 渾無生氣, 董董運舡, 至于德浦。爭相下島, 飮水之際, 賊伏兵一時
齊發, 殺四百餘軍。筠逐至巨濟, 霎時休歇, 忽然倭舡四面殺來, 放炮鳥
銃, 聲震水國, 矢石交飛, 鎗釖閃動。軍兵死者不知其數, 筠欲先登岸以
圖其生, 而肉骨肥鈍, 不能疾走。將校及餘軍東遽西走, 元筠蹤跡無聞。
億基溺水而死, 裵桂收合戰舡, 竭力死戰。賊退舡西走, 桂卽召百姓, 諭
令避亂, 身又逃亡。

倭賊攻陷南原

　　賊將行長繫南海襲順天, 又圍南原。天將楊元兵使李鳳男³⁰⁵縣監李春
元³⁰⁶助防將金敬老³⁰⁷判官李德熙同守南原。八月十三日, 行長督兵越城,

---

304 裵桂(배계) : 실제 이름은 裵楔로 조선 전기의 무신(1551~1599). 자는 仲閑. 합천군수,
　　선산부사, 경상우수사 등을 역임함. 이순신이 다시 수군통제사가 된 뒤 한때 그의 지휘
　　를 받았으나, 1597년 신병을 치료하겠다고 허가를 받은 뒤 도망하였다가 1599년 선산
　　에서 권율에게 붙잡혀 참형됨.
305 李鳳男(이봉남) : 실제 이름은 李福男으로 조선 시대 남원부사·나주목사·전라도병마
　　절도사 등을 역임한 무신(?~1597). 일찍이 무과에 급제한 뒤 1592년 나주판관이 되고,
　　이듬해 전라방어사·충청조방장을, 1594년에는 남원부사·전라도병마절도사, 1595년
　　에는 나주목사 등을 역임. 1597년 정유재란 때 남원성에서 왜군과 싸우던 중, 조방장
　　金敬老, 산성별장 申浩 등과 함께 전사함.
306 李春元(이춘원) : 실제 이름은 李元春으로 조선 후기 조방장·구례현감 등을 역임한
　　문신, 의병(?~1597). 임진왜란이 일어나자 도체찰사 鄭澈의 명령으로 구례현감으로서
　　운봉현감 南侃과 함께 전라좌도의 관병 5,000여 명을 거느리고, 영남의병장 鄭仁弘,
　　호남의병장 崔慶會 등과 성주를 협공하였으나 실패. 1597년 왜적이 다시 침범하여
　　남원성을 포위하고 맹공을 퍼붓자, 구례현감으로 남원성을 지키다가 전사함.

放火廬舍。矢石如雨, 鐵丸如雷, 城中軍民無敢擧頭, 死者以万計。天兵望見畏怯, 迎賊受刃。楊元只領數百軍, 走出城外。收拾散兵, 董以四百餘軍陣于訓鍊廳, 整齊旗鼓, 操弓而射, 賊不近入。居數日, 賊大驅兵擣入, 德熙以百餘軍, 決死敢戰。賊兵死者六百名, 德熙百餘軍亦盡死。德熙手執長鎗, 又殺賊兵百餘名, 仍死于賊。楊元脫身遽走, 敬老义手馬前, 乞命于賊, 被釗而斃, 春元越城而走, 被鏡而死。南原遂陷。

倭賊攻破稷山

賊將淸正遂領二十万衆, 自南原殺來, 勢若山岳無可禦者。義兵將郭再祐領密陽羅山昌寧玄風軍馬, 上阿王山城[308], 整竪軍器, 以待淸正。淸正望見山城, 城上白旗書紅衣將軍四字, 且驚且畏, 不敢近城, 直向黃石山城。安陰縣監郭春[309]咸陽郡守趙宗道[310]金海府使白師任[311]同守是城。淸正督兵擊之, 師任脫身先逃, 郭春宗道次第遽亡。淸正入于山城, 屠戮人物,

---

307 金敬老(김경로) : 조선 후기 경성판관, 김해부사, 첨지중추부사 등을 역임한 무신(?~1597). 1592년 임진왜란 때 김해부사로 왜적 방어에 힘썼고, 1597년 정유재란 때 병마절도사 李福男과 함께 결사대를 조직, 남원으로 들어가 방어사 吳應井, 구례현감 李元春과 함께 명나라의 부총병 楊元을 도와 왜적과 싸우다 성이 함락되자 진지에서 전사함.

308 阿王山城(아왕산성) : 실제 지명은 火旺山城. 경상남도 창녕에 있음.

309 郭春(곽춘) : 실제 이름은 郭䞭으로 조선 시대 자여도찰방·안음현감 등을 역임한 문신(1551~1597). 자는 養靜, 호는 存齋. 1597년 정유재란 때 안음현감으로 함양군수 趙宗道와 함께 호남의 길목인 黃石山城을 지키던 중 왜군과 격전을 벌이다가 전사함.

310 趙宗道(조종도) : 조선 시대의 문신(1537~1597). 자는 伯由. 호는 大笑軒. 조식의 문인으로, 선정을 베풀었고 정유재란 때에 의병을 규합하여 왜군과 싸우다 전사함.

311 白師任(백사임) : 실제 이름은 白士霖으로 조선 시대 무신(?~?). 임진왜란 때 장수로 발탁되어 큰 공을 세웠는데, 1597년 황석산성을 수비하던 중 도망한 죄로 투옥되어 심문받고 1599년에 고향으로 퇴거함.

又向稷山, 所經燒人屋舍, 逢人必殺, 傳令軍士割死者鼻以獻。賊兵爭相貢鼻, 少頃鼻積如山。稷山又陷。

中宮西幸海州

時, 朝廷聞賊勢甚急, 惶忙顚倒, 計無所出。慶林君金命元兵判李恒福奏曰: "以李舜臣更爲統制使然後, 盜賊可禦, 使權攝³¹²乞援於天朝然後, 朝鮮可復也." 上從之。

翌日, 淸正入據安城邑, 先鋒已抵漢江。都城震盪, 人民惶怯, 東奔西竄, 莫能禁止。百官請車駕幸平壤, 上不聽。右贊成李𦘖承旨金直誠奉中宮, 出彰義門留坡州, 由松都渡碧瀾津, 自延安至海州, 御于芙蓉堂。至己亥十一月, 始奉還本宮。

使臣哭奏天朝

時, 朝廷遣權攝忙入天朝。皇帝召聞賊勢, 攝哭奏曰: "當初通不意之患, 宗廟社稷幾爲丘墟, 伏蒙皇帝洪恩沛德, 一掃勁賊, 再造藩邦, 八路臣民庶幾復見大日. 千万不意倭賊復入, 駈兵逼京, 其鋒難當, 國之爲國未可知也. 陪臣罔夜陪道, 昧死以聞. 伏乞, 陛下復遣名將勇士, 再掃强寇以濟生靈." 皇帝聞之, 矜其情勢。特拜楊鎬都禦使, 經理朝鮮軍務, 以麻貴

---

312 權攝(권섭) : 남을 대신하여 사무 따위를 임시로 맡아봄. 군주가 직접 통치할 수 없을 때에 군주를 대신하여 나라를 다스리는 사람으로 임진왜란 당시 광해군이 권섭을 수행하였기에 문맥상 권섭은 광해군으로 볼 수 있으나 명 조정에 가서 원군을 요청한 사실은 없음.

爲都督, 吳有忠邢玠祖承訓爲監軍. 使韓愈轉令, 万世德李熏領二万軍, 護衛其後, 合兵二十四万二千七百人。又以豆太及小米四万石, 賑給土民。

天將擊退倭賊

丁酉七月, 楊鎬麻貴等奉天子詔命, 乘千里馬晝夜倍道, 馳人漢陽。以爲堅守之計, 朝廷遣兵參南元慶于平壤, 訓正[313]高彥伯[314]于海西, 收聚軍兵于漢江, 令權應壽[315]收聚京畿軍兵, 同赴漢江。於是, 元慶領義州寧邊德川兵, 彥伯領黃州安岳豊川長淵平山白川兵, 與應壽兵合陣于江上。天將吳忠[316]麻貴亦出江邊, 整勅行伍, 乘舡中流, 鳴鼓放銃, 聲振天地, 賊兵墜膽南走。楊鎬與上同渡銅雀津, 審守禦遊便。諸將遇賊于稷山, 一戰大捷, 斬首累百級, 鏖殺先鋒。賊將諸酋大挫, 直走海邊巢幕。

行長屯順天, 淸正據杰山, 以爲堅壁久留之計。行長曰: "目今唐兵彌滿, 其勢難當. 今若堅壁相持, 唐兵不得歸, 必有解弛之心. 乘時襲之, 唐兵可破也. 破唐兵則朝鮮不足慮也。" 遂傳令各陣, 堅守營壘列寨八百里, 以爲援引之勢。

---

313 訓正(훈정) : 訓鍊院正. 조선 시대에, 훈련원에 속한 정삼품 벼슬.
314 高彥伯(고언백) : 조선 후기 경상좌도병마사, 경기방어사 등을 역임한 무신(?~1608). 정유재란 때 경기도방어사가 되어 전공을 세우고 난이 수습된 뒤 宣武功臣 3등에 책록되고 濟興君에 봉해짐. 1608년 광해군이 왕위에 올라 臨海君을 제거할 때, 임해군의 심복이라 하여 살해되었음.
315 權應壽(권응수) : 실제 이름은 權應銖로 조선 선조 때의 의병장(1546~1608). 자는 仲平. 호는 白雲齋. 임진왜란 때 의병을 일으켜 공을 세워 花山君에 봉해짐.
316 吳忠(오충) : 吳惟忠의 오기.

李舜臣攻陷賊舡

時, 朝廷特赦李舜臣, 以爲統制使。舜臣見敎旨歎息不已, 率軍官一
人, 以匹馬發行。自慶尙全羅, 晝則隱身於山谷, 夜則疾馳以進。董到寒
山島, 盪敗之餘, 人迹不見。舜臣仰天噓唏, 甫聚戰舡千餘隻, 泊于海邊,
急聚材木, 廣構假家, 人人不識其意。俄而, 湖南一境聞舜臣復來, 歸來
如市。不久, 假家夾窄, 莫能容膝, 或設幕或穿掘者千餘戶。

舜臣, 於是, 復造貫玉舡十餘隻, 領三千精兵, 載銃釰弓矢。又載無數
草人, 立水軍節度使旗幟, 令善水者二千人匿於其後, 溯流來往。又選習
水者, 使各持鐵鉤, 又給燒酒蒜根, 令曰:"乘舡至閑山島北邊溯流, 賊乘
舡往來之時, 入于水, 小多飮燒酒, 多衣蒜根, 以避鯉魚之患, 各以鐵鉤,
亂引賊舡而覂之。"諸將軍上聞令大喜曰:"使道智略万占無雙, 小將安敢
怠忽耶? 況使道威焰振賊陣, 我軍何足憂也?"遂督舡溯流而南。

果然十餘日後, 賊將万虎狼領戰舡三百隻, 出湖邊入珍島。舜臣領草人
舡, 向倭舡而出, 有若迎擊, 賊飛揚矢石。舜臣遂退舡復進, 賊又如之。凡
如是者二十餘次, 賊舡中矢石殆盡, 而無一人傷死者。賊始疑懼鳴金欲
退, 舜臣以草人舡爲先鋒, 貫玉舡爲後軍, 以火砲震天雷一時俱放。賊已
費矢石, 更無矢石, 大亂相雜, 罔知所措。舜臣手曳長釰, 屠入賊舡, 左衝
右突, 賊兵死者不知其數。虎狼大怒, 手執鎗釰, 迎敵舜臣, 釰光閃閃, 其
音錚錚已而, 賊刃委折, 舜臣手執虎狼頭, 蹂躪餘兵。賊將國通只收百餘
舡以進。舜臣時日昏矣, 至緩渡浦, 百餘倭舡伏於水中。國通一枝軍亦盡
陷死。舜臣以奇計得太米二万餘石。又誘里民掄得鍮鐵, 一邊鑄銃, 斫伐
大木, 一邊造舡, 器械稍備, 軍聲大振。

天將攻拔兩柵

時, 順天益山爲賊所據, 東西列邑盡爲賊屯。天將楊鎬與邢玠定議先
攻淸正, 以斷左右臂, 先遣麻貴以下諸將, 擁兵以南。選兵四万, 鎬只領
手下勇兵數百, 輕裘戰巾, 馳過鳥嶺。與贊成李德馨謀, 先遣降倭呂余
文, 潛入賊營, 盡得形勢, 進到慶州。軍聲大振, 風迅雷掣, 諸將震慄。
盖用秣馬, 勵刃鼓勇, 爭首敵[317]。

都元帥權慄率本國諸將官水陸兵一万餘, 與天將進陣賊壘十里外。遣
辯士黃應良, 齎金銀綵緞, 往淸正營, 說和親。百般利誘請共討行長。正
曰:"我之勇力智略今世無敵故, 日本關伯猜忌滋甚, 使不得一日留國. 攻
伐海中十八諸國. 功積每每居魁, 而位居行長之下, 豈無憤慨之心? 但與
行長同出万里他國, 生死成敗無不與諧. 今遽相害, 決非人理, 君言不可
從也."應良無聊而歸。

居數日, 大將少出兵誘賊, 賊悉銃追之。楊鎬領遼東騎兵三万, 麻貴領
浙江鎗軍三千, 左右夾攻, 賊兵大亂失伍。鎗軍三千殺入賊陣, 用鎗如
神, 怳若雲霧之聚散, 賊兵披靡如麻。亂斬一千餘級, 獲其勇將, 僵尸布
野。日暮箚營休軍。翌曉鎬上陣薄戰, 炮烟晦天, 旗彩耀日。各兵乘勝,
齊喊海島皆振。用蜚炮火箭亂燒賊幕, 遂拔伴鳩亭太和江兩柵。賊焚死
者無數, 盡獲器械。淸正堇堇以身免走保島山。

天將入島敗績

淸正走島山, 悉拒城守險。士皆蟻附仰攻, 堅壁未易拔。楊鎬令各營,

---

317 爭首敵 : 문맥으로 보아 '敵'은 '獻'의 오기로 보임.

分兵迭休, 守圍數匝。賊衆渴餒多斃, 淸正閉壁不出, 屢乞求緩[318]師。鎬
慮其不聽, 攻之益急, 期盡殲已。賊每夜出獲沒, 鎬令本國金應瑞, 伺捕
無遺, 日不可勝計。如是十三日, 正着水銀甲, 騎靑驄馬, 持長風釰, 大
叱而出。麻貴手持畏鎗迎敵淸正, 楊鎬親率大軍, 左右夾攻。賊兵益窮,
遂入上土島。天兵進圍益急, 督戰益力, 賊兵久不出。天兵窃怪之, 眺望
島山, 四面寂寥, 絶無人迹。天兵深入島中, 賊兵大出, 一時放銃, 天兵
死者三百餘人。會天大雨, 路沒膝人, 墮指士馬多餒凍死。賊援且大來,
將繞出軍後, 鎬密察事機, 麾諸軍退舍身自爲殿。賊欲追躡, 反旗突擊,
斬屢十級, 賊不敢近。時應瑞伏兵要路, 擒賊二百餘人而歸。盖天兵進圍
島山, 軍吏皆賀淸正就縛在於傾刻。而於以天寒大雨, 雖未獲全功, 然賊
中亦相歆歎, 至畫天兵攻島山圖傳看於日本。

天將收軍還京

時天寒積雪, 天兵不能耐寒, 有死之心, 無生之氣。副體察使李德馨馳
報天將曰: "卽今沈安屯率十万軍兵, 自淮陽殺來. 勢甚窘急, 盍歸乎來?"
於是, 鎬解陣而行。淸正眲知, 領兵襲其後督攻之, 天兵數千餘人一時盡
陷。鎬收拾餘軍, 自淸州還入漢陽。

天將運陣敗績

楊鎬旣歸漢陽, 使諸將往守要害。麻貴守蔚山, 董一元守泗川, 劉綎守

---

318 緩 : 援의 오기.

順天, 陳鱗守屯海邊。賊兵擊蔚山, 麻貴伏兵而待, 出而敵之。自申時[319] 至明日午時[320], 迭相殺伐, 賊兵死者三百餘人, 天兵死者七千餘人, 貴遂 退軍結陣。一元至泗天, 遣人于平正成請和親。正成佯諾, 縱兵襲擊。天 兵大敗, 連尸四十里。

劉綎至順天, 遣吳宗道, 以白馬一匹, 朱砂[321]一封, 黃金十斤, 大段一 匹, 與行長請交權。行長許諾, 宗道歸告綎, 綎復請會飲曰: "我是大國將 軍, 君則小國將軍, 先請我行, 無奈得當耶?" 行長曰: "三日後, 將軍領 五十將士, 暫枉我壘." 綎乃抄五十美丈夫, 以其中最長者一人, 詐稱劉 綎, 送于倭陣中。綎預抄精壯, 埋伏帳外。行長坐定後, 綎詐爲下卒獻壽 行長。行長見其氣像歎曰: "此卒有大將軍風彩, 非行伍間人物也." 綎中 心歆服, 不勝惶怯, 擲盃而出。於是, 帳外伏兵, 一時發炮, 大喊數聲。 行長飜身上馬, 宛若飜空。天將正眞元以西蜀苗蠻軍一千, 欲躡其後, 行 長下卒五十人, 已無去處, 無一人中傷。

翌日, 遣人謂行長曰: "昨日之旋何其速耶?" 行長曰: "軍中不亦些故 耳?" 其人曰: "伊時, 帳外放炮之聲, 卽中國接賓之禮, 君無怪焉." 行長 曰: "我何疑乎?" 翌日, 行長領精兵一千襲劉綎後, 天兵千餘人並死戰場。

李舜臣破倭歸國

劉綎旣敗於行長, 董保順天後十月, 復出兵擊之。行長不能敵, 請兵於 沈安屯, 安屯領五百戰舡 殺向順天。李舜臣收貫玉舡百餘隻, 出海督戰,

---

319 申時(신시) : 12時의 아홉째 시. 오후 세 시에서 다섯 시까지.
320 午時(오시) : 12時의 일곱째 시. 오전 열한 시부터 오후 한 시까지.
321 朱砂(주사) : 경련·발작을 진정시키는 데 쓰는 광물질.

倭舡百餘隻被火砲而碎破, 又百餘隻被鐵鉤而渓沒。人馬之陷敗, 器械之損失, 於此可想。安屯只收三百船隻, 走入坊踏。舜臣移兵奮擊, 又敗倭舡二百餘隻, 安屯大敗而走。行長亦敗於劉綎, 收兵至順天, 乘舡出南海, 忙走日本。清正聞之 亦自蔚山還歸日本。麻貴董一元等又擊泗川, 擒平秀正平秀成。

李舜臣故中流丸

李舜臣縱兵逐安屯。其餘屯倭無足憂者, 仍此思惟曰: '我國素多奸人, 有功者害之, 多才者傷之, 卽今倭賊敗歸, 時節平定, 則害我傷我. 將不知幾箇元筠, 吾寧死於戰陣, 千載血食不亦快乎?' 乃免胄脫甲, 立於舡頭, 大喊督戰, 忽中流丸。歸臥帳中, 呼兄子莞[322], 授平倭方略, 卒于軍中。

莞因其節制, 奮擊安屯。安屯中片箭, 墮水而死, 餘兵沒死海中, 只三四倭卒出沒水中, 拾得片箭而歸。盖倭賊最以片箭爲其國所無之箭, 而以其疾, 其中他箭無比故, 於其陷敗之際, 限死得去云。於是, 賊舡掃如南虞祇平, 時, 万曆己亥十月日也。

皇帝詔罷援兵

先是, 楊鎬之回軍, 漢陽軍校有得罪於鎬者, 訴讒畵主事丁應泰。應泰

莞(완) : 李莞. 조선 중기의 무신(1579~1627). 자는 悅甫. 이순신의 맏형 이희신의 넷째 아들로 임진왜란 때에 이순신의 휘하에서 종군하였고, 이괄의 난 때에 충청도 병마절도사로 공을 세웠으며, 정묘호란 때에 의주 부윤으로 적군을 맞아 싸웠으나 패하자 병기고에 불을 지르고 焚死함.

雅不信於鎬, 因上奏効之, 並誣我國。上震驚閉閤不視事. 遣右相李恒福
重臣李廷龜[323], 據實馳奏, 請留鎬以活國。奏三上冠盖絡繹於道。

　皇帝以名臣任重不可苟其進退, 乃命五府六部九卿會勘, 應泰革職爲
民, 且聽鎬罷還。時 戊戌夏也。帝遣万世德代領諸將, 留兵分陣, 以禦克
斥。至是, 倭賊盡退。

上遣陪臣奉表陳謝

　皇帝降勅慰諭, 詔下諸將引兵西轅。旋節鼓角, 連亘三百里, 而其視東
萊太牛零星[324]。每當戰伐, 遺墟麾旗, 而號哭者有之, 指点而涕泣者存
焉, 此莫非戰亡人切親也。將渡鴨江又復如之, 提督以下無不垂淚。時
万曆庚子春也。

日本永結和親

　先是己亥, 秀吉病死, 淸正之回軍, 盖以此也。義智繼立, 而以爲朝鮮本
非弱國, 而又有中國之弱援, 則一島兵力難與天下爭鋒。且變及兩陵[325],
怨積仇深故, 不能生心於稱兵, 專意從事於和親。

　至于甲辰, 詐械死囚二倭, 稱以壬辰犯陵賊, 來獻求和。領相李恒福欲

---

323 李廷龜(이정구): 조선 시대의 문신·한학자(1564~1635). 자는 聖徵. 호는 月沙·保晚
　　堂·癡菴·秋崖·習靜. 벼슬은 우의정, 좌의정에 이름. 한문학의 대가로 글씨에도 뛰어
　　났으며, 조선 중기의 4대 문장가 가운데 한 사람임.

324 零星(영성): 영성하다. 수효가 적어서 보잘것없음.

325 兩陵(양릉): 宣陵과 靖陵. 중종과 명종의 능인데 임진왜란 당시 왜적이 파굴하여
　　불태웠음.

誅之境上, 柳永慶欲自功誇, 訟力請訊問, 竟無所得。至是, 義智又遣使諸, 以五百倭衆替番作質, 永結和好, 因爲朝鮮之附鄘。我國遣呂祐吉[326] 報之, 時 万歷丙午歲也。由是, 我國限以十年一遣使, 至今東萊東平館, 是五百倭衆替質之所云

附土亭夢遊楓岳

朝鮮之山祖宗白頭, 而支分龍行。名山有五, 東皆骨, 南智異, 中三角, 西九月, 北妙香, 是也。五山之中, 最高而大者, 無如皆骨, 絶勝而名者, 莫如皆骨故, 洞天[327]極壯。名稱亦多, 或謂之金剛, 或謂之楓岳[328], 或謂皆骨。此皆山之揔名, 而以峰言之, 則一萬有二千峯也。

我國明宣之際, 有一異人, 土木形骸, 性忍寒暑, 涉海踰山, 無所懼焉。眞所謂奇花異草, 珍禽怪石。[329] 姓李名之菡, 號土亭也。万曆中, 遍遊名山, 東至楓岳, 探幽訪深。上極高處, 便一靈界而日落山頭, 夜色如晝, 有一仙房, 掛在岩阿。土亭於是, 休筇空欄, 寄身簷外, 不覺心神疲而睡魔交矣。

居無何一二雲衲[330], 修理法殿, 設屛排席曰: "列岳諸山英靈, 冥司[331]有

---

326 呂祐吉(여우길) : 조선 중기의 문신(1567~1632). 자는 尙夫, 호는 稚溪·痴溪. 1591년에 별시문과에 을과로 급제하였고, 1603년 밀양부사를 거쳐 첨지중추부사를 지냈는데, 임진왜란이 끝난 다음 전쟁을 마무리 짓는 사신으로서 일본에 내왕하면서 포로의 쇄환 등에 공이 많았음.

327 洞天(동천) : 산천으로 둘러싸인 경치 좋은 곳.

328 楓岳(풍악) : 楓嶽의 오기(이하 동일).

329 眞所謂奇花異草, 珍禽怪石 : 이 문장은 문맥상 앞의 "則一萬有二千峯也" 다음에 놓여야 자연스러움.

330 雲衲(운납) : 雲水衲子. 여러 곳으로 스승을 찾아 도를 묻기 위하여 돌아다니는 승려를

事[332]王國, 次第來臨矣." 言未已, 燈燭照輝, 威儀瑩晃, 列位諸尊定坐。
坐已定, 三角山神靈問諸智異山之靈曰: "近看天文, 將星夭怪[333], 在南經
北, 此變曆南維無. 乃海外妖氣, 起自東南耶?" 對曰: "非但天文逞妖. 抑
亦人事之可慮南蠻之跳踉日甚. 朝鮮之宴安轉極正值危亡之一會機也. 天
運如此, 謂之何哉?" 於是, 楓岳之神愕然曰: "朝鮮禮義之邦, 南蠻禽獸之
國. 吾儕托跡禮義之區, 受享禮義之薦, 則自是禮義之神. 而醜彼南蠻一
朝來居, 則便作禽獸之神, 不亦辱乎? 不亦恥乎?"

在座諸神幸各深思之, 九月山靈乃曰: "南蠻地方三倍朝鮮, 南蠻兵力
三倍朝鮮, 又輕銳殺伐之性, 非朝鮮可敵. 一渡南時, 長驅北邊, 三京[334]
何以免瓦解, 八路何以免魚爛[335]乎? 此時救濟之策惟在於大明天子. 此
妙香山靈所長慮也."

于時, 妙香之靈西望浩歎曰: "天子兵力雖曰微弱, 一通四海, 大事如
虎赫然, 一怒少醜何有. 而但事係外國, 變屬理域[336], 錯愕[337]奪發實所難
必. 何以得天子震怒乎?" 坐中有曰: "長壽之山, 其形磈磈, 其大磅礴,
其靈理異. 其靈曉之無可先幾之助乎?" 長壽之神, 劍祛而言曰: "淺山微

비유적으로 이르는 말.

331 冥司(명사) : 冥府. 사람이 죽은 뒤에 간다는 영혼의 세계.

332 有事(유사) : 有司의 오기. 단체의 사무를 맡아보는 직무.

333 夭怪(요괴) : 妖怪의 오기. 요사스럽고 괴이함.

334 三京(삼경) : 고려 시대의 삼경. 南京[서울]을 두기 전의 삼경은 中京[개성]·西京[평
양]·東京[경주]을 말하고, 고려 후기 임금이 순행하던 삼경은 중경·서경·남경이고,
중경인 開京을 제외한 지방 행정 구획으로서 삼경은 서경·동경·남경을 말함.

335 魚爛(어란) : 물고기가 썩는다는 뜻으로, 나라가 내부에서 부패함을 이르는 말. 물고기
가 창자부터 썩기 시작한 데서 나온 말임.

336 理域(이역) : 문맥으로 보아 異域의 오기인 듯함.

337 錯愕(착악) : 뜻밖의 일로 놀람.

神非無先見. 惟其所見, 不過數年之前, 豈有遠大之計乎? 但前期察變呼
告邦人. 至於激動天子之術, 吾不如長山之神. 幸加敦勉[338]令." 曰: "長
山何神?" 對曰: "諸山列瀆, 莫非男子. 其神惟此長山娘子, 素多才藝,
神靈絶異, 飜雲爰雨, 在其掌幄也."

　於是, 遂以諸神之令, 邀以告之, 綠衣紅裳嘿然良久曰: "惟彼南蠻俗
名爲倭, 載禾女人 其時倭耶."

[영인]

임진록

壬辰錄

여기서부터 영인본을 인쇄한 부분입니다. 맨 뒷 페이지부터 보시기 바랍니다.

託於村莊之匿受辛利暴之禍則計見得義之形而醒悟者
衰一胡光屬則便使人鮮戰之神不亡屏乎不亂二本産諸神董否
深思之北月山靈乃曰南蠻地方三倍朝鮮南蠻兵方三倍胡鮮又
鞭殺絞代之惟非胡鮮可敵一渡南渡山時三京何以免虜解
八從行以兌魚烟乎此時救濟之策在於大明天子此步者山靈一亡兵處
于時步者乎云其西聖浩激曰天子乃方雖曰尚弱一通一回涯天事如虜赫
盐一五少眼行而有但事係外國麦屬理誠錯悍者後賈狡雜步何守
天子喪出空中有曰長壽之山亦破得其重程異其重
唫之言乎先步之助之言之其壽之神銅社四言口浅山微神非之三先净
亦見不肖孩子之而宣有達大之汴休仮恒而朋容庭那人全忙憾
動天子之衛吾不知長山之神董加敢勤今日長山行神對諸人列濆莫
非男子其神惟此山犹于素事乎氣神靈完賢亂雲峽雨在其章握
也花又遠只諸神之今與言告之緣衣使衣宗吧恁是良人曰惟後南貫妙名
為儒戴采女人其時偽眇

死清正之回軍盡以此也我軍御之而以為朝鮮本非稱國而又有中國之
弱後川一島兵力雜与天下爭鋒生矣及仍陵兵積枕不能生矣
稱兵事急送事先和親至于中原榦械死因二俵徐至主辰犯境賊害獻
求和領相李恒祏歆自切防朝力請訊問克無餘海
至是又義智又遣使清以五百僂徐行名山有五東將南智菜中三角西九月北少
廟我國進守祈告報之時乃曆丙午歲也由是我國限于一遣使
之山祖宗白頭高支令就名山有五白僂泉積骨從勝而名者莫如皆骨後洞大桂
香見是世五山之中嶽高欧菜青多如皆骨從勝而名者莫如皆骨後洞大桂
世名稱上嶽率謂之金剛峯謂之楓嶽書謂皆骨山海名而以峯言之則
一萬有三千峯也我國映宣藻有一與八土木形骸性具寒暑沙海輸
山至大嵐爲真而謂岳花異草珍禽雅石姓率一為之謂勝土産也方曆
中遍遊山串至楓岳釣深上枢處使一室奥而日落山頭夜色
如畫盡有一仙房擬在若阿主真休泊止欄宇身屬外不見心神度
而腹魔久多居之打二雲神修理法殿後屛排席白列弟諸山莫重
冥司有事主固次爭非也盤燒卧睨列位幹事
室空已突三角山神連同諸留明山之壺回近者天文將星天帅征南
経北及廣商雄無万海外妖氛起星日那但對日那但但天文旱
之可康南雄之雕跟此朝朝雷之塲慮期棺正惟是巳之
此謂之何飛花是楓岳之神惜並日朝鮮杻義義氏南豪全國吾儕

66

之損失若此可想安屯只收三百船隻走入坊踏舞從移兵舊鄭
又敗儀船二百餘隻安屯大敗而走行長亦敗於劉綎收兵至順天愈小西
飛南海清正走日本清正聞之亦自蔚山還歸日本麻貴董一元等又擊泗川擒
平秀正平正成 李舜臣故中流丸 李舜臣銳兵逐安屯其餘屯倭並兵直
者何以曰惟曰我國素多奸人有功者居之多才者傷之即今倭賊敗歸時節
平定則害我傷我將不知幾個死戮吾寧死於戰陣千載無愧不亦快乎
乃免胄脫甲立於船頭大呼督戰為中流丸歸臥帳中呼兒子莞授平倭
方略卒于軍中莞因其節制督擊安屯 中丸舟人墜水而死餘兵沒
死海中只三四倭卒出沒水中 拾得佳箭而歸蓋倭賊最以兵箭為其國諸
無之箭因以其兵箭疾其中也蓋箭多比於於其陷敗之際限死得出云於是賊兵歸
如南虞祇平時萬曆己亥十月日也 皇帝詔罷援兵 先是楊鎬之回軍
漢陽軍校有得罪於鎬者 訴說丁應泰 雅不信於鎬因上
奏劾之並證我国 上震驚閉閣不視事 遣右相李恒福重臣李廷龜
據實辨奏請留鎬以活國奏三上冠蓋絡繹於道 皇帝以為臣任重
不可苟其進退乃命五府六部九卿會勘應泰革職為民且禁鎬無得逞
時戊戌冬也 帝遣萬世德代領諸將留兵分陣以衛京城今是倭賊
盡退 上遣陪臣奏表陳謝 皇帝命勅厳論諸將引兵西歸旋
鄭都鼓角連亘三百里而其視東萊太半焚盡每當戰伐遺墟瓦礫而歸
哭者有之指此而泣之者存焉以莫非戰亡人功親此時渡鴨江又哀知之提
背以下無不垂淚時萬曆庚子春也 日本永結和親 蓋是己亥秀吉死

日本関白精兵淸甚使不得一日留国攻伐海中十八諸国功績每每居魁而
性居行長之下豈無憤慨之心但与行長同出万里他國生死成敗無不与諧
今還相猜決非人理君言不可從也鹿良无聊而帰居数日天將步出兵誘
賊賊奄銃追之楊鎬領遼東騎兵三万麻貴領浙江鎗軍三千左右夾攻
賊兵大乱以伍鎗軍三千殺入賊陣用鎗如神惚若雲霧之聚散賊兵披靡
如麻亂斬了餘級獲其勇將僂尸布野日暮各營休軍楊鎬上陣薄
戰炮烟晦天旌旗耀日各兵乘勝齊賊海島皆振用龍炮火箭乱燒賊幕
遂拔伴鷗亭太和江而稱賊躯死者無數盡獲兇械清正重以身免走保島
山 天將入島敗績 清正走島山憑非城守險士皆蟻附仰攻堅壁未易拔
楊鎬令各營分兵迭休守圍數匝賊衆渴饑多斃清正閉壁不出屢乞
求援師鎬慮其不誠攻之益急期盡殲 已賊每夜出獲沒鎬令本國金
應瑞伺捕之者皆一日不可勝計如是十三日正看水銀甲騎青驄馬持長鳳鈎
大叱而出麻貴等持長鎗迎敵清正楊鎬親率大軍左右夾攻賊兵益蹙遂
入上土城天兵進圍益急背戰盡力賊兵久不出天兵窮怖之晩聖島山四面
寂寞死無人跡天兵深入城中賊兵大出一時放銃天兵死者三百餘人會天
大雨路没膝人道擠土馬多餓凍死賊援且大至楊鎬出軍後撥鎬密案事枝
鹿道帶退舍身自爲殿賊欲追躡反旗突擊斬層十級賊不敢近時應
瑞伏兵要路擒賊二百餘人而帰盖天兵進圍島山軍士皆賀清正就縛在
於頃刻而旋以天寒大雨雖未獲全功然賊中亦相歎歎至于天兵攻島山
圖傳者於日本 天將收軍還京 時天寒積雪天兵不能耐寒有死之心無

在心方主運中鴨江議我國不能賦又不能許口某中朝之知似其英
策上亢者莫不以色泣顧言上奏以技　皇朝与場許知造役行封盖考
書求不上封貢而皇朝則許封貢汝惟欲弓行長戰痛逼威辛而終不能許
及至兩申使楊所章四目楊中　皇上以快爾頁朝達夫貝戰後官兵莫無期
將石星下獄金洽惟發光隆兵二方以討倭賊天兵又及出獨四保軍三道
西湖盡犯事　主上本貴高而皇帝令者以戴戰技異降而不和之義由是三司
走章戊和往而東攻賣在生溪四人攻異是柳相沉兵火之中南客賣渝剛平時
排尊行何勝道哉　　倭兵開築距海　天使与国使說選芳義夫會諸將更預興兵
時乃歷丁酉三月也選夫士州丁壯兵馬又淸海中諸国年合行長淸百谷各頃
　李舜臣討來賊船　時倭制使李舜臣知偈賊渡入預選兵令日賊人生浦
　絿金羅討富陽浦下有水宗　甚高不見前後沒鉄椎交堅水宗之不前數
百倭使一時可乘夫仍鳩聚鉄物令夫連造鉄椎催任敵万有餘使堅堅悲水宗
二下与水使李漬祺元舄等栗埋富陽浦色禪將令付曰汝領戰舡三千隻向
釜半則必遮賊兵於富陽浦下相与大戰又敗走時義官謂行長日前日之敗必不
于寅小島平与僅祺等飲大賊以留賊谷伴賊殺夫時義官領戰長日前日之敗必不
　得膀膀羊全羅以世且有舜臣而然以此　金渝剛讓廷可倫得賊臣兵
　則胡鮮是也行大日法君与平調信領戰二百隻遂水宗甚就於金羅吾甲
本賦以價形勝而行於月義宵等將內當陽浦盡寒山島忽於海中原沙大作

五十人戰歿八封圖黃金屯月寿五色就砣左手執戟花三朵就面右手執皇盖以豆多之兩更盡梢以迎天使命迎康後大開傾侗之秀吉蕫~服身移砣他
即接天使回左右鳌義也此曰朝鮮使臣与其國之王善子親也車載将類图舟回莫大寻相
黃惧出手達春秀吉在此曰吾不殺胡鮮国王者以富其責難恐吴之朝日胡鲜末官
鲜王當進接子陛謝旦德而乃友進旅微官以塞其責難恩莫大英相
必殺苏惧期人金勒问盖之束非挍旅之自以不傅國書為原舍以免身誓
會恭吉郧行天使ト天安不勞而悱诵悱同足慎不得己送~延傷人服其
如兵不遠報扗行使及魘四階市街市迎傷人服之状達
處謎金屯喷闾溪故免喜詠以哭事~勅之上睨待慰渝特咸嘉喜
春則共對以咤峰之诗别圣勤静~動静子王和議坟金玄
仍曰議手与吞非防當同盖上意以哭事喜世
成或迎和事之不成趙徑一隊亦充黄梢之誠國連春莊朔点以此也征墓
慎寺忱日本之合議你觧造前臷入其國街道市莫不迎笑曰
會~吉郧行天使~天安不莒而恦诵悱同足慎不得己送~延傷人服其
一隊人盖延和事之不成趙徑一隊亦充
泊南海忧此朝瞭並立處抅~毅圖惧作非閭軋輒怪旺束窝即上送月消日而六百傷甩
胡将即顧毳諒進攻扗其收柳桐成祝臰平漢同對軍夹
貴國共秦力以浍後國惜汰~蔴而上奏~其時傍夛奁瘫亷和與
日峄搶揆金羅一道梢支出降英軍粮賈賦主則一子為庙堂計圭丕出秋
曲沒~顧嚌路四群讓攻扗其祝夹平漢同對軍夹
生蔴以者圖牌光兒如一變頃小後~鋒庭圖自狱而顧待即重揥八狂畣高卜
上回顧秦當畣

夜倍道馳入京城 諸相百官長老迎出祗迎皆呼万歲 王子諸臣謁于上
即謝如松曰皇帝德澤將軍威令掃除賊倭保我臨還歸古國復見天日
雖銘心而鏤肝摩頂而放踵不足以報再生之恩也 即舊宮城營建草屋上寓
貞陵洞行宮曰教該官曰不可長处閭閻 即將舊宮城內略構草家欲為移寓
昔衛君爰舍于漕古亦有寓草屋而居之者 此誠村時欲居天顏乎 天將有以營建
王宮為言 上曰深讐未報何以家為 天將嘆服 天將領兵西還 万曆甲午倭酋秀
吉遣玄蘇平調信等奉獻降書于 皇帝 提督李如松即領大軍還歸中國 上餞弘濟
院 百官餞于高陽縣 時十月日 嗚呼三年兵火 尸遍未盡 旱蝗荐臻 癘疫又熾
經亂之民飢病而死 十室九空 千里不見人家矣 天使閣下日本 倭使由摠玄蘇平調信入
天朝獻降書 天子大罵倭使 下詔曰今以三件事定和 一勿封 汝舊君為和順
王 其一無一人留朝鮮 其一永勿侵朝鮮 如是和可成也 不然則不可成也 爾等
洛陽伯 於是遣兵部尚書李宗城 吏部尚書楊方亨與玄蘇平調信往日本以報和親
宗城等入朝鮮 留漢陽 送言於倭陣曰 吾奉天子威命往于爾國 爾等急急撤
歸 於是能倭四万兵一齊乘船還歸本國 時万曆乙未六月也 平行長清正還
歸本國 先是行長等既棄漢陽 敗困於天兵 自蔚山入生浦洞 亦東萊巨濟
金海等地 為久留之計 至是天使李宗城等行到金山 留連數日 送人于行長陣
中 諭以回軍之意 行長清正等一時從兵歸于日本 時万曆丙申三月也 天使国
使逍歸 時朝廷用天使楊宗城之言 遣同知府使黃慎 軍資寺僉正
李逢春與天使同往日本 吳山接天宮 圈花藤珊瑚鈞真珠簾水晶檞雲
霧屏 真天下無雙也 秀吉依琥珀枕 對琉璃案 左右前後立五色侍女各

神宗八年賊兵勤兵此弄天貴不小或男盡歧歧各指鋒鈞首諸城達附将軍大死
曰各秋賊漢不減天時妄从土地教掠人民吾与南賊捍乎不共之人自可即
賊而但与汝洋洋相距陣兵会日躬先聞又仍遣馬鞍軍三名
列于陣门以背為勝屡陳陳處鐸才人庫為陣与戎男将鈞至後
賊兵二陣杂獐馬北到到果一馬鞍一時渡起既到以鈆栓乱
韓戎男灣慣五人賊玐叛賊之閒賊太十九矢賊大惧一倫曰以神兵不
可敵曾弗衆夜遂亡矣　壬渭信阮惕日本
亮啊曾賊陣大軒此許日秦帝賊将衝東出戰和不敢敵迎我鐸又遍将金
徒谷足度意　上賊楽李孙名清将处今沐薪守川袭李元气豊豊国
山劉繼祖名順首建夏守開照王义珪泉相知　度神使李川姜奉渓里国
軍糧和与与上閒閒稚桿妈雰曰今日胡解瀕勝曰豈共非
著枝世消案西曰未日申時勝僧状閒戈未矢男瑶閒曰申時状川馳引署
佳賊不肶扶持奉書請和堂惕曰本六如松太吾仍清上達徐「来戎卉容頊草
多吾吾渾和謙　王子大匡美謝天恃　和使之行牢如和敎書卉玓之如和曰岳非
著祖世　王子大匡衣王子大臣于来国不並則和不丁戎吔孝見之内離不悅外假頼屯
馬送四王子清大臣元見来王子清臣渭服帯還以青卽小川動色草木囘汞畫

汝言世間剛十人不從等與相知一人單相知八人不從等我一人我等十人不從等遇春十人常處春十人不能等閫我將一人自謂天下無敵敵有此危始之言不可誤邪應瑞心甚安卿而色此如丙出既在攻陷晉州後兵之平漢陽向嶺南而都元帥權慄淮安舍戟湧盡軍根已之軍中飢餓晉陽向閫飢餓人國舍海安時進戶以酒向年城賊軍時屠我吾兵之屬時恨逆与李賓守引立向全羅兵道晉州義兵將權慄會合千兵痛哭自別飛賊逐入晉州城屠殺人民燒盡屋送舉老清兵使韓進卽州利官成守率兵於賊屋郭元帥卑義兵將合人一方餘人續戶筆從火軍幕橫平調信賊將逐廬舉山引兵大噭左右衝突傷我不敵置千祖倍發度下快之泉金誠一唱逐平調信撼我乱耳祖禪將軍義兵將卑祖司倭兵之從前及震先雷交戰六部郡韓後賊兵大敗向泗川死之金誠一唱逐平調信撼我大噭曰吾軍一閘賊陣調信川領咸陽卑桃山崖三邑兵高推陣倍信賊士蹇算使金誠一開賊陣調信矢田祖鮮沙汝有別以今日決北根豐南等運戟川回生命倭兵出山向二子逕世今日決北根豐南等運戟向三邑名臣四向喝曰吾軍具晉州兆於八也鳥兩雲長祖調倍矢引兵宜大向三色五彩洪戎我金誠一嶺快守三邑人同調信義兵將侯戎男翼虎將軍金誣前令寸人軍具五色班衣結陣挥後馬上立軍飛逍庭甲橫馬上以示

初金命元起身有人道都元帥退守鹿屯形勢稍張翔連下翟其持重遷使
曾之請將渡江遇賊伏兵申砝到免良敗免令元爭收兵左次又駐劉順安以
備行在防禦使金鷹瑞知朝廷之志力進兵上疎曰今之事勢不可以飢餒
李元翼降敕曰何大禁柱詞而輕其戰即令元爭還和而謂元翼曰以子之膽素
不見賊政令元爭不之問但招元翼謂元翼請信元翼出兵徒
天爭之事備遭賊服枕之背煇天將持重全是以拜辭進   主上爭
宴天將 九月上還都城郭毀起同闕空志席滿席灰爐人心結上左
右顧賜歎息流涕日後大宴淸本如松章以上寶貼李恒福柳根龍
命與五敵樂大讌諸臣出柱于二十簡獻于上白以西圓獻子圓貞百茗弩
天子爭賞服地剛雖年庫以消病見服禮物獻于主上主上以未者焰西面謝曰
以接兵一介入皇帝敦愛發頒朝鮮王有此章實王試寺之以著秋其腰五色
輝耀頭有四彩廿奇異上見之爭且以下箸如松失而先寄曰此臨味不臣
常食王何又撲那上矢而不爷剝出帳外白承傳令生活以不承
傳奉禁以進上昤其着扶其虜而著肴又矢日桂氏萬臣茗以不承
者其不歟某與 方勤升撰顙不見正祖上矢曰真處中圓王生若以誓為
士座憲以國辛味以名松許之應瑞手持長 鈞心握殿逐周固折雜候
以芳禁請鈞蘇以助歡如松手持長 鈞丹珠日小將与吉溈雲長若行以松矢
莫不歎賞應瑞獻鈞珠日白日青天雁落於身未朝桓紳
色因無偃日白日青天雁落不見不見長若行以松矢

西房各三間南面圍以長廊北接隱月東連芙蓉西通州城不甚宏壯又
湖堂小齋六間于柏林寺舊址圍以長廊雖三面皆虹門階下立草家三間以為儲
宮直宿之所癸巳八月十二日大駕到海州見山川之美意欲留居之從臣力争乃
於九月二十二日發向京城而中殿平後宮諸嬪御諸王子仍留于此上命大臣
以下分司諸臣扈衛而趙遡三年乙未乃命奉翟儀還京令都承旨趙仁得督
扈行以十一月初三日離海州次撈城村至十二日入京時 元宗在龍潛寓於州民
鄭命長家乃以乙未十月初七日誕我 仁祖 仁獻王后臨産忽有紅光照耀
異香滿室后母申氏夢見赤龍在 后側又有人書諸屛曰貴子喜得 予欽
既悟之而誕 聖朝中興大業實肇於此 休靜迎駕還都 先是休靜
扶釰西行謁于龍灣行在 上曰世亂如此爾可弘濟否休靜泣而拜命
國內緇徒之不任行伍者臣令在地焚修以祈神助其餘臣皆領率悉赴
軍前以效忠赤 上義之命為八道十六宗都摠攝 命方岳移檄之於是其
弟子惟政率七百餘僧起關東處英等一千餘僧起湖南休靜率門徒
及自募僧一千五百合千餘名會于順安法興寺與天兵為先鋒以助聲
勢戰收丹峯斬獲甚多天兵既向京城 賊宵遁至是休靜以勇士百餘
人迎大駕還京都天將李如松送帖嘉詩之有為國討賊忠誠貫日不勝景
仰之語又贈詩曰無意圖功利專心學道仙今聞王事急摠攝下山巓諸將
官送帖贈遺賊退休靜啓曰年逾八十筋力盡矣請以軍事屬於惟正
及處英臣願納摠攝印還香山舊棲 上嘉其志憫其老賜號國一都大
禪師都摠攝扶宗樹教普濟登階尊者 金命元病遜元帥 壬辰夏

樹木以賊兵不得隱之將至軍凱飯城中撲亂行長令玄蘇秀江移班連
來湖南柴州方煮薰羊領八分兵出東大門突於天瓜揚沙里軍及歐路白日
晦冥不下尺兄无袋軍谷指鎗鋼東風取雲齊村村大瓜其中人乘
赤兔馬直三角賦煮就僮月刀張目犬此賊兵低低藏風太毛死而
神兵舊延風斷電技瞬息之間八分傷煮至一貴一玄蘇秀江僅一得生去
之速忘矣軍兵玄蘇城門渡漢弭走消止去歐手去未得之而次之而渡道
兒火僕殊漸昌果兵今崖附州其餘船歐惟敬以中國人
都城以弓引五大驚曰此乃關漢之將英也若今崖
向嶺間・・・復震動矣 天兵入歐都城李村村須大軍速今歐城居民往其神義
兒僕坊之谷、戸寵艦山後臭豈與斧視知會軍荷出其屋盡歐城外見目
今軍先柏臺二方兵渡漢江停住賊入歐其盡屬行敬之段之具填薨埋
立燒人屋行倈入生馬南中諸路久且薔些 天子如立來亂 天將阮復軍速止
自義州茂向永春至歐城樓四向皇都行還而行至四月晦日永春聞歐復京
城又与臣兵行望開禍梶皇南至六月九村遺速付在清路城道見六館
郎詣千壤遣節倈 君芋壽湖貝至天胡皇帝大兒令大將別領歐貴金
甲軍二方之使侵偬千今本如松兵聲破歐天下見二佯欽五正殿賜國王詔
曰肌用漢陽之地全侕湯沚且多毀賊賊之年著師有我者日吾進 大寫班
辟海州都城民城賊兵斷遠 大寫白江得四州蓋州城六役英慶惟莠莠
中遼月室中設堂敬聞董董得兄弓芋作行宮於英慶堂西六歐二匾東
觀不修軍民而处沛各自今以後根倈盤

来如松惧甚及令入銅柱客巳入帳中如松挺鈞迎之倭忿然而不
見貢人夫如松守諸將曰多出刀物諸將視之三箇首落在帳中而脈
帳外諸將賀曰帳中狹隘故小將爭未得爲護以辛入隘此不得爲我載也若出帳外如松天曰像則裁
脈夫音藝以辛入隘此不得爲我載也若出帳外如松天曰像則裁
多羅夫諸將持世常高載
吾方念如諸人高載　沈惟敬人賊陣議和
長于扨兄弟之好引兵四面上劒降果以不了吳于說矢
明天子援於後渾重軍此劒如泰山劒鐵山街然不利老将軍吾会不了吳于況矢
我国怕不能禮便高進人本国以糞事實如而議世惟歆口中国甲兵
拒塞之蹈相鮮勇主堅守册西劒料軍不敗出兵守此都城粮遺盡飢餒
也惟故日軍教令逐固四王于暗於成而行長許港雖教
逐慊本陣行長清此以惟敦言之止成耒如松之評今吾儘差校图
困不之前於天下兜童于常老太君相招不忍住慊敢吾慊者事如共
母下海妻于六宜于黄畯邊射相鮮此望中国惧盡戒发議使和中国兵
執更之得芸恊弓行長盖則吾二回兵自久明詞鮮先達使庄以謙犯親守
也王朝狡于道主蘵聖　李蕙忠二人儘陣議和以成爲
王朝我音雨酒并拜告儘大湖及鳳戒底題聖椎縮賦者則不但有报精裡
顧容漢陽香舊大湖及鳳戒底題聖椎縮賦者則不但有报精裡
之陛搯二俾義於天淳甲兵紮罪又舟拜如是于目時都城五百五十里不

黃章邊等南守村花又材利四百餘賊四面清散走還遷
遂如松四時明日如松威侮前問與慾將士仍令天兵兵宗守臨浄華實彦
伯守圍城府 權慄督走平秀吉 時都巡使權慄守夾州巡城賊浮發兵
四萬軍內城發火軍百餘賊其民石骨誦誠上堅內出城門慓旗悍
鼓罕引号弱城圍之三面慓方發引轉守各軍立應死者以
萬秋城陣使北懷送用懷之兩所 出兵野亡之矣正取敗見走入于京城慓引走彼
州見如松設陣于 前如松旦雖大公兵法篡必加矣 兩國脆悅饑民李天愛
瑜馬嶺有拜明甚如北而捉扎叫恨平尾足見大都城街苍民積此山而
或有侵之 體客使項痛師群 夜御目斯内之民不係又接飢安顔外圖
野峨體家徒柳氏說 全禪特一散移全羅追以黃七千石作飯粥飼之
伯不足天將平如松出軍擦三千石補餉為會大兩三日 山戰之史稀史之都如六文
月蛙驚其日甚惰後之三人生者如松情之 令里撫士廣痕瘡之 天將刺衆
山川時申國軍中爲後大茂壮及斗馬發者五苟人二万絲巨如松大怕念柳
成就平恒福設金卌具祭高如松親祭祭文余于山川兩廣瘡疾懷上 天將撲
除刺客 時壽如送士沈惟歌山月余蓋更八儒陣誼和親盖如松駆馳上
場不得杭涼者已 黑月松夏恃溙聖懷梳頭賊恃淸正方對万里鏡見
如松梳頭大喜早勢客興貿日記人唐侍同辛杭顛恃士者秋心揚亡賞入
唐陣圓唐將有級帝勢破唐陣易如反掌天津實封拜辭而
出時松以梳椚不諸將傅一模託門去多報曰百省若銀兒狀來看
賊陣飛鉤放賊走者三首也如松以平提茇命瞅望之三圖制客盡錄而

本以江原道僧爲善江丁亦獲仍作收斂僧姓名常出入今日幸逢將軍
々活我乎監曰汝爲收斂自有妙計乎僧毒藥一器白餅十時以此贈和斂
饋之僧唯々而出監進軍城下日暮僧以語曰賊兵食之皆黑矣於是監督
兵擊之江丁軍士死者已太半江丁大驚開城出走監乘勝追北江丁逃入載
寧時高彥京來自鳳山李時平來自安岳合兵擊之江丁大敗自刎而死三將
義兵引過鳳山適會行長棄平壤而走金釗水驛軍士飢餓甚闌扶杖落
後者不能行三可義兵執其首擊之斬首千餘書報平壤 天將進到松都 萬
曆癸巳李如松領大軍與大同江田中和至金川鼓角喧天旌旗蔽空黃海
江原咸鏡令擬賊兵聞之大懼盡歿平鐵內行長各諸將各守險要互相救援如
松入開城府自巡察使權晉水使李賓長端府使韓應源徒杠于臨津晉
令伐大木及細田以成橋廣二千步天將見之稱歎不已又令黃海監司柳永
慶朔州府使金應瑞轉運軍粮以給大軍時正月二十四日也 天將移軍坡州
時天將查大受我國將高彥伯上襌城嶺以察賊情賊將於聖已率二三百軍
而來大受迎賊擊破之於聖有彥伯所殺遂送其頭於開城府如松大喜引兵
而東陣于坡州翌日如松親率二千精兵至惠陰嶺至碧蹄驛以察賊勢遂
兵数百自石峴殺來急圍如松々大失念鎗軍勒擊之鎗軍中流矢而皆靡
如松遂自將擊之賊將又率二千兵步合圍之如松雖勇力過人獨當難得
殆乎危々天將柳黃裳時在本陣都督久不歸大驚懼以西馬急上惠陰嶺
望見碧蹄則敵子軍馬急圍都督数代之聲震動天地黃裳走馬殺入大
聲大呼曰公麾賊子敢害都督耶柳黃裳在此耳時徐母以延兵擾將如松

勅恒福天地大息曰禮義之國終底淪義天學之此何人哉被釋大哭
感動宸東上又有揀發其徵于外如松曰南大馬其進後曾也南將料曰後
遠惧戰胡鮮王和松耳如松吾曰見秥藏舊海之盖不云其國義師曰回安
于圍大藏壬辛 天將獲斬松即吉兵胖 李如松到義州里日引兵至順安
全令元年先襄羊時羊事入見如松名湖州盤義羊時羊高忠京等分村曰汝
守各辛三子精羊如松盡正云名卒曰賦公什曰沙弓引鮮將高忠伯曰余
膠曹昨五檀軍將休神公威興羊家行長吾自夸之即領三方
軍內羊按名軍官李順曰末已時倘將坐撥知軍與我形勢分前結德
以獻時羊長門天兵公肉領撫軍曰中國大將權行也勤羊如松也乾怒人
中國陣士奈其虛實而慎言末已二陣拜奇而出毀衫方解陣而出陣申聯模
困趕廿廿祭走移力而來一將來之首李枪馬入順毀如松方領大胖慎揮
松即吉兵胖換着出國軍服公人大罵我執羽吉兵即順此如松領大胖俱揮
秋首飛馬當中末曆據曰獻衫即松為武曰斬之吉李曰末日平時陽吉兵
鬥乃持建度復夏後州馬持八尺鞭曰何川曰弓書達吉羽即大軍出
陣中洋夏已傅引出斬之曰宴三巨休真羊馬全柳戒就尹斗壽天爨
軍士 天將兒復平壤李如松劇曹川四日領鎮軍三方圍攻州羊時行長合我
智卑五千兵活陣之待如松今大將楊元領鎮軍二方圍攻卅李來就大敗鳥銳
浙汪銷甲秉多勇力盡着賦甲鐵元入達馬教用右齦地賦義省全軍後
死身又被銷僅逃生佐相元宇十五將今路而進邁國外城大死戟鴻

巢穴今覩援首海波晏然一爵當茂典朕衍愛焉夫恢復先世土宇是為大孝急救君父患難是為全忠該國君臣素知禮義必能仰體朕心一匡復故物俾國王奏凱還都仍保宗廟社稷長守藩屛慰朕恤遠字小之意欽哉 上率百官迎于江上失聲痛哭哀動左右群臣皆哭 上謂勅使曰倭奴將犯上國小邦抗義不從罹此衰敗 天朝若見此書倭契可知此賊情狀矣 十一月 皇帝特賜白金二万兩 上受而藏之令賜扈從諸臣及軍中將士 天將領兵渡江 十二月 提督李如松領四十四万辭鳳門過遼京抵鳳凰城移牌文于朝鮮 上大喜以恒福爲接伴使出候鴨綠江如松至江上有白鷺飛向朝鮮而來如松即於馬上抽矢而誓曰天使討賊勝戰則中此白鷺遂發矢一發驚起空中白鷺隨矢落於馬前如松大喜促軍渡江 上親迎江邊四十四万兵三日渡江陣于義州城外旗旄劍戟列于六十里如松入義州城坐於軍中召朝鮮體察使時百官惶怯體察使柳成龍未及行令如松星火督促兵判李恒福恒福綏綏遑遑整着軍服而鄭忠臣立其傍以朝鮮地圖納之于恒福恒福率之武士入見如松踞胡床下令曰吾以援兵來當為朝鮮社稷為先鋒而導路汝國准備兵械否恒福蒼黃對曰於懷中出地圖而進之如松歎曰國運不幸雖有此亂有如此人才朝鮮不亡仍曰汝國王來往此城否答教見之王言未畢報傳報曰國王入來如松即下床相揖禮畢坐定望見國王氣像亂離中播越之容就顏安得不悲慽乎 上欲呈行宮如松急召恒福大責曰朝鮮國王無帝王氣像汝等以何計謀欲試我乎謾我如此我不救矣即下退軍令鉦錚錚矣 滿朝臣僚盈城人民一時痛哭哭聲震

而政後庸席安散抗鋒遂來降有其城中男女我皆投之擄之幼而出上大城曰
令官令渡叟言渡鴨綠江以過賊舑士卞言免耳世宗之國不
下之也武言姑待天兵滔量進呈上也別誅多政不能執一上疲不念命
不甘武有風聲之自遂既見賦兵哦聱時操擾篤勤玉禮皇帝命
將東征時皇帝下詔通兵江南精兵楊元者生揔大將軍領玉雜
冀王催信王推正李如梅王順先盡大學軍寧夏夏元某李方高
霧世臣為石攝大將軍領祖承訓吳有忠趙之疲王必迪張唯良梁相如容
守良池方哲勵蘇九將李如柏為後軍大將軍領桓子房李方春高
承金世名金朱弘謙方時輝王文麻賈等九將以率松為諸都督夫
元即汯芳時恩柳苗曇春軍兎都督西有言為軍振都臨轄連出東小
末二方名以助軍粮銀十三千和贖治國上時壬辰月也 皇帝詔諭朝鮮
壬辰九月皇帝陛下更降勅慰諭曰甫國世宇東藩雖業敬恭順老屈文
歸梳郜王近用偽效椙懺大摔侵凌攻陷王城掠告午璟生民尽炭
遠近縣坌開王西遏海濱委軖艸茅念兹渝溫賑心惘然昢傳告聱
息爾勖運臣茇庄敕援因特差行人辥藩齊飭甯國王當念甬
祖宗世嗣鼔業何恐一朝雉棄遑宜奮祗呌圖匡度更孜撥後國
文武臣各壓報主忠大義克復宜敶文武舊臣云貝絨平連陽
各鎮精兵十力注助討賦與諸國兵馬而後攻復利州勒滅凶残伴遺
類波後天令君壓麾夷萬國貝四漢看月有春蕿荼小說朝鮮橫行遊
勅東連海諸鎮幷立潡洧琉球暹羅等圖共其報于萬代正日本自舌

府斬賊兵百餘湖城監入新溪縣大破倭兵進士李當精募閑散軍克
斬五十倭兵奏捷相繼国勢稍振 遣使請兵于天朝 先時天將祖承訓
領兵東來朝廷依之獨李恒福言祖將踈而無謀軍必敗矣果敗而遁
還遼東反誣我助倭恒福請遣大臣陳卞且請催發大兵以中點鄭崑
壽為使倍道朝天朝帝覽奏曰臣国運零替倭賊跳踉八路蕭然人烟
殆絶国王奔竄寢食俱廢且義州一城非朝即夕願陛下命出名將勇士
擊退倭賊以救水火之民以副雲霓之望 皇帝若曰朕已遣遼東將往甯國
〻不給饋餉遂發大軍願領兵而還歸今雖復送大軍甯国將何以副諸名
士卒不食而能戰者未之有也且中国連遣向荒人民顛連不可輕易興師甯国
情境難狂於制事勢如此將奈何然而朕且商量佑忍侍郎等待 命
於至華館 御賜飲食就程豐美不敢下箸晝夜痛哭繼之以血以手搔地手〻
所賦華人觀者莫不感動者前數月 天音猶退一日 皇帝夢無數女
人頭戴禾來自朝鮮東方去 天王直坐龍床 皇帝大驚而覺之輾
轉反側潛語於心曰朝鮮遂倭亂請兵救援即是不吉徵兆皆悟而倭
字即人邊禾下女也果倭寇欲圖中原而先擊朝鮮也然則朕何不力救也
明日皇帝御玉華館傳教朝鮮使臣曰大国国難興師而感汝忠誠努
發救濟汝等速〻旋歸告汝国王崑壽等頓首百拜謝晝夜倍道還晉
上曰 皇帝特許援兵願殿下勿煩聖慮速令大臣預措軍粮 上木命柳成
龍尹斗壽李恒福輸運倉穀以備軍粮 賊將移陣義州 時賊將行長久
據平壤馳檄義州日引達鎮之兵乘破竹之勢進擊義州甯国可驅時年

朝同事連捷起松都難守員其母適近宣府民皆稱是我進退使君
也時賊村雲江下素謝次海西別邑日萬里爭斬吏民從生酒歸也市連
隨傳檄遠近諭改順連仍掊義旅金慶趙延暹等未會逐獲敎行
官去世十聞之遍目拜扣訃使逐入延安城建大將舊忠計斬四字
賊求備老眾諸改賊事次相晡漼天人悅勤庶老匪人不執
勒官者則字美一陷此賊次竟守南活況湯民人邑門名第三合口不
顧者有食收獲草虞皆曰賊庭女便大之城中時威計殘處天地
連夜要剽無殺色夜合南諸深澤老臣力女卣明賊吝非者什出戰
賊器挥刀作非批樓俯臨中連饒夜火砲中辭之賊殘千項登四面纍附連
艂頂作灼鐵火炸一廚投下及東門作炬衝次賊大挂知連箇餃實出
斬獲其多賊逐百道攻城連輕隨飯飯之義賊不化又其戶實帽延
賊兵之多獲再雷標以守子自是此近聞風有援兵以見吳服已
鐵陣兵僱三獲賊知不可犯漼乘旦川兩消云
川自新金星卒年春日非遼戰連遠退揪白
才化相捉月日此川神正也不与戰連退遁逃
或乗城兩巳会軍民甘人此西圖生圣賊 義兵四起源賊
唱賊乗多楷銘鉤地腊雖馬上三原州我則逃五色延永進萬湖富當
湯五辛杯起名義兵賊四南戰攻馬群峰寺報合次初守 俊矣之初守苦
張士進皆立義兵斬湏車 自領義兵百餘名禁衛捉渾
平僧軍人清州城段儒將吉仁傑及子姪軍出身英雄男驟邑民入水軍

郭再祐字季綏文章名智過人時丁憂起義故謂之人募得二□
軍又得倉穀二百石爲軍粮入爲宜寧郡收軍兵防加度僉使丁彦男
爲守官發清州田從一千石賑恤飢民十餘日內軍民會者二萬餘人
遂整旗旄潛兵探軍以察賊形賊將安國史平申兵八萬欲渡鼎津
從宜寧鼎津渡口益有大澤國史潛建標木以爲行軍時路郭再
祐瞷知使人潛拔標木移建他所伏兵于澤畔以候之果於是夜國史領
二萬軍潛渡鼎津自陷大澤中伏兵急出擊之賊軍大敗溺死國史僅免
而退翌日再祐等將排列旗幟皆著紅衣乘白馬令諸將曰國史必引兵襲我
諸君努力以敵乃選十將着紅衣伏于右邊又選十將伏于左邊山谷設曰
賊將過此出而擊之佯敗而走於是再祐高坐將摽特書大旗曰紅衣將軍
郭再祐深溝玉壁凛凛兵風呂歷倒國史翌日國史果領五萬軍直向再祐
陣前再祐堅壁不出賊數挑戰而不應及至夕陽再祐開門着紅衣乘白
馬而與國史戰十餘合佯敗而走入于山谷賊追之不及先再祐時昏之際紅
衣白馬將軍自左邊出戰數合而又敗走追之七八里又出又隣暗之際紅衣白馬
將軍自右邊出戰數合又敗走賊追之百餘步又出又出如是者十餘國史始疑見
瞞領軍急走至於林中賊皆大震左右突攻賊兵大亂死者万餘人國史收餘而退
再祐整陣軍伍卅三旗將以爲將沈大承白孟曹次男爲先鋒權蘭爲軍兇將
官鄭仁爲後軍將俞卓守統仁沈昵一守鼎津安棋守此爲繼軍探知王
相陸乎賊由是不敢窺兵於湖右 李廷馣守城於賊 招討使李廷馣字
仲薰 礼初史曹參議追聞 大駕西行 馳及松都 見弟廷馣 時爲留守 請於

倭兵踰嶺今掠諸邑金堤郡守鄭湛南海南縣監邊應井領兵
五百陣于長水賊將平正成以二万兵分路殺來湛與應井婦合軍兵一
齊放矢倭兵傷死者不可勝數於是兩將乘勝長驅突入賊陣斬
殺三百餘軍正成敗歸南去遣還兵國師軍兵万餘人合兵復來與邊
鄭終日相戰邊鄭軍矢盡不得射兩將或以長槍或揮鐵椎左右
突擊出沒踪躪倭兵傷死血流浮尸兩將亦氣盡嘔血而死全軍
遂陷翌日平明正成見之惻然令軍士掘土成墳斫木書之曰朝鮮
忠臣邊應井南鄭之墓遂與國史引向全州大靜人李廷感平收
僕及隣里民人多入州城聯合官屬與邑民坚守城上亂鳴鼓角倭兵望
見疑懼乘夜遁去全州賴安 元傑邊應誠領兵禦賊 賊拒林埔介兵
元斥助防將元傑伊川府使應良邊誠領五千軍以禦賊兵時賊將秀
正領六万軍守忠州賊將徐守領四万軍守京州時時縱兵殺掠人畜
連七八百里兵山楊州龍仁楊根廣州陽智等邑日被侵掠矣元傑以
精兵三千伏于要路賊將吉元條領數千軍向楊州伏兵齊起邀擊之
元傑大敗脫身獨走應誠以三百軍露宿中行犯至驪州馬灘賊兵數
千餘名方虜掠人家遂暗麾下射殺殆盡自是賊兵不敢復向楊州
界矣江原監司柳永立令元僖往守春川僖領五千軍向春川中路亂
潰引入閭家自兵炊飯倭將以舟江下來時龍來犯僖軍一時潰國
而走賊將殺軍官七人彥立死于賊 郭再祐擊却安國史 而璽

擊破大明朝貢曰日本則乃慊成侵撤兵而退不然則朝鮮為人
之道顏矣休釋勃然變色曰日本開納厥賊牽陰番不軟殺殺
頼主自王至於下之賊世多有邊之於之圖朝鮮責於天下
之賊乎因大罵不已正要匹俟全武士引出斬之手鞁門之外左右
武士一時殺之休釋男主懼色天兵笑曰將軍逢漢吾軟酬而
墨世堂以一人之言為聖人之言為盜賊也將軍之小丈夫耶因噗笑
為聖人天下皆謂盜賊而后為盜賊此將軍逢我輕踩有此矣
正友甚之脚多出鞁門牽手而入坐室淵曰吾聞善江子
築頼禪師多々於悍悔此处免望日休釋者清正曰吾聞善江子
注湖亭云必叔子小戱監司沈伏吾平生与沈歟令密清涉報立
正曰行由和善江下殺沈欲休釋男兒此世雖不見万里外豈不相
子里事子々將軍視入若楛木之宝螽吾处之兰此仍斬不上俄
而善江子勝戰表文入于是違沈蛾果兒正大要急清休釋淵曰
禪師非此世界人八凡塵掃中不舍久曾清霊寺中休釋巷金剛
山名寺中諸僧曰吾笑朝鮮之僧也社義章教我為賊使僧二
宇不六幌々方教僧軍以成偽賊甬等如不用命斬之諸僧一時廳
唇曰洛枝住是皇大䫈畫日朝鮮国僧軍郡元帥休釋卽幾清虜
各領長戌服装追杳刹叺合僧軍二千餘八座入貝城縣
覩軍寛而出自光山哅孟山陽漢洵義州西去 鄭南運庶井討倭兎圉

當時西門惟非救敗兵出西門直走大丘嶺東方已明忽然嶺
上鼓角亂鳴兩賊大震軍中齊唱曰義兵一件沙已合養
兩窮寇敢且勿奪走峰長箭左簡右突即令清軍一時捨兵賊
兵死者太半清正潰圍而出急救餘軍晝夜促行入慶安城
休靜倡起僧軍賊將善江丁酳翔州沁川安峽敎鍊川縣令入援
淮湯盜掠閭里又入金剛山寺升坐法臺揮合僧徒出置財物
戈有九止月引出斷之諸僧惶怯一時出置于月坮頂更積如丘有
一法師名休靜自牆四山大師者自外戈合手拜佛波向僚
將而揮湯將熟視之虎眼獅顴髯長大條安身非常動坐
靜鐘軍釼上左右欖衛而小童長起賊將知非似僧起而
答揮休靜曰小僧本寺持僧也將軍方行役未友祇迎山
門自慄僧体碩將軍竟自把中出一小瓶兩椀茶于獻子道
賊將曰山中美別味只有松蒸以待將軍之與且山僧無他
財物至生之涯山上白雲而已將後亦歆來賓則將後白雲而去僚將
見更氣像甚壯言語脫俗万起拜曰仙師陳氏僧真慷僧世要與同
帰入安邊丁清正清正以待軍後行論古今
次獄笑如海之世涯清之功之一日休靜謂清正曰朝鮮國與朝鮮
澤國也今不知大隋之道行投浸虜之滅甚耶正曰朝鮮不曾負力
崖我外故已至此援曲朝鮮凌永嘆曰習为我先鋒

37

誠使之戰勝攻取祭畢入于其府府使尹金益大家出時紬十餘匹以製旗幟書曰義兵將鄭文孚軍士戰笠書曰忠臣義士列兵向會寧々官屬候義兵若大旱之望雲霓是日見文孚軍辭書倭將鄭監老曰義兵十万至于城外監老聞之大驚未遑縱軍以匹馬出城自將爭射監老殺之迎文孚入城 鄭文孚克賊復城文孚既入會寧馳檄各邑曰義兵將鄭文孚與忠臣義士同心同力擊破倭賊拯民水火則豈不有光於義耶云々於是聞風至者如歸市々慶源慶興穩城鍾城吉州明川北青等府莫不響應景音入鏡城斬鞠敬仁將向洪原軍卒二万餘人李惟一領千餘兵將向咸興晝則登山頂而鳴鼓夜則列炬數十里以示形勢時清正知義兵四面而起大驚每日登高察勢既十餘日文孚景音等統義兵三万餘人各持軍器至咸興十里而結陣文孚坐將帥令諸將曰高景晋率五千人為先鋒把東门吾為後軍從火南门則賊必開西门而出急驅兵就後擊則必踰大文嶺孰能伏兵於嶺上攻破賊兵乎一人自薦曰小將可以當此任是李惟一也遂與三千兵送之于大文嶺三更饋軍四更行師急报曰南门火起殺聲軍兵清正大驚取移救南门咸興官屬燒盡軍器殺守门將開门迎義兵景音遂擧長鎗斬賊百餘名長驅城中如刈蓬麻文孚火燒南门直入動擊清正力竭死戰終不堪

文宰功遠廟心盡夜相聚而特以文計至否所出一日思惟曰山
中廟雜之人或有脚義之士則豈不陳懷興起之心乎因上白
頭山各以推君行至一處有百餘人釀酒屠牛宴樂方々張文
宰上座禮畢門目如此乱世宴樂行事方々宗社之頼寧
播越三百年禮義之邦一朝為國家沐雪之心而同力今日
不慷忾舊起我則南北評事鄭文宰也碩有国家沐雪會精之
胤需將辛雜將歧世主也忠義之心專義之性豈合在聚山亦虜
辛達君罪々以世主也忠義之心豊義之性豊合在聚山亦虜
度歳月乎盍景晉自称義兵将諸有避乱之之諸聚山中虜
或不害忠惟宴樂乎甲則文宰之言三聊不能各文宰復説曰
首潜斧王失亡十餘城保昔昂里西昂里人臼單見操戒歸与
主辛同若復之合城迎潜王於昔不惜於昔民之忠義寺若右
人君若与我同心脈際倭賊保全宗社則勳銘彛彝名畵忠乃昂難
或一時起拜日将軍之言甲者餘人又名得雜成人合五百餘人乃等
景晋等修起正軍廣其文目維某年月日東官鄭文宰齋沐虔禱于
桐段祭于上下其文曰維某年月日東南義嶺乱神義之邦垂三文宰
以与五百義士欲勒澀倭賊恢復宗社伏惟上下神靈俗鑑烈

侵戰和疫倒害隨淸日忽見浦口火光沖天戴多角震海盖倭
兵退至盲陽之浦八夕骨浦天兵督戰和多甚之陸䧺軍百
餘騎又縱火燒攻賊兵盡殲焯武合陣兵攻戰和直支南海舞陣時
陷沒舜臣入安骨浦甚此大舉合陣兵攻戰和直支南海舞陣
与鳥及漢基屈界山岛上勝戰扶掃于義州　　行在　曺好益偶
鳥及兵氣益壯　義兵將曺好益者　昌原人弱冠登舊科仕官于朝言事罷朝
適居淇塗多干作顧　會学徒三百餘人訓誨二千餘年甲條川士人成
丈夫當亂世豈無守孟賊勢之跳踉悲大舉之播越事逆剗與亞
那貫行至及好益壯賊勢月安埋一枝兵掃湯勇力賊蓋好益難与
武兵之氣之義適於薛表孜境内人土感頃者二百餘人好益遂与
二百人入祥原邓扶軍覓而特兵禹州會大風起賊不得行役孜轉入山
爲浑圃漁湯淚退是夜三更有一人大哭小止曰此南十里許有大帝
條賊三百此縱其中将軍盡洗軌予之好盖全武士淸素至則多全井
盖曰此光神指我世兵領三百一大印時天風乃曰行十里果有一州之賊大敗而去盖曰
後火吶喊而出賊正大駭四至難攻好益背兵州之賊大敗而去盖日
桂根之剛發音三百餘人賊正棵里棵及牛馬大獲食軍士引向慶源
府　鄭文孚倡義討賊　傢兵改南戍鏡惠山令復高景涫甲山府
使主惟一氏入白頭山其他守令武弁逃戍鏡一路工作賊抴淸正
入境咸興貳高二千七官守令任義盡出走御庸有極巡此㹣評事

臣兵為得時流光王中傷左肩歸陣與透..清將大驚解衣視
之錢丸入肩二寸舜臣和欽酒令諸將損丸而出之顏色不變
言笑自若見賣軍臭清後臥洞理運舜臣曰大丈夫死公戲
傷處臥而洞理則軍中莫不驚動云遂領戰船退東小島下陸
結陣大醫舜臣不幸時全辰九月大旦也李舜臣戰艦沈此也
乃下陸結陣天地明朗舜臣直請將兵心雷及舜臣二依釣而眠夢
一老人語舜臣曰賊兵万多將軍行以睠芳吾万以防神靈救舜臣
臣覺而見之方相集而歌一聲清風起舜臣全軍
中曰今及盜賊知吾故心朱樹我兩牟蕭備冕械入廣賊兵清將
不信佯睡曰諸果三更惜賊随月出行起清朱報到舜臣兵清將
放煙明出賊潰於兩多數有之聲殺伐之聲動天地舜臣全清將
一老人語舜臣曰瘋万多數有之聲..
臣左右及賊大殺南麦元釣禪將事美男之奮儚起一夏擒
賊兵五十人南歸敵手舜臣全高里將掛諸賊兵日沙中有洞解
人受有一人運曰小人臣濟金大家世方賊乐挽仍有賊兵之...
生屋校回將軍之臣天地同柱舜臣曰賊陣六賊兵半斷亍老濃
依我大家曰昆令陽紅四百度在安骨淸洗墾..呉欲合江西入南朱
敢動喬我將軍在此也獅將軍..樹不世之動果見舜臣全武士
并斬五十餘賊洞發戰五十度樹向當陽南..精兵万余駙今
日甫等陸弟而行見我入入當陽浦..大軍幕..啓..偽賊..

紅三百隻守本陣用甚兵敗死大憤三更曉分領戰船二十隻直向
舜臣陣舜臣已察至全軍中曰今夜三更賊兵必來舜臣令軍士敎
以戰乃備大花鼓二十柄賊而浮游果大賊敎毋毀舜臣令軍士敎
大花鼓備船兵二而碎軍士漸水死只隻浮時兵束一紅秀四未陣
舜臣令正陣四上大擧卷軍士時車南風大賊多舜臣大驚曰今夜順風發
賊兵大及我陣四上大擧戰紅十隻隻又戰車人殺子立
青就旗鼓味內進陣手前日陣處賊日君領戰紅五千隻
至崇根島伏高代賊賊曰舜臣清出正輕車之名元筠子三
南出此寒賊路高多聲之許天與我便以大擧之必報我船言竟背此
軍三千至五隻休賊狀東鳥林中賊紅遇此鳥就姿聲之吾則引兵
南風又果大喜曰風乃乃好天與戰兵後我軍言須皆東
紅十隻隻戰紙樂與火粟久以戰紅百隻隻又戰兵後賊以戰
兵凨高多族炮作火矢及飛舜臣陣中左不撓動賊惟而熟視之方
章人也大驚曰走四左右族戰紅大起右疾守曰師賊步訴破碎吾紙浮水之力
矢入地之速就陣於良大砲及嚲夫一時齊發浮時躍戰
拒敵兵同舡就陣於賊賊受門金軍腦沒得時牧
百餘軍奪秋見舜臣上兵兄戰紅近頭處得時得牧
日相鮮水軍大驚舜臣浮時大驚惶恨歡臣聞靖舜臣左執
就釣右帆長錯起入侔紅叛賊兵多聲瞬息之間賊兵三盡圓舜

漢王滅之責禪將李逆一日沩平時自謂勇在萬金見小賊退走
也逆一万張子南則財殺百餘賊誠一天殺百餘人比卓大敗拔寨
而走 李禪將及改馬多時 全羅道水軍大將李舜臣字汝諧文
武兼備盲勇絶人倫太公兵法子房記歃云不眠解年十七中武科
辛卯考 金羅左水使到彼即統三道水軍錄習武陣連日行
貴武藝射技日就月長舜臣早觀凱象知後賊作亂選紅四百
隻狀如龜背以矢錢設其上穿穴以矢鐵飛九名八入
名曰貴玉舡每日練習水戰是時馬多時沉急走等兔假戰
万衆水路行軍入全羅道 右水營水使李僙基元筠等兔假戰
舡領軍敗舡出賊兵征鼓之聲胡湧波沛舜臣
送禪將謂元筠曰此地善狹不可水戰引出大海乘來勝負則庭有
利矣吾若佯敗而走君六躍我而退扰是舜臣退舡高約南海筠等
六退舡高走多時望見笑曰舜臣等惶怯道走可進言号安圍更良
保戰舡向前多 舜臣逆卽戰舡歸全軍士向賊沛之元筠三將左右衝殺
戎之賊軍震懾燒盡賊兵走中火光漫水而光佳軍
四面賊散舜臣引入走浪浦大璵土卒重實將諸時壬辰七月云
日也 舜臣攻改馬得時 舜臣人走浪南休兵報曰多時先得時領戰

賊大敗入保義兵背倉穀久有賤雨天地晦瞑重峰漢日古人云威敗正
天信然乃鳴金小退是夜賊襲其己従北門潰入乃八月初一日也自日湖
左諸賊望風怗走沒多彼浮因庵下猶各散去顔泛者只七百人重峰
愴其移軍向錦山己抵郡十里地賊調知兵業助今其衆厲三匣而
肆三重峰今白今日只有一死且生逞是義戰字主惟合力戰良而
重峰矢解馬敝曰此吾殉節地舉援鼓之士爭起死至張空拳相
久賊三起奕潰而賤兵矢盡日暮兩軍不相見重士倍義人色而重
峰意氣自若自戰奮久賤患銳之逐入帳下補裨殺人刀枝請跳
朱諸氏賊皆盾委瑚需繞而圍全　三道兵酒復行　車駕歐列
李高松体兵遵降罪者虜师運尸三日猶未盡乃積而焚之三道与戰
義州怡下勤王之命在是全羅監司李敀虫清監司尹国賢慶尚
監司金晔守合兵五万人将内察城全親信果賊兵三千餘人走于峪
李攽白先行者先鋒進擊賊氏先行領自餘騎且向賊伴賊将欧
国皇坐塵不應爰兮時出国史大開沫門恚負光
行軍後如阜不出救挑戰而猶不應至多時戰後信敀免全軍酒没三道畫衆旅鼓而走
金誠一擊一聲大義氏卓　勤王命辷下地戒使金誠一率千餘兵将内京峽行
至富平賊将氏卓異人尺虎頭蛇頸龐鍼而以輕科如霹龐滅一軍
望見悔怯四面逃走一大壯峰釖聲地曰不雄将今舉兵逃三何從恢

錦帳四掛鉄鎖人殺出入鎖群肝榜脇兩臥全床左右釰三更心
前宿二更三更之後兩目四更則兩目俱睡將軍傾刻小庭燈圖
大車廳稀曰然則走行女曰小人先入麈瑞將信將與寨兵而出
心告之將軍圖之遂寒寨而入久而不出麈瑞將牧女一時甚帳雁
持臥而牧女出則請人麈瑞牧執青蒲釰乾而牧女一時甚帳雁
瑞睨視之宗一手持就涤釰臭身如雷遂入斬之就之我稀上二更宗一
將釰聲楪麈瑞永捷店地我而宗一致小血添帳中麈瑞左右執宗一
頭摩之持青蒲釰技帳而出牧女注涕行麈瑞不忍含之猶牧而出我
西闥夜震盡賊岳圖炬若星輔釰釰再脈麈瑞肝負牧女左右衝實
至城下賊將義首張目大地沙化奸計教我名將用逆迫逃江南廳
兩閣大喜後大眾懸宗一頭廂賊將行長全軍士登賊号回沙化以義
智相圖後心奸謀入我帳中斬我化之將此歯如此五賊六當如此之
重拳殉局錦山兄是重峯用東南其如巨富驚曰以天兵亡賊以水
波海已而賊踢島嶺義得鄉兵教百注振昼之軍一頌力戰不仁仍移
聲山頌相然暴義捲之巡案君先覺兩僅揮暴義自者一子
六百餘人与僧軍之進逐清州西門重峯調胃矢名士枝肚階救死

闕賊將驍兵怠則敗乗此擊之庶乎收績与李鎰別兵兩外城行長
送力將宗一以敵鎰々与宗一戰十餘合氣盡力弱知非敵手回馬走
宗一乗勝逐之已失鎰處与一敗塗地元翼說被挑怒
有一道士立於空中持芝瓶灑素水手賦陣戚産毅百手呈戰懍精
神奔潰歡之呆能歡行不情宗一大懼至闆城門而元翼收麻軍
而懼陣 金鷹襰夜殺賊將李元翼愍賊歸語諸將軍曰
將我國三獻安淂男士以殺宗一魚有一時士對曰小平洞內有兩班
右年挑其項左手授四呂博地而擊之小平見此卽班弁曰今第一
人矢元翼喜曰所行在封印閩世有猛席輪捱而入盡春一是鷹瑞弁曰
金鷹瑞驍勇盖世有猛席輪捱而入盡春一是鷹靚舟騰空
哀麻在㝬情况雜處矣元翼曰主上今竁生民塗炭以子之勇
盍思罡砍目沒许連闆家削于傷賊葉顕父母則豈非惠孝之兩全
少庶瑞遂哭於靈几泣元翼高多一年附唐大鄉之愍盡十餘日之食三手
米三千酒天全見鷹瑞情元翼曰今夜越城而入斬宗一懼將軍
今一枝軍領向城外三更時々手持青蒲釰飛賊內賊消列弄門々平
四人侍釰而相逐等闆々入流脫闆中煙炸照耀衛卒皆宿席鷹
鷹踏晴彷徨之際一妓女通出牀外驚同將軍以釰入先地々鷹
瑞欲闆傷將宗之首沙岥為圃菠舌女目伊將宗一居慶闆中間回

暢天詞之威區二望也君是承訓等由宣州歷順安五更時今
抵平壤城會風雨大作門三平平承訓吉日男若傷賊知天兵
之主慎為不出今又傷為先鋒碎門而入賊伏不出賊而放炮一輕軍
左右伏兵大殺天兵死亡傷人大敗死亡傷人而承訓大驚等退軍天又大雨
軍中寒疲疫日日苦痛則死有八万餘人而副將史儒等死兵承
訓收在軍邊遠更共見是承訓退守龍山今李實守膺領回雜兵
償秋守大同下流李鎰破兵往賊平壤及守順出安岳領回雜兵
百餘人又入山寺發曾軍五万餘人仍進九月山賊敗軍死而出史活二人
萬之此人全命連曰勇士君敕尚平壤則与之俱去鎰大戲
傷征主沖水院賊羲百真入于德賊浦此人敕百軍大戲
此賊否令健平百餘人又得鎰年四百軍于沖水院謂令健曰君埽陳
各後室軍一枝曰今夜三更各待鎰入唱草簫者斬之時傷軍士兵
賊敕自自帝弟令健沖水院鎰告命健君令曰将軍而賡亡
領兵入賊陣亲貿兵舉之賊兵大亂相公而是名唱草簫
而去名簫者亂斬之發青四百餘人賊大敗而去鎰大吉將薦此令健
各老山保守引兵內癸青入李元賀宗賊軍士時士辰十月廿邁去敗四戈
平李鎰既還平壤与李元賀宗賊芽一日元賀謂浦將曰我

鳳城將曰家人國不幸遭此皆國家之患骨肉今鼠只甲一城頭入中國矣
男此民此責達 皇帝陛下城將掃于遼東府使轉救于兵部尚書入
啓于 天子 大駕功至人民舊散兵列李恒福請假掃公屏不久住責
教曰消之眾集浮城行宮樣樣文言漢南消赴若謂 車駕已渡
遼爛勒田急襲使流起兵勤王自此胡走命全淨連湖嶺官
軍義兵頻惟奇問 國事頓捷 天使私頌時遼左訊言胡解導傍
入兔 天胡兵御進黃旗賜身與拒民怒之李恒福追謂胡鮮已克時已還及此
自永事沖揚酒懷書見之及書吏書嘱于應 大將曰禛國身
出消通被兵禍一及受甚名帰扒右尚書 星甪陳實狀束援之識怖快
遣使乞援 天胡夾廐暢瓩柳威就李恒福至軍進率将史傽領鎮軍二万
莫遠進使中圉諸兵于 皇帝上父之一命遠支兵列喜中默瓧責奉議
郷草等晨衣德直 馳入 皇城賽疫甬哭呉 皇帝特将悍情
扒沿咨全廛束郡昔 祖承訓領本府兵全軍進率将史傽等領第軍二万
合刀奴之令遼郊和尚書以文次入義州柏是李元翼守順安金命元守柏
龍朝城親守連亘三千里 將次入義州 祖承訓史傽等領四十万軍茨淘義州柏
川州成親守出州杨運各邑軍糧次伐天兵 天将既渡江上親華江遶
迎入州城禮畢請曰 頥将軍摧揚我武軍後賊兵恠渡實者全圉遠

之倭可破也即去離山縣左右廣博望丹寸戶住郡長領三千精兵三
更時令直下大同院賊陣二千餘賊出住系重不下東西四面潰散行長惶怯來
縣長銃亂鳴首寨賊出住系重不下東西四面潰散行長惶怯來
馬敢炮一聲列炬殺子孫令各屯圍之重之處博郁景光左衛右失殺
傷三百餘人隨賊野百有餘定然兩賊皆震天征戰掘地之載陽兵
揮釖殺多南住和特兵於賊陣三千精兵盡三十餘戶為賊戰逐四處
芒城灘賊拓知水淺逐領大車墜武濟舟井人金令之逕開門直
走順安行長人擾平壞人民盡焚害兮大駕茂山宣州平壤失中
軍雀源多走博川妄平壞陷報上同兩大駕促駕巡此之處医多近三
會天兩晦頭兵別李恒福慮有倉平疾驅使道行李方山郡軍住
待賊敗先芒一使廚诱義州令重憲備陳賊到分上以
大駕進住義州歸定州敎曰大駕退宣川幸義州登遥慶軍亭
東內角哭曰先王三百年歷業大東三子里壞土畫皃入賊人手
宗社誰保焉令何悄於貝庶左右女真生聲用哭是日移文凡

泛屢隻同知所措 上仰天嘆曰先王基業盡入倭賊之手城邊進盈谷
忽一人挑軍入水如踏平地急奉大駕御于岸還越王榜左右挾五六
人而越江者二千餘且百官備士皆奔渡江 上柱其義勇連今入侍問
府在姓名誰耶 對曰臣咸寧進士崔應淑 上特拜鐵山府使監司柳永立自
豊川討和順君 柳永立入奏敗報 大駕既到博川咸鏡道監司柳永立自
送賊中上問咸興消息永立運義日余輔報仁所酋曰王子及匪等役挑
于賊甲山麾首朱起男夭叔南兵使李珹除手淸正臣与起男相知故
者起男待役脫而逃中路聞卽淸正之王子手手日本玄世上豈有如此時
勸立閔放聲角哭 上悲悼不已倭賊入據平壤行長移陣大同江
南岸巳手壽謂諸將曰賊屯城裏其志可知慎勿恐心堅守城門金應瑞
宋言慎守大同門兵使李天溪甘辛洪男倭盡山郡守李薷有剛力挾
門李薷中晉通門斧持鎗剑時鳴鼓角賊乘其兩峽門列陣李薷立
紅白旗四五歲兵時出江邊求戰汀求救鳥鏡中晉通門鉗光享倉役
中南巡僧處大抵其才妙矣一日賊同僚兵軍軍服于沙上以軍鼓肩向省
門如蝟屠辱之狀監司軍官柳師碩以箭滿射之矢齊手而入于慶
由是賊兵不敢出入義於是行長謂諸將曰大同江立且不可度平壤城如
鉄不可改昊君任到順安自領渡盂山注守鴨江會昌多時可也時金命元
畫系日令賊兵遁道而不出必遣援兵而於秉炬夜潛渡黃城潤多舉

擁有西財之秀孟惧而退軍大駕又幸寧邊臨津失守群議

清寬咸興君手壽李手恒守寧邊若一路北廟

使屬上國吏何以望賊過見水軍運贊備東初浿貝女猶調信謀

俊兵事若不備時帶鳥之斬三首國家可行遊

賊謀計平遂之柳威狄啓因傷将行長陳十長林世暢進正方以城兔畷

請兵都俯挑賊云平壤之危非祖即夕清羣義州道使清兵于天朝抃

是上食朵羣手壽李元翼守幸懷大駕出晉通門判府使盧植

庭中殿及宮人達大駕後城中聯動百姓危懼遷買李盧植遣日沙不退刀

守城奉上何之四吏枕擾之植蓬漆馬逍者長狱禁晟使中言愼急

今肖校斬其鴨前二人亂民家散大駕列宴員手恒福遭遣使遣事先援之吳

義集李手溘夢其清自涯沈世謂吾李手恒福匆利中興不去胡遣還者

驚賊送全四門解駛与百兵不出君妻家我杜重獲漢陰曰兵不出吾

當来肖乢盧閣聞青二窮整盤賊鳴谷清廷大駕時江灘虛潰賊鋒

斬近上名羣臣諫內問教日父手回渡鴨水圉事言勇世于宣奉塘社

主今進子帶辇徐入義州沱子者淮辇臣衰料兵刑手恒福初臣既受炎

逆疫病道逢李山甫清該行上奉立動色崔應敕居清篤御大駕

行次博川来特辰清川江會大風雨楊羅擇三間軍夫開衣者十六人庭

將日東駕老須兵而上方攻唱明川方阿安邊聞清正大駕走阿昌平合立至之意
咸出屈不意貢能抵軍敗走欽嶺見逐初更傳令軍中方炒之飯賊兵乗
夜踰嶺一時伏火喊聲震動夜賊大澤中賊軍恐動如川間章頃果兵盡貢賊兵渴
引去旣走方酒大澤大喊聲震賊死如川間章多兵敗身東
走阿賊報追兼賊兵遂入咸興兵使李殷身敗逆敵通
走甲山　亂民納降接賊　克咸旣敗浦正德咸鏡一頃臺出安忠輔朝食
殺以為相林村和四春山鏡城將校鞠敬仁語走德目運上盡不如圖生如挑
四王子降于清正　炎喜吾內斜貴秉亂屈起不一宜幸伏兵于大澤中入
告王子曰方夕賊兵彌满城下請入中小國賊　鋒四王子又領府使金貴
榮泰利苗　連成監司柳永之安使清正　大喜京城仁為錦城府使甲山忠有朱
大澤明在右伏兵一時清投浦仁為茗苦安山城時軍民自陽連山　自陽連山
起男聞南顫之時南兵使羊餘方邑甲山山起男乗其醉得挾巳鯛之巳獻浦正
己以起男為壽州投使日曰従佶傳人中有沙規畧辛起男投柳永兵山四此舍
先時鏡入原州城中立兵走逶道西咸鏡敗佶賊通道三水甲山自陽連山
入于羊埴永帝湯傳行狀吏有京戶沿兵討長切沙之百官貞之真死渡江為
左羣投甲斗壽又鏡与三百使中永久使於鏡行至方須括賊將秀孟頒
兵于保方及浪灘鏡佶陣江督令軍兵合天軍目惶怯真戴射鏡乃

夜渡江賊陳虛矣吉乃喜追金三十里乃戰喊聲大震清正行長
驅兵殺走火光燭天應如清晝兩軍敵渡臨津奴焚鼓角
清行唱義兵留伏兵自占流殺半奪虹渡江熱鼙子本陣乃棄馬而走
翼可乳蒼茂之際而弟兵左右衛突気渇乃盡中流死而死三子精兵
茂如草木克男日仰天角哭日吾為臣至此陵千乃棄馬而死斜依絶
虎射殺百餘賊弓絃途弛乃目別四次金命之等陣焦靑此鎮興義
陷賊將行長頷八十之衆東勝長驅直向平壤持清江口帳兵偵探
胡鮮之人肯者盜賊指兵争消正逐斷之後一人目更斬果其克逐指
路自谷山路鐵嶺向安邊壹逍原日行數百里旆旗蔽蔽暄天一路
震動守令脱走北兵使柳德克咸鏡慶源與會軍鍾城富寧
兵出自北營道過淸正相距七八里而淸正逃北道
軍兵素道能馬引兵北渡二千餘人淸正大敗退陣昌
平之野夜民兵勝追之三淸正未敢救擊屢不出克咸道陣傳懷北昱賊

中陰父侯我父置以為相應義省筆特問汝原謂南將曰頂勿退兵三陟·有
神人云葵妻主壬壬之動也義省之滑入我国也省主庫所困書走乞乞侰侰寧清
正行長今謂吉汝洞侰中都城燒官閉引兵突奔孝子壽手恒福奉日遂將賊
津以寨四䖏好夫我見以叙之師金今之制元師申吉平京威威後軍拒塞
陟華拜怡鷹寅領關西乒三千充兵於應申吉 申悟獻提尭天王師
既而陟津命弘落日所劉兵師怡兼城主使意威阳渡新申悟路賜語
將博日依之時怡非入安渾我兵兩楊州遇賊大破一時迷走捷書既上上
主由上陳書引兵逆嘉山芳禁即蒌斬里兵甫吳一時迷走捷書既上
震憚大罵汌弘亞令承薄教育申悟而已乏及夫 申吉敗須臨岸 時
令元金吾吾等侰陳臨岸泊子尖整齊行伍卄立嶺愷威將義省
領手保兵之寒江渾歌渡之江挑戰不應賊逐很兵江邊如對厍状申吉
淪將入創克男以尾向賊時賊正中自而死賊即扬軍其幕堅遅不出一日義
智省曰今自焼賊軍營以宗退乏則戏及乏任佯兵淹我之合力求營
是良計找真幕而遊乗至千里而伏兵乃退旗
休正鼓角不開吉下者方人賊兵退乏我軍乗夜渡乏戕火攀其後則賊
必破大克男曰賊謀難測不可輕勳冦塵而獻以観賊乏好天吉賊钊退
此日遲今者斬克男乃仍已·械钊江至吉各斫雁軍中武鎮領精兵三千束

邑過龍仁城劚入師甲恊謂列卓城將李陽元曰吾方列陣兵力如秦山等等
守城粮食已盡東門一開死與遺類共食惡其眞入民興卓兵罷
賊夜紙炊清別三命之罪後賊光元不聽恰同門潛出且肉咸興時行
長遠陷龍已渡漢江都元師金命元望見失色李城悄走卹平淚走是
卓兵正合殺兼陽元壹家滅望見惺怍倉膽疾走賊遂入都城馳
書本國謂平陽方完十壽與普吏領城劫劫列案十重鼓角相應
継大都城倉庫永燒宗廟兩陵禍未梓官神合之痛盡世係地秀正居宗
府淸正行長居仁慶宮。宗廟社稷神靈童怒夜此吃中卒惺怍暴
又利佛秀章等遂燒 宗廟社稷移居同別宮 王師推塞都城餉陷
淸正謂行長曰調鮮王方匪卜懷君者引兵南四多擊主悵則羗君遠
入土演送軍水路探知馬刀時沈李之消息備急行肚徒陳鴨綠汝以
郑朱北陳則胡鮮王未咸援直吾頭粕兵首入府援走兵沒沒跟氏
我城以通事林悟愼勿輕勤又陷平秀江平義智日領兵入江名北道否

呂集屯行三更達東坡驛坡州牧使許晉長湍府使具
賢界區酒餅以待大駕夫時衛士飢餧爭先取食不得
進御夾室聊而逃亡上乃恒福人待且趣召大臣及男斗
壽同詐恒福首言我國兵力素不當賊惟有西退之援
天明耳上自子烹水如此五月初二日瑞興府使南嶷領軍來會
屯行大駕初二日至鳳嶺夜海監司趙仁得領兵來會
督君屯下姫兔飢渴各時入松都殿理南門大昌軍民傳曰沒出妬
有司諫池溪言匿三人參見開君議陟臣鄭徹領五夷豐議呂司事上大悟
召趣平壤特擢家健莫遂罷李小柏以柳永龍君爭守兪弘為三公
李恒福曾曹益君初二日至金川初四日辛鳳山初七
辛黄州初八過甲串知辛辛陳々逃司来言慎領兵出迎卷儀城入棲鄯城
儀城飢渴巴州素舊歷監子方兵四方兵旌陳東西外半行長領甲方

軍陷没臣惶保逵命責到申砬軍則是二烏合之卒不従戌

一矢藏二賊申砬逵死忠州又隘臣到處忠軍待罪鈇鉞之下

上震驚焉命自宜會議未及入侍偵探軍扑曰賊兵又到廣

州城矣於是領府使金貴榮判府使盧稙陞察使柳成龍

刑義禁李徳馨舊右曹參議李恒福守曰上曰賊勢甚急请

幸平壤 上召金貴榮淳泣敎曰予不復遣此大處宗社矣

~骨肉今覓卿當護我子往避乱于咸興貴榮感泣拜辞

昂本四王子遑恒出城 上召李湯㓂為平城将 申恪為副

元帥使守都城是夜大駕出西門天夜兩黒百僚亦皆東殿

招与侍女十人步出仁和門恒福桃好府導又列窗歸自宜衛

士窈之事會衣裾沾湿寒气逼骨守哭之輦益苦之状不忍

聞不忍見美車駕既渡臨津 揖夫昳感恒福步行泥淖中

飛馬持戰而追之鏃支顧本筭刺肯章馬鬪之地入扶餘縣

上敗軍收聞而向原州去 大駕西將士壤 時祖達不知賊持盡

夜隹惶已而四月天日久時有相擬擅笠事枝易多負念大

門弟傍人民爭財同之則昕月退遇便与賊兵戰于忠州城外特辛

俱死忠州陷没賊兵通 向京城吾照遷便馬女飛令家人

避乱彰兵於是夜城中震驚老少男女一時填街痛浮之聲震

動天地是日初更忠州牧聞達大内震賊入宮中神異之鷩官人不

従挑燭讙視之其狀敗軍將臣李鑑冒死啓聞臣不忠幸

於殿両朋寒使柳成龍兵曹參議李恒福列戰於東于德麼香即

吞臣師盡夜興入大丘則守今至二人事於臣业盞溪出歸令避乱

立臣畫夜興入大丘則守今至二人事於臣业盞溪出歸令避乱

二人迎賊于尙州城下聲烏君一塊至南拒福斋之口不能對敵金

太虎飛聲超入躍而死翌日注入忠州申硈陳中 申硈軍敗忠

州 硈旣到任仍入忠州前聚藏革八千餘人歎尋鳥嶺忽

聞鑑軍敗沒大懼移兵忠州城下達川之上令衆水而陣諸將皆曰

右大水戎師取積則入聖之後也三遣類衆硈曰甘甘拋信背水實

勝乙曹置之三地歎今殊死戰也楮將曰諳信儔耳歎今如之

吾眞魚美硈大忠視鉤諳將不敗復言時鑑秋鉤末硈大至同

门迎入相与叙話之際鼓角凄勁旋旗飄旗路賊兵乙抵連源驛

美妻勝長驅五右夾攻鉤末硈自賊背震天 申硈軍呂慷圖生

之討及生倒牛送计内相報代津中大乱徒手曳民長鑑救入賊中為

匹馬逃歩今賊兵泝通逐揮鉤五衝石定賊免曰賊不敢近四

馬顧眄之際 況持秤大廈鑑馬墜跌鑑下馬徒歩而迷賊將束

晨夜倍行抵忠清道界百姓扶老携幼遍滿野哭哭之聲不忍

聞及到慶尙回回顧見市店街道寂寞不見人仍世处仍会駆入聞

慶縣硏庫而出米炊飯療飢直夕立守令三特命鑑計血

所出斬刑官權吉泣曰請聚軍兵以本將令鑑又開倉賑恤乞

山中男女避亂三百餘人或古族及老弱夫鑑又入

人數百鑑揮釖聽令乞惶怕聞令遂領數百人合權吉軍三

百餘人出州城十里結陣整齊行伍井立旗鼓以權吉及泯

事官尹暹察訪金恊為左右翼送禪將趙先佐以領賊巧

先佐自內賊陳為伏兵俄而賊巧彌滿硋額大震鑑軍

五百軍一時盡破鑑區馬騰出直向北路賊將徐邊玄藤寺

左右殺束鑑兒單馬而走賊將蕭攝目此乃飛將軍也勿追

為鑑乃杖釖入山中小憩小菴中大庮東嘻弟趾鑑以奉下之

14

慶尙一道賊兵大燒屠殺人民尸積如山遍亂之人又相踵哺
天寒者以億萬數賊兵克乎無人渡上胡連全羅無聞矣一日傾
捧軍面報曰倭賊自方渡海長驅之陷忠清金山屠我人民殆
並言道兵鋒乃到慶尙一枝軍兵且龍全羅守令蒼黃未
及使兵戎乎午賊或多進三矣扶足京師震動百官入侍以訓
将手鎔為慶尙巡使遷捕将甲硘者忠清巡邉使金誠一為
慶尙右兵使乙之合兵深賊　李鎰軍敗尙州　鎰既受將任
託辭閉門看天金甲胄束千里馬直向嶺南傳令于監司兵
使多羡各邑兵馬期會天立監司金睟貝傳令蒼黃慕浮金
聚軍兵各邑兵已多逃三殞鎮守肯背獻平向方人矣一時
又不孕夭两連日道賂不通軍裝盡湿歟烝漸近諸軍未會先
至至者来夜悲三潰金者六伯道玄守令異法汝第三匣時鎰

嬪傅尖賊必戶同瘃柊軍門外立木以横必誇令之自見權以樓

上帝有紫気亘天殺年不滅賊益祇思之上聞之贈官旋閭

遺官致祭之木家人请柊相家顧得之弄時賊內樣專葢

嶽上下遺匿诳賊將家人以入城中尋戶爲愲府民相平退姊

歸不忘捨賊將義之旨以下皆下馬致敬与一妾亊必被掠金卽

以歸懷欲餘纓賊柊夫人相持歸哭聞者悲之胡連命将南

下 時東業釜山巳爲賊地賊束勝长跑春陽府使朴禎須百條

騎洼梁原賊兵兊湄稃山移蔚府亊執慶贼直內榮

原朴禎軍望見賊势四面逃散禎以巴馬避入山谷賊移軍

水營水使李珏軍兵一時迸散珏必匪度尙監司金眸奮愧

惶怯不瞰軍兵傳令各是之遊乱泌埈鎮亊慕露聞李

皆入深山金海府使李喆元旱漢郡亊本有謀宁庙逃走

天痛哭曰象賢不忠賊在汝豈不能拒賊身死其難皇天
后大倘鑑微慟言訖割血書其膚曰君臣義重父
子恩輕壬辰四月十五日不肖子象賢書遂付英男連々帰家
英男不忍別大握手痛哭之際賊得調蓋曲細而前拜于象賢
之則見之乃前曰兵曹君吏者象賢天驚曰汝必家胡瞒戒
胡鮮冬矣今以計文殺戒邪調蓋當代辭為賊含家君恩敢
效頂省救子房顧明公派我衣出之象賢置曰豈々義士豈等
依賊圖生平調蓋丹三很請象賢不聽仍回曰歆還家僅千親
君儞脈出汝東中否調蓋許諾遂英男出象賢徇卸主賊金
錦衣持長鎗左衛右突发言於人遵上奔舍畢尾乱招賊先
者又百餘人気盡力渇中流矢死乃死東業淦陌象賢將年四十二
義省筆噴々嘆服戰賊之官象賢吿迟行人辛汝檜妾金

二日鄭撥尹弘臣次第死賊時金山僉使鄭撥獵両浦

邉見賊艦遍海飛来鈸發鳥銃起眠望儀兵二陣已渡南

海猶慢敵座釣戰削日完至震海虹若浮暗水光不吉矣

鈸蒼茫而帰未及入俠賊兵先鋒下陸屬惊訊伐舜崔震動

天地在具遂斬鄭鈸曰隋金山松轝多天浦僉使尹弘臣忙者

甲胄手民長鎗金馺卒左衝右突気渴力竭遂死千賊

多天浦兵陥　泉谷殉節千車業賊将訓益飯隋多天浦急

但大軍直向車業範絡野坊若春山鐵北西下人民傷死以千數

左兵使李珏領百餘騎渡向東業為賊所逼陳交山驛府使

宋象賢志及餘兵気上城門踮々散卒殊死而戰賊兵四面衝突

左右屠殺圍三重々如坪栖魚氷賢顧視城中成死逃虚

姜八美兄弟軍官金錦衙奴英男而已亟服朝服著甲上㭁

致論死 皇帝回國從進直對曰聖節使當未發奏倭情
因餉軍人令狀應男之行通及於此時 天朝見本國谷文始
知條汝誣護名悖之狀洛 救諭仍賜白金綵幣拜詰圖
為吏部的貢伐國又達韓應寅等備付日本書契及事情應
男行凍奏 皇再造邦買氒於此 倭賊來兵越海 万曆
主辰秀吉選精兵八十万駒召清玉汝与平行長領四十万
兵出自釜山陸路行軍龔擊三南秉勝逐北則朝鮮国王
必柔漢陽出走平壤汝等入據漢陽送一枝軍水路行軍應平
壞文呂沈莒也馬名時日沙等領四十万車水路行軍應自長
出軍河至鴨綠江拒塵北降則朝鮮不敢請兵於中表曰
送一枝兵進襲平壤沙与淸正平行長炎攻則朝鮮王勝奏
汝等努力為於是倭賊八十四万兵羣追釜山時壬辰四月十

9

對馬島曰本遺民手書斬致誡罪目与嶺湖儒傷之第
並上達朕矣奏文畧曰盖我源氏之亮有平秀吉抱人庶
即斬其之之頭曰殺左右矣全教百其基國之賊之冠而臣
至扵交使嗟腳何又其賣書極悻惡治兵之禍謂將假
道臣援作冠于上國初要聘好終要不測之禍線臣無實
以見賣扵賊云、　金應男陳奏係情一万盾辛州倭使
義智之入我國語侵天朝失聲嗚我國不應義智夭悲
惰國朝廷狛失奏文之議西崔一隊猶且争執會聖即使
金應男矣設備陳爭次矣熟扵其將日本到謀情即移咨
禮部先時倭賊以犯上國之書流布扵琉球國且誑孫朝鮮之
乙阭服琉球以共言聞于天朝隨諫以為舂彼稅兵固不旦
責西禮義朝鮮書先回罪獨辟兵部國以盖是理敬之仍

書大怒曰朝鮮王親自入朝許通中國進貢則可得免事
不然則吾且加兵曰遂□迫使臣書極惊慢不忍正視　東黨
西黨和是相爭　偽使恬请且時尹相爭有因朝讲極
說不敢聞　天朝後室事　柳相威龍謂料束後而還兩
表聞後必有战處從是一隊人主尹迄一隊人主柳迄爭論
不夬朝讲至多時方龍如此久戟欠分明處內以私意相爭尚
他们論　重峯请断倭使　信使既還秀吉无達玄蘇热
平義智聲言假道行軍西犯　上國上下運々莫知平措重
峯自沃川詣闕請斷倭使　有曰臣朝借一聊支循末怖以
亥平頭戢子　天朝駁言激功大馭如此待命千戊院門三
日不抵因叩頭石破流溢七夜百顆氏諸人書諸其自苦　重峯
曰明年中宽山谷時若思吾言固懐進　上國奏文反諭琉球

真峯再琉於僑 万曆己丑秀吉再遣使来朝遣語以前日

入冦畎秀吉即遣玄蕪寺以我國通三為內導者及同謀

佐賦教僑寺獻朝連動色相賀将通信使回謝重峯方

以言事于在吉州配以止琉言棱又神作絶之義因方伯主達

上曰此人欤再踔磨天嶺寺 僑使弗清假道 万曆庚

寅八僑之偵探諸道者三年而帰國以書告曰献朝鮮地圖于秀吉

之大喜遣玄蕪平義智等以清我國川以書曰両國接東而

丕通便臣心常悵然今方入中國矯歆假道而両國和親巳矣

不狀則禍矣生及抑拊奈何天下四海指諸掌中最前小國

朝鮮女敢拒迸乎 上覽畢令有官雜議之大臣李山海柳

成龍等奏曰蓮使日夲回眛和親漁寋事様好矣兵列

黄允吉漢城左尹金誠一承首許箴筆報使日夲方言見

趙曰胡朝鮮禮義之邦素多賢人謀士不可輕議欲加兵

先遣智士于朝鮮察其强弱相其虛隘細審行師世兵處

共後圖之未晚也秀吉笑之乃下令曰誰能潛入朝鮮探知諸

道形勢言未畢平調信監國史善江丁平義智

景監先平秀遠等齋稽請行秀吉大喜高送之八僧即

抵釜山衆遂著朝鮮衣服學得朝鮮言語各歃八路蓋在此

子歲世我國各慮實軍士多少才之血勢之陰

夷狄待心坐此耳目維其戰術闊勢之發推岸地

重峯請兵儘使秀吉既探國進使表視舉朝惶感盡

敢以征絕為言者重峯以公則揩替慨名陳琉直斥秀吉基

絨之罪痛言其拒絕琉末文論李子海提圖之罪故　上

大怒亦以人妖己焚其疏時連眠開謂之何哉

西崖建斥養兵 萬曆癸未栗谷先生以兵曹判書啓達議養

兵十萬兵以備緩急否則不出十年將有土崩之禍柳西崖成

龍乃曰無事而養兵是養禍也使行及壬辰西崖語

朝廷曰當時吾應此縣而悔之到今見之李文靖公眞聖人

也若用其言吾國事豈至此境乎栗谷若在必能有爲於今日

萬曆重戊子峯先生憲上疏曰仰觀天文俯察念天文時

彧比吾界開念世道挺盡無餘兵像已著亂楷方崎匪禍預

養軍兵不備以憂眈入刑列僉營曰太平城代肓唱妖言惑

亂心請極遠竄 上久之遂配重峯于甲山府 八僧偵

探路 平秀吉凱覘其國善畔眈自謂心曰此海皆盡

三久居卽特一并底埋耳宣葉百方精兵北伐朝鮮長驅也以

爭天下未必快矣大會諸士許負奢陳西憻帳不有消日世爲

秀吉實朴氏之裔三年 不學而成 兵書智略兼備自有四

方之志遍遊山川見開伯見氣像愛其 子遂携為四悌興語國

事備六十六州威服海中諸國四方聞風響應如雲集於見秀

小蓬慶市源氏孫於大黃帝達歸天定并呑諸郎時富蔵

國 宣廟之初二百年昇平之餘人民不知兵革 期廷以貪富檀辰

事義識者憂之十餘年內災變疊出 萬曆以寅三月觀象監

奏近觀天文將星自東經西教月矣 上真之摩臣吕泌口減瀆緯

乙而己卯渡浅太白經天白虹毎日庚辰年間大江絶流而東海水

族輻溱西海延平魚 產屯聚遼東至午猛虎入平壤城中多殺

人民大同江紅色相戰七日汉江水点如血三日溢溢大魚

浮死於山太平院浅天石自立通澤雖累柳渡延長壽山下

神人犬哭亂出者十餘日人民驚惧避亂者多矣

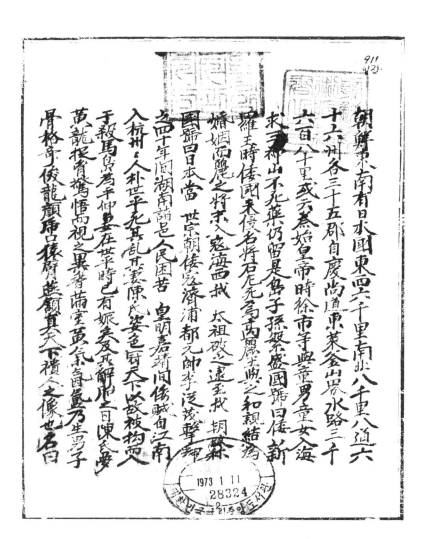

1973 1 11
28324

2

[영인]

임진록

壬辰錄

여기서부터 영인본을 인쇄한 부분입니다. 이 부분부터 보시기 바랍니다.

장경남(張庚男)

숭실대학교 국어국문학과 교수, 민족문학사연구소 공동대표
『임진왜란의 문학적 형상화』,『전란의 기억과 소설적 재현』등의 저서와『임진록』,『박씨전』,『유충렬전』,
『난중일기』등의 번역서가 있음.

이민호(李珉昊)

한국학중앙연구원 전임연구원
「〈삼화기연〉연구」,「20세기 초 〈홍백화전〉 개작의 두 방향」,「〈장한절효기〉연구」등의 논문이 있음.

장우석(張祐碩)

숭실대학교 국어국문학과 강사
「조선후기 역사소설 연구의 현황과 전망」,「유충렬전, 부권 표상의 몰락 서사」등의 논문이 있음.

한국한문서사번역총서 2

역주 임진록

2019년 4월 10일 초판 1쇄 펴냄

지은이 장경남·이민호·장우석
펴낸이 김흥국
펴낸곳 도서출판 보고사

책임편집 이순민
표지디자인 손정자

등록 1990년 12월 13일 제6-0429호
주소 경기도 파주시 회동길 337-15 2층
전화 031-955-9797(대표)
       02-922-5120~1(편집), 02-922-2246(영업)
팩스 02-922-6990
메일 kanapub3@naver.com / bogosabooks@naver.com
http://www.bogosabooks.co.kr

ISBN 979-11-5516-896-7
      979-11-5516-457-0 94810(세트)

ⓒ 장경남·이민호·장우석, 2019

정가 25,000원
사전 동의 없는 무단 전재 및 복제를 금합니다.
잘못 만들어진 책은 바꾸어 드립니다.